10|18
12, avenue d'Italie — Paris XIIIe

Du même auteur
aux Éditions 10/18

LA PLUME DU CORBEAU, n° 2307
MISS SILVER ENTRE EN SCÈNE, n° 2308
MISS SILVER INTERVIENT, n° 2362
LE POINT DE NON-RETOUR, n° 2363
PLEINS FEUX, n° 2406
LES LÈVRES QUI VOIENT, n° 2407
LA ROUE DE SAINTE-CATHERINE, n° 2437
LE CHEMIN DE LA FALAISE, n° 2450
L'EMPREINTE DU PASSÉ, n° 2473
LE CHÂLE CHINOIS, n° 2494
AU DOUZIÈME COUP DE MINUIT, n° 2519
LE ROCHER DE LA TÊTE-NOIRE, n° 2534
UN ANNEAU POUR L'ÉTERNITÉ, n° 2575
LE MASQUE GRIS, n° 2597
À TRAVERS LE MUR, n° 2624
MEURTRE EN SOUS-SOL, n° 2654
L'HÉRITAGE D'ALINGTON, n° 2684
LE MYSTÈRE DE LA CLEF, n° 2709
LE TRÉSOR DES BENEVENT, n° 2754
L'AFFAIRE WILLIAM SMITH, n° 2770
COMME L'EAU QUI DORT, n° 2792
LA DAGUE D'IVOIRE, n° 2826
LE MANOIR DES DAMES, n° 2859
LE BELVÉDÈRE, n° 2878
LE MARC MAUDIT, n° 2918
LA TRACE DANS L'OMBRE, n° 2970
ANNA, OÙ ES-TU ?, n° 3184
LA COLLECTION BRADING, n° 3229
LA MORT AU FOND DU JARDIN, n° 3286
L'AFFAIRE EST CLOSE, n° 3378
UN TROUBLANT RETOUR, n° 3431
▶ DERNIÈRE DEMEURE, n° 3511

DERNIÈRE DEMEURE

PAR

PATRICIA WENTWORTH

Traduit de l'anglais
par Bernard Cucchi

10|18

INÉDIT

« Grands Détectives »
dirigé par Jean-Claude Zylberstein

Sur l'auteur

Patricia Wentworth, pseudonyme de Dora Amy Elles, est née en 1878 à Mussoorie (Inde). C'est à la suite d'un concours organisé par le *Daily Mail*, en 1923, que le public découvre les romans policiers de Patricia Wentworth, déjà connue pour ses ouvrages historiques. Cinq ans plus tard, elle crée un détective hors du commun : Miss Maud Silver. Prototype du *Armchair Detective*, Miss Silver, tout comme sa cadette Miss Marple (qui ne verra le jour qu'en 1930, sous la plume d'Agatha Christie), est une délicieuse vieille dame douée d'un don d'observation hors pair. Héroïne d'une trentaine d'intrigues, Miss Silver assurera dès lors la renommée de Patricia Wentworth, décédée en 1961.

Titre original :
Pilgrim's Rest

© Patricia Wentworth, 1948.
© Éditions 10/18, Département d'Univers Poche, 2003, pour la traduction française.
ISBN 2-264-03418-1

1

Judy Elliot quitta l'escalier roulant à Piccadilly Circus et sentit une main qui lui prenait le coude, main masculine à n'en pas douter. Comme elle n'avait nulle intention de se laisser aborder par quelque soldat solitaire, elle accéléra le pas, mais, comprenant que cela ne suffisait pas, elle fit volte-face, s'apprêtant à lancer une ou deux paroles bien senties.

Mais aucun mot ne sortit de sa bouche et le regard glacial qu'elle destinait à l'importun se transforma en une lueur de plaisir. Elle leva le menton et fixa un grand jeune homme en costume bleu marine agrémenté d'une cravate discrète.

— Frank ! s'exclama-t-elle.

L'inspecteur Frank Abbott lui offrit une pâle copie de son sourire habituellement assez cynique. Il faut dire qu'il était très handicapé par les battements de son cœur, qui, bien qu'en parfaite santé, était à cet instant submergé par une émotion incontrôlable. Quand vous n'avez pas vu une fille pendant toute une année, qu'elle n'a pas répondu à vos lettres et que vous avez fini par vous persuader que l'intérêt que vous lui portiez appartient désormais au passé, il est extrêmement troublant de vous sentir dans la peau d'un collégien amoureux. Il ne pouvait même pas être sûr de ne pas avoir rougi et, pis encore, il sentit aussitôt que la présence de Judy était la seule chose qui comptait pour lui en cet instant.

Il continua à sourire et elle à lever la tête, car il y avait une grande différence de taille entre eux. Elle avait un menton ferme, un visage agréable à regarder plutôt que joli, une bouche large et bien dessinée, des yeux d'une couleur indéfinissable, mais très expressifs, et qui commençaient à exprimer l'étonnement. Qu'est-ce qu'il lui prenait de la regarder comme ça ? Elle lui tira le bras et lança :

— Réveillez-vous !

Il revint brusquement sur terre. Si quelqu'un lui avait dit qu'il se ridiculiserait en public comme il était en train de le faire, il lui aurait ri au nez. Il retrouva enfin l'usage de sa langue, qu'il n'avait pas pour habitude de garder dans sa poche :

— C'est la surprise. Pardonnez-moi. Vous êtes bien la dernière personne que je m'attendais à rencontrer.

La jeune femme lui décocha un regard sévère.

— Voulez-vous dire que vous pensez avoir saisi le coude d'une parfaite étrangère avant de vous apercevoir qu'il s'agissait de moi ?

— Non, pas du tout. Un tel comportement me vaudrait d'être renvoyé de la police. En outre, ce n'est pas très malin et je me crois capable de mieux si je m'en donne la peine. Judy, où étiez-vous passée ?

— Oh, j'étais à la campagne... mais nous gênons.

Il l'entraîna dans un coin plus tranquille.

— Bon. Pourquoi n'avez-vous pas répondu à mes lettres ?

Ce n'était pas ce qu'il avait eu l'intention de dire. Cela lui avait échappé.

— Vos lettres ? Je n'ai rien reçu.

— Je vous ai écrit, insista-t-il. Où étiez-vous ?

— À gauche et à droite... avec tante Cathy, jusqu'à son décès, et puis j'ai pas mal bougé.

— Vous avez été mobilisée ?

— Non. Je dois m'occuper de Penny... elle n'a personne.

— Penny ?

— Le bébé de ma sœur Nora. Elle et John sont morts lors d'un raid aérien, juste après notre dernière rencontre. Pour eux, il n'y a plus de problèmes, mais pour Penny...

Il vit son visage se durcir. Elle avait regardé dans son dos en prononçant ces derniers mots.

— J'ignorais. Je suis désolé. Qu'est-ce qu'on pourrait dire ?

— Rien. Je n'ai pas peur d'en parler... ne vous inquiétez pas. Et j'ai Penny. Elle va sur ses quatre ans et personne d'autre ne peut s'en occuper, ce qui m'a valu d'être exemptée. Et vous ?

— Ils ne veulent pas de moi.

— Quelle poisse ! Écoutez, je n'ai pas le temps, il faut que j'aille lui donner à manger. Nous logeons chez Isabel March et, vu qu'elle déjeune en ville, je ne peux me permettre d'être en retard. Elle m'a proposé de garder Penny pendant que je faisais mes courses.

Il lui prit le bras.

— Un moment... ne disparaissez pas avant que nous ayons convenu d'un rendez-vous. Voulez-vous dîner avec moi ?

Elle secoua la tête.

— Non... Isabel est absente... il n'y aurait personne dans l'appartement. Je ne peux pas laisser Penny seule. Et, si vous avez l'intention de dire ce qui vient de vous passer par la tête, je ne vous adresserai plus jamais la parole.

C'est avec un éclat assez sardonique dans les yeux qu'il répondit :

— Un vrai petit ange. Je les adore !

Judy éclata de rire.

— Ils ne vous apprennent pas à mieux mentir à Scotland Yard ?

— L'art du mensonge n'est absolument pas au programme. Nous sommes tous des gens d'une haute moralité. Mon chef est un pilier d'église. Si votre Isabel March n'est pas là, est-ce que je ne pourrais pas passer pour vous aider avec Penny ?

— Elle sera endormie. Je pourrais faire une omelette... avec les moyens du bord, évidemment.

— À quelle heure ?

Il n'avait pu s'empêcher de prendre un ton enthousiaste. Judy s'en demanda la raison. Ils n'avaient été qu'amis. Ils avaient dîné ensemble et dansé. Par la suite, elle avait dû retourner auprès de cette pauvre tante Cathy, et il n'avait jamais écrit, ne s'était plus manifesté. Sauf qu'il venait d'affirmer le contraire... Elle réfléchit à ce détail. Elle se demanda s'il était de ces gens pour lesquels vous n'existez plus dès que vous les avez quittés, parce que, si c'était le cas, il ne fallait pas compter sur elle pour renouer. Quel ton chaleureux il y mettait après une année de silence ! En outre, cela ne lui ressemblait pas. Elle se souvenait d'un jeune homme distingué, aux manières plutôt blasées. Il n'avait rien perdu de son élégance — mince et grand, une chevelure très blonde impeccablement lissée en arrière, les yeux bleu clair qui semblaient considérer ses semblables avec un amusement dédaigneux, mais qui, pour l'heure, la fixaient d'un air quelque peu troublant.

Elle commença à regretter son invitation à partager l'omelette. À quoi bon se laisser troubler ? Avait-elle une seule minute à consacrer aux jeunes gens alors qu'elle devait veiller sur Penny et rechercher un emploi de femme de ménage ? Pendant quelques secondes elle éprouva le besoin de faire machine arrière. Elle résista à l'envie de s'enfuir en courant. Puis la voix du bon sens, sous la forme d'une remarque des plus insidieuses et fallacieuses, se fit entendre : « Après tout, ce n'est qu'une soirée... quelle importance ? »

Elle sourit, exprimant tout son soulagement.
— Sept heures et demie, 3, Raynes Court Buildings, Cheriton Street, précisa-t-elle à Frank avant de s'éloigner d'un pas vif.

2

À l'âge de quatre ans, l'heure du coucher est un moment d'une extrême gravité et Miss Penny Fossett en respectait minutieusement les rites. Toute tentative pour la presser ou abréger les choses n'avait pour résultat que de vous obliger à réitérer d'une voix mélodieuse votre demande. Les efforts consciencieux de Judy pour ne pas se laisser déborder étaient rarement couronnés de succès, car, pour son malheur, la petite polissonne était par trop charmante. Dès que la jeune femme décidait de faire preuve de sévérité, l'enfant coupable lui décochait un sourire à vous fendre le cœur. « Penny, elle aime sa Judy », susurrait-elle, et de s'élancer, tout humide, pour se pendre à son cou.

Ce soir-là, le bain avait duré très longtemps. Isabel avait découvert un vieux canard en caoutchouc dans le grenier de la maison de campagne de sa mère, objet qui aurait dû finir à la poubelle depuis longtemps mais qu'on avait conservé, pour le plus grand plaisir de Penny. Quand Judy put enfin le lui arracher des mains, il lui restait beaucoup moins de temps qu'elle ne l'espérait. N'éprouver qu'indifférence pour un homme n'empêche pas de vouloir se coiffer et se faire belle avant qu'il n'arrive dîner. Il n'est pas facile de baigner un petit enfant sans se retrouver complètement ébouriffée. Les nurses à l'ancienne s'y entendaient, elles, pour s'épargner ce désagrément, mais c'est un art qui se meurt rapidement. Judy s'assit sur le bord du lit, en sueur, le feu aux joues, et tendit les bras :

— Penny... on fait sa prière maintenant.

Miss Penelope Fossett portait un pyjama bleu pâle. Son joli minois était auréolé d'une chevelure noire bouclée et en désordre. Elle avait les oreilles roses et un visage en forme de cœur ; des yeux incroyablement bleus, aux cils noirs interminables ; des joues étincelantes de fraîcheur. De son corps émanait une sensation de chaleur moite et on sentit un parfum de savon à la lavande quand elle vint s'agenouiller sur le lit auprès de Judy, posa le front sur ses mains croisées et émit un long et pénétrant « Meuh ! ». Surtout, ne pas rire, ou vous étiez perdue ! Judy se mordit la lèvre — cela aidait, parfois.

— Penny ! On fait ses prières !

Un œil tout bleu s'ouvrit, la considéra avec reproche et se referma.

— C'est sa prière. C'est le meuh de la vache. C'est comme ça qu'elle fait.

Il fallut un bon quart d'heure pour persuader Penny de reprendre forme humaine. Mais, même alors, un faible et ultime « Meuh ! » suivit le mot amen.

Judy fit celle qui n'avait pas entendu, coupant court à toute discussion, avant de filer dans la salle de bains pour se rendre présentable. Elle venait de se dire qu'elle n'avait jamais paru aussi quelconque de sa vie quand on sonna à la porte et elle dut aller accueillir Frank Abbott.

Ils préparèrent l'omelette ensemble, dans la minuscule cuisine d'Isabel. Rien ne vaut les tâches ménagères pour briser la glace. Quand il eut mis la table, et qu'elle l'eut traité d'idiot pour avoir laissé tomber le beurrier, on aurait pu croire qu'ils étaient mariés depuis des lustres. C'est ce que lui dit Frank alors qu'ils dégustaient l'omelette, excellente au demeurant avec tous les restes mystérieux qu'elle contenait. Il avait retrouvé le ton cynique qui lui était naturel, mais, s'il avait cru qu'elle rougirait, il en fut pour ses frais. Miss Elliot acquiesça avec un calme imperturbable.

— Oui, un vieux couple... en moins ennuyeux, j'espère.

— Ce ne le serait peut-être pas avec la bonne personne.

Judy lui tendit la sauce tomate.

— C'est ce que vous pourriez vous dire jusqu'à ce qu'il soit trop tard. D'accord, nous aimons tous les deux cette sauce, mais s'il nous fallait la manger à chaque repas pendant les quarante ou cinquante prochaines années, on en serait dégoûtés.

— Ma chère, vous m'effrayez ! Croyez-moi, je connais au moins une trentaine de façons de l'accommoder... je connais autant de recettes que nos fabricants de confitures et de soupes en boîte et, si ça ne vous suffisait pas, vous pourriez toujours essayer de les mélanger. En outre, je ne suis pas complètement gâteux... je saurais en inventer de nouvelles. Vous vous trompez complètement. Quand les gens s'ennuient, cela vient de leur caractère... une tendance à remâcher leurs vieux griefs... en gardant les fenêtres closes par peur des idées nouvelles... et tout et tout. Vous voilà prévenue !

— Merci, dit-elle d'une voix douce, mais le regard moqueur.

Comprenant qu'il allait répondre, elle lui lança, avec son plus charmant sourire :

— À combien de filles avez-vous tenu ce discours ?

— Je viens d'y penser. Tant pis pour elles.

Quelque chose l'obligea à parler plus vite qu'elle n'aurait voulu.

— Nous partons demain.

— *Nous ?*

— Penny et moi.
— Où ?

Sentant qu'elle se trouvait sur un terrain ferme et sûr, Judy se détendit. Elle sourit de nouveau, révélant une fossette charmante.

— Nous allons travailler comme femme de ménage.

— *Pardon ?*

— Femme de ménage. Dans un petit village bien tranquille, à cause de Penny. Pour l'heure, on n'y signale qu'une seule victime de guerre, une chèvre, dans un champ perdu.

— Femme de ménage, c'est bien ce que vous avez dit ?

— Exact. Et si vous avez l'intention de me conseiller de faire quelque chose qui soit plus en rapport avec mes capacités... ce que tout le monde ne cesse de me répéter... c'est que vous n'avez pas essayé, contrairement à moi. Si je ne devais pas m'occuper de Penny, je pourrais trouver des dizaines d'emplois... mais, sans elle, je serais sous les drapeaux. Bref, primo, je m'occupe de Penny. Secundo, je n'ai pas l'intention de l'abandonner. Une fois que vous aurez considéré le tout, vous comprendrez, comme j'en ai fait l'expérience, que le seul travail qu'on vous propose quand vous êtes avec un enfant est un travail de domestique... et pour la seule raison que les gens sont si désespérés qu'ils sont prêts à accepter n'importe quoi. Pensez un peu comme c'est touchant et dans l'air du temps, un policier et une bonne qui dînent ensemble !

Frank fit grise mine et ne rit pas.

— Y êtes-vous obligée ?

Judy hocha la tête.

— Oui. Je suis fauchée. Tante Cathy avait une rente, mais personne ne le savait. Une fois tous les frais réglés, il ne restait rien. John Fossett n'avait que son salaire, de sorte qu'il n'y a plus rien pour Penny, hormis une pension dérisoire, or je veux mettre de l'argent de côté pour lui offrir des études plus tard.

Frank émietta un morceau de pain. Qu'est-ce qui avait pris à John et Nora Fossett de se faire tuer au cours d'un raid aérien et de laisser Judy se débrouiller avec leur fille ?

— Où comptez-vous aller ? demanda-t-il, non sans colère.

Judy n'était pas mécontente d'elle-même. Elle écarta le pain et lui recommanda de ne pas gaspiller la bonne nourriture. Puis elle répondit à sa question.

— L'endroit me semble plutôt agréable. Penny et moi habiterons avec la famille parce que... eh bien, j'imagine que la cuisinière et le majordome ont fait de leur mieux pour s'opposer à notre venue. Il y a deux demoiselles Pilgrim et un neveu malade. La maison s'appelle Pilgrim's Rest, dans le village de Holt St. Agnes, et...

Elle ne put poursuivre. Frank venait de frapper violemment la table, lançant, d'une voix forte qu'elle ne lui avait jamais connue :

— Vous ne pouvez aller là-bas !

Judy redevint soudain Miss Elliot. Immobile en face de lui, de l'autre côté de la table, elle se contenta de hausser les sourcils, lui décochant un regard des plus distants.

— Et pourquoi donc ? demanda-t-elle, glaciale.

Frank, quant à lui, était rien moins que calme. Les airs détachés et indifférents qu'il affichait habituellement ne lui offraient plus aucune protection. Il semblait vraiment décontenancé quand il lui répondit.

— Judy, c'est hors de question. Et inutile de me regarder comme ça ! Vous ne pouvez pas aller là-bas.

— Pourquoi pas ? Y a-t-il quelque chose qui cloche avec les demoiselles Pilgrim ? L'une d'elles m'a rendu visite... je l'ai trouvée gentille. Les connaissez-vous ?

Il confirma de la tête.

— Ce devait être Miss Columba. Non, avec elle, il n'y a aucun problème... je le crois, du moins.

Il se lissa les cheveux en arrière et se ressaisit.

— Écoutez, Judy, j'aimerais vous parler de ces gens. Rappelez-vous, vous disiez toujours n'avoir jamais rencontré quelqu'un entouré d'un si grand nombre de cousins, et je veux bien l'admettre. Beaucoup d'entre eux vivent près d'Holt St. Agnes et j'ai fréquenté les Pilgrim toute ma vie. Roger et moi étions dans la même école.

— Il n'y était sans doute pour rien, fit-elle, grinçante.

— Ne soyez pas stupide ! Je suis sérieux. Je veux que vous m'écoutiez. Roger vient de rentrer du Moyen-Orient. Il était prisonnier des Italiens, il s'est échappé, a été hospitalisé et est toujours en permission, à cause de ses blessures. Or, j'étais en congé à cause de la grippe, et j'ai passé ma convalescence à Holt St. Agnes avec mes cousins, où j'ai beaucoup vu Roger.

Il s'interrompit et la considéra d'un regard sévère.

— Vous êtes capable de tenir votre langue, n'est-ce pas ? Ce que je vais vous confier est plus ou moins connu de tout le village, mais je ne voudrais pas que Roger pense que j'ai bavardé. C'est un type charmant, mais il n'a pas inventé l'eau chaude et il panique pour un rien. Je n'en parlerais à personne d'autre, mais vous ne devez pas vous y rendre.

Judy se tenait face à lui, les coudes sur la table, le menton posé sur les mains. Ses joues avaient pris des couleurs et son regard était méfiant.

— Pourquoi ? demanda-t-elle.

Il hésita, chose si inhabituelle chez lui qu'il en fut embarrassé. Il s'était emporté et la confiance imperturbable dont il faisait habituellement preuve l'avait quitté. C'était comme pénétrer dans une maison dont tout le mobilier avait disparu. Il était mal à l'aise. Il ne trouva rien de mieux à dire que :

— Il se passe des choses.

— Par exemple ?

C'était bien là le problème. Le fossé entre ce qu'il pouvait traduire en mots et ce qui échappait aux mots était trop grand. Sans compter qu'il était taraudé par l'idée désagréable que le fossé s'était ouvert devant lui au moment exact où il avait appris que c'était Judy qui était en partance pour Pilgrim's Rest. S'il s'était agi de quelqu'un d'autre, il ne s'en serait pas soucié.

Judy réitéra sa question.

— Quel genre de choses ?

— Des accidents... ou peut-être pas... Roger pense que ce n'en sont pas. Dans sa chambre, le plafond s'est écroulé... s'il ne s'était pas endormi sur le livre qu'il lisait au rez-de-chaussée, il aurait été tué. Une autre pièce a entièrement brûlé, il s'y trouvait... la porte était bloquée et il a failli ne pas pouvoir s'échapper à temps.

Judy ne quittait pas son visage des yeux.

— À qui appartient l'endroit ?

— À lui.

— Est-ce lui le neveu malade ?

— Non... c'est Jerome, un cousin, beaucoup plus âgé que Roger. Blessé à Dunkerque. Sans moyens. Ils l'ont recueilli... une infirmière s'occupe de lui. Ils ont le sens de la famille.

— Sont-ils, lui ou Roger... névrosés, disons ? Est-ce que l'un des deux pourrait s'amuser à jouer des tours de mauvais goût ?

— Je ne sais pas. Ça ne leur ressemble pas, du moins dans leur état normal. On ne peut non plus exclure qu'il s'agissait d'accidents. Dans le premier cas, on avait laissé couler un robinet et un lavabo a débordé, ce qui a provoqué l'effondrement du plafond. Dans le second cas, Roger s'est assoupi devant un feu de cheminée, dans une pièce jonchée de papiers qu'il était en train de ranger. Une étincelle a pu suffire.

— C'est tout ? demanda Judy.

Il y avait un peu de dédain dans sa voix. Ce qui le piqua au vif. Il lui en dit plus qu'il n'aurait souhaité.

— Roger ne croit pas que la mort de son père soit due à un accident.

— Pourquoi ?

Frank haussa brusquement une épaule.

— Pilgrim, le père, qui était allé faire un tour à cheval, n'est jamais revenu. On l'a retrouvé avec la nuque brisée. La jument est rentrée extrêmement nerveuse et le vieux palefrenier a dit qu'il y avait une épine sous sa selle... mais, comme ils s'étaient rendus dans un coin où abondent les églantiers, cela peut se comprendre. Sauf que ça fait beaucoup de choses à expliquer, ne croyez-vous pas ? Je ne veux pas que vous vous rendiez là-bas.

Il la vit se renfrogner, mais il n'y avait pas de colère dans ses yeux.

— Ce n'est pas si facile, voyez-vous. Tout le monde prétend qu'il suffit de se baisser pour trouver du travail, mais c'est faux... pas avec Penny. Même aujourd'hui, les gens ne veulent pas d'un enfant chez eux... à croire qu'on leur demande si on peut se faire accompagner de son tigre. En outre, beaucoup semblent penser que je n'aurais pas Penny si ce n'était pas mon enfant. Quand je les informe de ce qui est arrivé à Nora et John, ils me font comprendre qu'ils connaissent la chanson. J'en étais venue à croire que, pour trouver une place, il me faudrait me munir de l'extrait de l'acte de mariage de Nora et de l'extrait de naissance de Penny et que, même ainsi, ils continueraient à envisager le pire, quand j'ai pris connaissance de l'annonce de Miss Pilgrim et que j'y ai répondu. Et il se trouve que celle-ci m'a plu et que le village est charmant. Enfin, il m'est impossible de me rétracter subitement. Nous partons demain. Vous n'y pouvez rien, Frank.

Il dut en convenir, ce qui ne le soulagea nullement. Judy repoussa sa chaise et se leva.

— C'est gentil de vous soucier de moi.

C'était dit d'un ton négligent qui signifiait que l'affaire était entendue.

Tandis qu'ils débarrassaient et faisaient la vaisselle, l'effet déplaisant qu'il ressentait se dissipa. Ensuite, elle voulut en savoir plus sur les habitants de Holt St. Agnes, sur ses cousins, et il lui proposa de les informer par courrier de sa venue à Pilgrim's Rest.

— Vous apprécierez Lesley Freyne, dit-il. Elle habite au village, tout près de chez les Pilgrim. Les deux maisons donnent sur la rue principale. C'est une brave femme.

— Qui est-ce... une de vos cousines ?

— Non... l'héritière locale. Plutôt timide et plus toute jeune. Richissime, avec une grande maison. Elle héberge environ une vingtaine de personnes évacuées. Elle devait épouser un cousin des Pilgrim, mais ça ne s'est jamais fait...

Il faillit lui parler d'Henry Clayton, mais il se reprit à temps. Elle croirait qu'il en rajoutait, et, de plus, ça n'avait évidemment aucun rapport. Il changea brusquement de sujet.

— S'il vous arrive de rencontrer une certaine Miss Silver, dans la maison ou au village, j'aimerais que vous sachiez que j'ai pour elle une amitié toute particulière.

Judy lui répondit par un sourire éclatant.

— Charmant. Dites-moi tout. Qui est-ce ?

Frank semblait être redevenu lui-même. Son œil brillait mystérieusement et c'est de sa voix nonchalante qu'il répondit :

— Il n'y en a pas deux comme elle. Je lui voue une admiration sans bornes. Il en ira de même pour vous, je pense.

Judy se dit que c'était extrêmement improbable,

mais elle continua à sourire d'un air intéressé tandis que Frank poursuivait ses louanges.

— Elle s'appelle Maud... comme dans le poème de Tennyson, auteur qu'elle porte aux nues. S'il vous arrivait de mettre un « e » à son nom, elle finira par vous pardonner, car elle a bon cœur et des principes très élevés, mais cela prendra du temps.

— Mais de quoi parlez-vous donc?

— De Maudie. Je l'aime passionnément. C'est une ancienne préceptrice qui travaille aujourd'hui comme détective privé. Bien qu'elle ne soit pas contemporaine de Lord Tennyson, elle donne cette impression. J'ai demandé à Roger d'aller la voir, aussi viendra-t-elle peut-être, et, si oui, j'en serai très heureux. Sauf qu'il vous faudra faire comme si vous ne saviez rien, n'oubliez pas. Elle peut se présenter comme une simple visiteuse en vacances dans le village, ou quelque chose de semblable. Aussi, pas un mot à quiconque. Mais, si elle est là, vous aurez quelqu'un sur qui compter.

Judy versa à grand bruit de l'eau dans la cuvette et releva le menton.

3

Miss Silver avait tendance à croire à l'intervention de la Providence dans les faits les plus insignifiants. Elle venait de monter une nouvelle maille particulièrement difficile pour le chandail qu'elle comptait offrir en cadeau d'anniversaire à sa nièce Ethel, quand elle entra en contact pour la première fois avec l'affaire Pilgrim. Elle ne manqua pas de considérer que le moment était providentiel. Certes, elle était capable, et ne s'en privait pas, de tricoter sereinement en dépit de toutes les complications qu'impliquait la résolution d'une affaire criminelle mais il lui était quand même difficile de se concentrer tout en travaillant sur un nouveau motif très élaboré. Or le chandail annuel qu'elle destinait à Ethel Burkett exigeait trop de dextérité et d'attention pour qu'elle puisse en plus mener une enquête criminelle.

Elle se félicitait d'avoir eu la chance de se procurer un peu de cette laine d'excellente qualité qu'on fabriquait avant-guerre. Si douce, d'un bleu magnifiquement nuancé, et qui ne lui avait pas coûté un seul coupon car elle provenait d'une boîte dénichée par Miss Sophy Fell dans le grenier du presbytère de son village. Celle-ci avait insisté, exigé qu'elle la prît. En outre, comme on avait eu soin de protéger les pelotes avec quelques boules de camphre, la laine n'avait rien perdu de ses qualités depuis le jour lointain où on l'avait filée.

Elle avait monté toutes ses mailles sur les aiguilles et visualisait parfaitement le modèle quand on sonna à la porte d'entrée. Emma Meadows introduisit le major Pilgrim. Elle vit un homme jeune, brun et frêle, au teint cireux, au visage soucieux.

Pour sa part, quand il découvrit Miss Silver, Roger Pilgrim pensa aussitôt à ses tantes. Non pas qu'il existât entre elles et Miss Silver la moindre ressemblance physique, mais son apparence générale et l'endroit où elle vivait avaient peu ou prou un air de famille. Sa tante Millicent, qui était d'ailleurs sa grand-tante, possédait la réplique exacte des fauteuils en noyer, aux formes courbes, qui ornaient l'appartement de Miss Silver — dossiers incurvés, pieds arqués, tapisserie bien tendue —, sauf que la tapisserie de ceux de tante Milly avait été, jadis, verte, quand les fauteuils de Miss Silver étaient d'un bleu vif flambant neuf. Chez les deux dames, sur le manteau de la cheminée, les guéridons ou les tables — hormis le secrétaire de Miss Silver — le moindre espace était occupé par des photographies aux cadres en argent surannés. Sa tante Tina, elle, était restée obstinément fidèle pendant des années à un papier peint à fleurs très proche de celui qu'il voyait, et possédait au moins deux des reproductions qu'il remarqua en entrant — *Bulles* et *Le Brunswicker noir*[1]. Toutefois, les cadres de tante Tina étaient bruns, alors que ceux-ci offraient la patine jaune vif de l'érable, si chère aux victoriens.

La personne de Miss Silver ajoutait à l'atmosphère accueillante. Connie, la vieille cousine du major, arborait elle aussi la frange bouclée mise à la mode par la reine Alexandra à la fin du XIXe siècle. Et tante Collie

---

1. Œuvres de Sir John Everett Millais (1829-1896). *(N.d.T.)*

portait des bas en laine noire côtelée de même facture. Pour le reste, Miss Silver était égale à elle-même — une petite préceptrice aux traits nets, à l'abondante chevelure gris souris strictement maintenue par une résille. Comme il était trois heures de l'après-midi, elle avait passé une robe d'avant-guerre, en cachemire vert olive, fermée sur le devant par un petit col de dentelle au fuseau, très pimpant et d'une propreté immaculée. Accroché à une fine chaînette en or, un pince-nez replié était placé du côté gauche de sa robe, maintenu par une broche sertie de perles. Elle portait également un rang de perles finement ouvragées, en bois de chêne des tourbières, et une grande broche du même matériau, en forme de rose, avec une perle en son cœur. Rien n'aurait pu moins ressembler à un rendez-vous chez un détective privé.

Après lui avoir serré la main et indiqué un fauteuil, Miss Silver lui adressa le genre de sourire neutre avec lequel, jadis, elle aurait accueilli un nouvel élève quelque peu intimidé. Vingt années à exercer le métier de préceptrice l'avaient marquée à jamais. Partout où elle allait, elle recréait l'atmosphère rassurante et plutôt ennuyeuse d'une salle de classe. Sa voix avait conservé toute sa douceur, sans rien perdre de son autorité.

— Que puis-je pour vous, major Pilgrim ? dit-elle.

Il était assis face à la lumière du jour. En civil. Un costume de bonne coupe, plutôt usagé. Il avait des lunettes — de gros verres ronds, avec une monture en écaille de tortue, derrière lesquels ses yeux sombres trahissaient l'inquiétude. Miss Silver observa ses mains et remarqua qu'elles s'agitaient nerveusement sur les moulures brillantes dont s'ornait l'extrémité des accoudoirs rembourrés du fauteuil.

Elle dut répéter sa question, car il ne réagissait pas, pianotant sur le bois lisse, considérant d'un œil soucieux le motif du tapis d'un bleu étincelant qui avait si bien conservé sa couleur d'origine. Elle se félicita de le voir paraître comme neuf, avant de demander :

— Ne voulez-vous pas me dire ce que vous attendez de moi ?

Il sursauta, lui lança un regard rapide, détourna une fois encore les yeux. Que les gens se servent des mots pour traduire leurs pensées ou pour les dissimuler, il est une chose particulièrement difficile à cacher devant un observateur averti. Le bref coup d'œil qu'il lui avait adressé avait suffi à Miss Silver pour découvrir de quoi il retournait. Il faisait penser à un cheval sur le point de renâcler. Elle devina que ce jeune homme répugnait à avouer la raison de sa visite. Il n'était pas le premier dans ce cas. Nombreux étaient ceux qui étaient entrés dans cette pièce accablés par le poids de leurs frayeurs, de leurs fautes ou de leurs frasques, espérant on ne savait trop quoi, avant de s'asseoir, nerveux, incapables de prononcer un mot, jusqu'au moment où elle venait à leur aide. Elle lui sourit, espérant l'encourager, et lui parla un peu comme si elle s'était trouvée devant un adolescent.

— Quelque chose vous gêne. Vous vous sentirez mieux après m'en avoir parlé. Peut-être pourriez d'abord me dire qui vous a donné mon adresse ?

À l'évidence, cette question eut pour effet de le détendre. Son regard abandonna les roses et les pivoines de toutes les couleurs, ainsi que les feuilles d'acanthe qui décoraient le tapis.

— Oh, c'est Frank... Frank Abbott, dit-il.

Le sourire de Miss Silver devint plus chaleureux.

— L'inspecteur Abbott est un grand ami. Le connaissez-vous depuis longtemps ?

— Eh bien, à vrai dire, nous étions dans le même lycée. Il est un peu plus âgé que moi, mais nos familles se fréquentaient. Il lui arrive de rendre visite à des cousins qui vivent près de chez nous. En fait, il est venu à la fin de la semaine dernière, car il avait un congé maladie, ayant été grippé, et nous avons parlé.

Frank est un type très bien... même si cela ne saute pas aux yeux, si vous me comprenez.

Il émit un petit rire nerveux.

— Un gars avec qui vous étiez au lycée et qui devient policier, c'est franchement cocasse. L'inspecteur Abbott ! Vous savez, nous avions l'habitude de le surnommer Schlingo. À cause des tonnes de brillantine dont il s'enduisait les cheveux. Je me souviens d'un jour, il s'était pommadé avec une marque qui sentait particulièrement fort et le prof de maths a fait le tour de la classe, nous reniflant les uns après les autres. Il a envoyé Schlingo se laver la tête.

Raconter cette anecdote sembla le dérider, mais son air renfrogné réapparut quand il en vint à la conclusion.

— Il m'a recommandé de venir vous voir. Il dit que vous êtes merveilleuse. Malgré tout, je ne vois pas ce qu'on pourrait faire. Je dois vous avouer qu'il n'y a aucune preuve... Schlingo a été le premier à l'admettre. D'après lui, aucun élément ne permet à la police d'ouvrir une enquête. Voyez-vous, je lui en ai touché deux mots parce qu'il est à Scotland Yard, mais il m'a prévenu qu'il leur était impossible d'agir, avant de me conseiller de venir vous trouver. Même si je n'en vois pas l'utilité.

Les aiguilles de Miss Silver cliquetaient rapidement. Elle maîtrisait parfaitement le nouveau modèle. Elle toussota et dit :

— Vous n'attendez pas que je réponde à cela, n'est-ce pas ? Si vous vouliez bien me répéter ce que vous semblez avoir confié à l'inspecteur Abbott, je serais à même de vous donner mon avis. Je vous en prie, continuez.

Roger Pilgrim s'exécuta. Le ton qu'elle y avait mis ne lui laissait pas le choix.

— Je crois que quelqu'un cherche à m'assassiner, lâcha-t-il.

À peine avait-il parlé que sa phrase lui parut d'une stupidité rare.

— Mon Dieu! s'exclama Miss Silver. Qu'est-ce qui vous le laisse penser?

Il la regarda. Elle était tranquillement assise, l'image même de la vieille demoiselle affable, qui l'observait derrière son ouvrage. Il aurait aussi bien pu annoncer que le temps était à la pluie. Il se reprocha d'être venu. Elle devait le prendre pour un pauvre névrosé. Peut-être l'était-il, d'ailleurs. Il fronça les sourcils et considéra le tapis.

— À quoi bon vous en parler? Quand j'essaye de l'expliquer, cela me semble idiot.

Miss Silver toussota.

— Quelle qu'en soit la raison, il est évident que vous êtes inquiet. Si cela ne se justifie pas, ne seriez-vous pas rassuré qu'on vous le démontre? En revanche, dans le cas contraire, il vaut mieux tirer les choses au clair.

Il releva la tête, plus attentif.

— Disons que je crois qu'on essaye de me tuer.

Miss Silver toussota.

— « On »? demanda-t-elle, insistante.

Elle tricotait très rapidement, à la manière continentale, les mains posées sur son giron, sans quitter des yeux son visiteur.

— Eh bien... ce n'est qu'une façon de parler. Je n'ai aucune idée de qui ça pourrait être.

— Je crois que vous feriez mieux de me raconter ce qui est arrivé. Car il est forcément arrivé quelque chose.

Il hocha la tête d'un air très convaincu.

— Vous pouvez le dire! Inutile de chercher à le nier. Quand de gros morceaux de plâtre vous tombent sur la tête, il n'y a pas là matière à élucubrations, sans parler de papiers et d'un tapis transformés en tas de cendres.

— Mon Dieu ! s'écria Miss Silver. Je vous en prie, racontez-moi tout depuis le début.

Il s'était redressé dans son fauteuil et la regardait franchement.

— L'ennui, c'est que je ne sais par où commencer.

Miss Silver toussota.

— Par le commencement, major Pilgrim.

Derrière ses lunettes, son regard se fit soucieux.

— Eh bien, pour ne rien vous cacher, c'est exactement ce qui me chiffonne... je ne sais par quel bout prendre les choses. Voyez-vous, je ne suis pas le seul concerné, il y a aussi mon père. J'étais au Moyen-Orient quand il est mort... cela ne fait pas longtemps que je suis rentré. Et, bien sûr, comme dit Schlingo, il n'y a aucune preuve. Mais enfin, expliquez-moi pourquoi une jument habituellement paisible, qu'il montait chaque jour depuis dix ans, serait soudain devenue folle au point de s'emballer alors qu'il était en selle. Cela ne lui était jamais arrivé. Quand la bête est revenue, tout écumante, ils sont partis à la recherche de mon père et ils l'ont retrouvé avec la nuque brisée. Notre vieux palefrenier affirme qu'il y avait une épine sous la selle... à l'entendre, quelqu'un l'y avait mise. L'ennui, c'est qu'il n'y en avait pas qu'une seule. La jument ne l'avait pas projeté à terre... ils étaient tombés ensemble, à un endroit où abondent les églantiers et les ronces. Mais William s'est posé la question, et moi aussi je m'interroge : pourquoi la jument s'est-elle emballée ? Nous sommes tous deux parvenus à la même réponse... même si cela ne constitue pas une preuve.

— Quelle raison avait-on de vouloir la mort de votre père ?

— Ah... là, vous me prenez de court ! Il n'y avait aucune *raison.*

L'accent mis sur le mot invitait à poser une question. Miss Silver ne s'en priva pas.

— À vous entendre, on croirait que la raison n'en est pas vraiment une.

— Eh bien, en fait, c'est à peu près ça. Figurez-vous que... pour ma part je ne crois pas à ce genre d'explications, mais, si vous demandiez à William... le palefrenier dont je vous ai parlé... ou à n'importe quelle autre personne vivant depuis longtemps au village, on vous répondrait que c'est arrivé parce qu'il voulait vendre.

— Et il y a une superstition au sujet de cette éventualité ?

Le mot parut le troubler. Il fronça les sourcils, avant de s'expliquer.

— Oui... je vois ce que vous voulez dire. Ma foi, oui. La maison appartient à notre famille depuis des lustres. Personnellement, je ne fais pas grand cas de toutes ces superstitions... c'est un peu dépassé, si vous voulez mon avis... Il n'est pas bon d'essayer de vivre dans le passé et de se raccrocher à tout ce que vos ancêtres ont pu accumuler, n'est-ce pas ? À quoi bon ? Nous ne roulons pas sur l'or et, si je m'entichais d'une héritière, il est probable que je ne lui plairais pas. Aussi, quand mon père m'a écrit qu'il voulait vendre, je lui ai répondu qu'en ce qui me concernait il pouvait faire à son idée... seulement, pour ne rien vous cacher, il n'a jamais reçu ma lettre. Et les gens, à la campagne, sont très superstitieux.

— Quelle est la nature de cette superstition, major Pilgrim ?

— Eh bien, à vrai dire, c'est une comptine. Une espèce de crétin l'a gravée dans la pierre au-dessus de la cheminée du hall, et on ne peut y échapper... tout le monde l'a sous le nez, en somme.

Miss Silver toussota.

— Et que dit-elle, cette comptine ?

— Des inepties, bien évidemment... qui jouent avec

notre nom et celui de la maison. Nous nous appelons Pilgrim[1], la maison, Pilgrim's Rest. Écoutez un peu :

> *Partir en pèlerinage, Pèlerin, ne t'avise pas*
> *Car loin de ton Havre, nul repos ne trouveras.*
> *Demeure en ton Havre, ou tu connaîtras*
> *Grand malheur juste avant le Trépas.*

Il eut un petit rire nerveux.

— Des balivernes, mais je suis amené à croire que tout le monde dans le village a pensé que c'est pour cette raison que la jument s'est emballée et que mon père s'est rompu le cou.

Miss Silver n'avait pas cessé de tricoter.

— Les superstitions ont la vie dure. Après le décès de votre père, major Pilgrim, a-t-on continué à négocier la vente de la maison ?

— Ma foi, pour tout vous dire, non. Voyez-vous, à cette époque, j'ai été fait prisonnier. Je me trouvais dans un camp, en Italie, et rien de nouveau n'est arrivé. Puis, quand l'armée de Mussolini a été chassée, je me suis échappé. J'ai été hospitalisé, avant de rentrer chez moi. Quand l'acheteur potentiel s'est de nouveau manifesté, j'ai cru devoir m'en occuper. C'est alors que le plafond m'est tombé sur la tête.

Miss Silver émit une petite toux.

— L'entendez-vous au sens propre... ou au sens figuré ?

Comprenant qu'il ne suivait plus, elle reposa sa question de manière plus explicite.

— Voulez-vous dire que le plafond s'est véritablement effondré ?

Une fois encore, il lui répondit par un vigoureux hochement de tête.

— Un peu, oui ! Un bout du plafond, plutôt... Des nymphes et des guirlandes, et tout ça. Ce n'est pas la meilleure chambre... celle-ci se trouve à côté... mais le

---

1. Pilgrim : pèlerin ; Pilgrim's Rest : le Havre du Pèlerin. *(N.d.T.)*

gars qui, au XVIIIe siècle, a fait installer ce plafond a voulu qu'il se prolonge dans son dressing-room. Il s'était inspiré d'un palais italien et c'est le genre de choses que les gens viennent admirer. Bon, et il y a un mois de cela, mon bout de plafond s'est effondré, exactement au-dessus de mon lit, dans lequel j'aurais dû me trouver si je ne m'étais pas endormi sur un bouquin mortellement ennuyeux que je lisais dans le bureau.

— Mon Dieu! Pourquoi s'est-il effondré?

— Parce qu'un des tuyaux fuyait et que les nymphes et le reste étaient gorgés d'eau. C'était devenu très lourd et l'eau a fini par tout faire tomber, comme une charretée de briques. Si j'avais été dans mon lit, je serais mort... il n'y a aucun doute.

— On peut dire que vous l'avez échappé belle. Vous avez parlé d'un autre incident, me semble-t-il.

Il confirma d'un mouvement de tête.

— Il y a une semaine, dans une petite pièce que mon père utilisait pour ranger ses papiers personnels. Un drôle d'endroit. Les murs sont tapissés de casiers jusqu'au plafond, remplis à ras bord de paperasse. Bon, il m'arrivait de les trier, à l'occasion, et, mardi après-midi, j'y avais passé pas mal de temps. Sur le coup de six heures et demie, j'ai bu un verre et tout ce que je sais, c'est que je n'en pouvais plus. Je me suis installé dans un fauteuil près du feu et je me suis assoupi. Je devais vraiment être dans les bras de Morphée parce que, quand je me suis réveillé, la pièce brûlait. Je ne sais pas comment le feu a pris, une étincelle, peut-être, projetée par les bûches de la cheminée, ça arrive, vous savez. Et il y avait beaucoup de paperasse par terre et une feuille a pu s'enflammer. Mais la question demeure : pourquoi me suis-je endormi, et pourquoi ne me suis-je pas réveillé? J'ai le sommeil très léger, vous savez.

— Que voulez-vous dire ? demanda Miss Silver.
Il la regarda, inquiet.
— Je crois qu'après m'avoir drogué on a mis le feu aux papiers, dit Roger Pilgrim.

4

Miss Silver abandonna son ouvrage. Elle le posa soigneusement en équilibre sur le bras du fauteuil, se leva et se dirigea vers sa table de travail où elle s'installa, sans hâte aucune. Après avoir sorti d'un tiroir un cahier à la couverture d'un vert brillant, elle s'adressa à Roger Pilgrim.

— Ne voulez-vous pas venir vous asseoir ici... ce sera plus pratique. J'aimerais prendre quelques notes.

Le temps qu'il s'assoie sur une chaise à haut dossier, de l'autre côté du bureau, elle se tenait prête, le cahier ouvert devant elle, un crayon bien taillé à la main. Son extrême gentillesse ne l'empêchait pas d'agir avec promptitude et en professionnelle, comme elle se plaisait à dire.

— Si ces deux incidents constituaient des tentatives délibérées pour vous assassiner, vous avez sans aucun doute besoin de conseils et de protection. Mais j'aimerais en apprendre un peu plus. Vous avez parlé d'un tuyau qui fuyait. Je suppose que vous l'avez fait examiner. A-t-on remarqué des signes laissant penser qu'on l'avait saboté?

Il eut un regard gêné.

— Eh bien, en réalité, ce n'était pas un tuyau... mais un robinet.

Elle le considéra avec réprobation.

— La précision est d'une importance capitale, major Pilgrim.

Il retira ses lunettes et se mit à les polir avec un mouchoir bleu foncé. Ainsi, ses yeux lui donnaient l'air d'un homme sans défense. Il évita de croiser ceux de Miss Silver.

— Oui... c'est bien cela. Nous pensions qu'il s'agissait d'un tuyau, mais tout était en ordre de ce côté-là. En réalité, il n'y avait pas l'eau courante au premier avant que mon père ne la fasse installer, et la plomberie est donc très moderne. Dans les combles, on a transformé un dressing-room en salle de bains, et on a installé un placard équipé d'un lavabo. Après l'effondrement du plafond, nous avons remarqué que le robinet de ce lavabo était resté ouvert. Quelqu'un avait laissé la bonde enfoncée et, bien sûr, l'eau avait débordé. L'ennui, c'est que je ne crois pas que cela ait provoqué l'effondrement de mon plafond. Tout d'abord, le placard ne donne pas directement au-dessus et j'estime aussi qu'il n'y avait pas assez d'eau. J'y ai beaucoup réfléchi. Dans la pièce au-dessus de ma chambre, que l'on n'utilise plus depuis des années, une lame du parquet est descellée. Supposez que quelqu'un ait bouché le lavabo et laissé couler le robinet pour faire croire que l'eau provenait de cet endroit, avant de déverser quelques seaux sous cette lame... le plafond n'y aurait pas résisté. Qu'en pensez-vous ?

Miss Silver acquiesça lentement de la tête.

— Quelle distance y a-t-il entre le lavabo et le bord de votre plafond ?

— Trois mètres à peu près.

— A-t-on retrouvé de l'eau sous le parquet dans cet espace ?

— Eh bien, oui... justement. Assez, mais pas une quantité considérable. Le plafond du couloir, qui se trouve juste dessous, n'est pas tombé. Et voyez-vous, celui qui s'est effondré, dans ma chambre, a absorbé une sacrée quantité de liquide, avec toutes ces lourdes moulures, les nymphes et le reste.

— Sans aucun doute.

Elle toussota.

— Quel est le personnel de Pilgrim's Rest?

— Seuls Robbins et son épouse dorment sur place. Je les ai toujours connus. Une fille du village d'une quinzaine d'années vient durant la journée. Elle aurait pu laisser le robinet ouvert. Mais elle s'en va à six heures et Mrs. Robbins dit y avoir pris elle-même de l'eau à dix heures avant d'aller se coucher avec son mari. Elle affirme n'avoir jamais de sa vie laissé couler un robinet. Pourquoi commencerait-elle maintenant? se défend-t-elle.

Miss Silver prit note : « Les Robbins couchés à dix heures. »

Puis elle demanda :

— À quelle heure le plafond s'est-il effondré?

— Vers une heure. Cela a fait un boucan infernal... qui m'a réveillé.

— Vous l'avez vraiment échappé belle, remarqua encore une fois Miss Silver. Vous pensez qu'on en voulait à votre vie et je vois que vous êtes sincère. Puis-je vous demander qui vous est suspect?

Il remit ses lunettes et la regarda droit dans les yeux.

— Aucun nom ne me vient à l'esprit.

— Avez-vous des ennemis?

— Pas que je sache.

— Quel mobile suggérez-vous?

De nouveau, il détourna les yeux.

— Eh bien, il y a cette histoire de vente de la maison. Mon père avait commencé les démarches et voilà qu'une vieille jument qu'il montait depuis des années s'emballe et l'entraîne dans sa chute, lui brisant le cou. Moi-même, quand je décide de vendre, un plafond vieux de plus d'un siècle et demi tombe sur mon lit et une pièce dans laquelle je range des papiers est détruite par le feu alors que je suis trop profondément endormi pour réagir.

Miss Silver le considéra avec gravité.

— Vous avez eu de la chance. Vous ne m'avez pas raconté comment vous avez fait.

— Eh bien, je me suis réveillé au moment où le feu a pris à ma jambe de pantalon. Quand j'avais pénétré dans la pièce, je venais de dehors et j'avais posé mon vieil imperméable sur le dossier d'une chaise. Je m'en suis couvert la tête et j'ai atteint la porte. À cause de la fumée, on n'y voyait rien... tous les casiers brûlaient. Je n'ai pas pu ouvrir la porte. Vous savez, j'ai dans l'idée qu'elle était verrouillée. La clef était toujours à l'extérieur, c'était pratique pour fermer en m'en allant quand j'en avais fini avec mes rangements.

— Mon Dieu ! Qu'avez-vous fait ?

— J'ai filé par une fenêtre. Je suis allé chercher William et son petit-fils qui étaient dans l'écurie et nous avons éteint le feu. La plupart des papiers avaient brûlé... ce qui est une catastrophe, mais cela aurait pu être pire. La pièce est située dans la partie la plus ancienne de la demeure et les murs derrière les casiers sont en pierre, le feu n'aurait donc pas pu s'étendre.

— C'est vraiment une chance. Major Pilgrim... vous pensez pouvoir affirmer que la porte était fermée à clef. J'imagine que vous avez vérifié.

— Eh bien, une fois l'incendie circonscrit, elle ne l'était pas. Il n'en reste pas moins vrai qu'il m'a été impossible de l'ouvrir quand j'ai essayé et, en définitive, j'ignore qui l'a ouverte, parce que, à ce moment, tous ceux qui se trouvaient dans la maison étaient venus à la rescousse. N'importe qui a pu l'ouvrir, mais personne ne semble s'en souvenir.

— De sorte que chacun dans la maison a pu la fermer ou l'ouvrir, à moins qu'elle n'ait jamais été verrouillée ?

Roger Pilgrim regarda le bout de ses pieds.

— C'est à peu près ça, confirma-t-il. Mais pourquoi ne s'ouvrait-elle pas... pouvez-vous me le dire ?

Miss Silver changea de sujet.

— Bien, major Pilgrim, veuillez me donner les noms de tous ceux qui étaient présents lors de ces deux incidents — leur nom et une brève description.

Il avait ramassé une feuille de papier sur la table. Il la pliait et la repliait, les doigts aussi raides que s'il manipulait quelque objet dont sa vie dépendait. Il ne quittait pas la feuille des yeux, mais Miss Silver se demanda s'il la voyait.

— C'est que... je ne sais pas... fit-il d'une voix traînante.

Miss Silver toussota. Elle frappa la table de la pointe de son crayon.

— Vous n'êtes pas marié ?

— Oh, non.

— Fiancé ?

— Ma foi... pour ne rien vous cacher... non, je ne suis pas fiancé.

Elle lui offrit un sourire radieux.

— Je vois... j'anticipe un peu. Mais vous fréquentez quelqu'un. Était-elle dans la maison au moment de l'un ou l'autre incident ?

— Oh, non.

— Dans le voisinage.

— Non, non.

— Revenons donc aux personnes présentes. Voudriez-vous me donner leurs noms ?

— Bon, il y avait mes tantes... les sœurs de mon père, mais beaucoup plus âgées. Mon grand-père s'est marié deux fois... elles appartiennent à la famille de sa première femme. Elles étaient quatre, toutes des filles. Ces deux-là ne se sont jamais mariées. Elles ont toujours vécu à Pilgrim's Rest.

— Comment s'appellent-elles ?

— Tante Collie, diminutif de Columba, et tante Netta, pour Janetta.

Miss Silver nota dans son cahier : « Miss Columba Pilgrim — Miss Janetta Pilgrim. »

— Parlez-moi un peu d'elles.

— Disons que tante Collie est grande, tante Netta petite. Tante Collie est folle de jardinage. Je ne sais pas ce que nous deviendrions sans elle, parce que, bien sûr, il ne faut pas espérer trouver un jardinier. Elle et le vieux Pell assurent l'essentiel. Tante Netta se contente de travaux d'aiguille. Elle a entrepris de broder de nouvelles housses pour tous les fauteuils de la maison... cela doit faire trente ans qu'elle s'y consacre. C'est une perte de temps insensée, mais, comme sa santé est mauvaise, je suppose qu'il est bon pour elle d'avoir une telle occupation.

Miss Silver prit des notes. Quand elle eut fini, elle leva les yeux et dit :

— Je vous en prie, continuez.

— Il y a aussi mon cousin, Jerome Pilgrim. Il a été sérieusement blessé à Dunkerque. Il a besoin d'une infirmière et nous avons eu la chance de pouvoir la garder. Elle s'occupe très bien de lui et veille aussi sur tante Netta.

— Son nom ?

— Oh, Day... Miss Lona Day.

Miss Silver écrivit : « Jerome Pilgrim — Lona Day » et demanda :

— Quel âge a votre cousin ?

— Jerome ? Trente-huit, trente-neuf, disons. Il a le grade de capitaine, si cela vous intéresse. Avant la guerre, il était avocat... il ne se tuait pas à la tâche, si vous me comprenez. Et il écrivait des romans policiers... pas du tout mauvais. Mais depuis Dunkerque, il n'a rien fait... il est trop mal en point, le pauvre.

— Doit-il garder le lit ?

Il la fixa.

— Jerome ? Oh, non. Il peut se déplacer... sauf quand il a une crise. C'est la tête, en général. Les médecins ont prétendu qu'il guérirait mais c'est faux, vous savez.

Miss Silver toussota.

— Major Pilgrim, je suis obligée de vous demander... votre cousin est-il mentalement perturbé ?

De nouveau, il la fixa.

— Jerome ? Mon Dieu, non ! Enfin... bien sûr que non, le pauvre.

Miss Silver n'insista pas.

Si, à ce moment de son enquête préliminaire, il lui sembla qu'il ne fallait pas chercher trop loin l'origine des incidents évoqués par Roger Pilgrim, sa prudence naturelle lui interdisait d'accepter facilement une explication. Elle se contenta de souligner le nom du capitaine Jerome Pilgrim et demanda :

— Il s'agit là de tous les pensionnaires de Pilgrim's Rest ?

Le mot déplut à Roger. Survenant juste après qu'elle eut voulu savoir si ce pauvre Jerome n'était pas fou, il l'irrita profondément. Parler l'avait soulagé. Maintenant, il commençait à regretter d'être venu. C'est d'une voix quelque peu boudeuse qu'il répondit.

— Non... il y a Miss Elliot et la petite fille.

Elle lui adressa un regard encourageant.

— Oui ? dit-elle.

— C'est notre nouvelle femme de ménage, expliqua-t-il. Une des filles du village qui nous aidait a été mobilisée et l'autre n'a que quinze ans.

— Et Miss Elliot ?

— Elle est plutôt jeune. Elle s'appelle Judy. Dans les vingt-deux ans, dirais-je. Elle n'est pas sous les drapeaux à cause de la petite. C'est la fille de sa sœur et il n'y a personne d'autre pour s'occuper d'elle. Ses parents sont morts dans un bombardement aérien.

Miss Silver inclina la tête.

— Un deuil cruel.

Elle nota : « Miss Judy Elliot », et demeura le crayon à la main, attendant le nom de la fillette.

— Oh, Penny Fossett. Elle a dans les quatre ans. Elles ne sont en rien concernées par les événements car elles viennent d'arriver.

— Je vois. Major Pilgrim... qui hériterait de votre propriété si vous étiez victime d'un accident fatal ?

Il parut très surpris. Puis son front se plissa.

— Oh, mon frère Jack. Mais nous ignorons s'il est vivant ou non. Il était hospitalisé à Singapour la dernière fois que nous avons eu de ses nouvelles, juste avant l'entrée des Japonais dans la ville. Et, bien sûr, nous espérons qu'il va bien, mais comment savoir ?

— Par conséquent, si vous aviez succombé à l'un ou l'autre de ces accidents, la vente de la propriété aurait été indéfiniment reportée ?

— Je suppose que oui. En fait, elle ne pouvait être vendue tant que nous ne savions rien à propos de Jack.

— Si on avait la preuve que votre frère était mort... qui en hériterait ?

— Jerome.

Il y eut une pause assez longue. Quand elle estima qu'elle avait suffisamment duré, Miss Silver le questionna d'un ton grave.

— Qu'attendez-vous de moi ? Si je décide de vous aider, il me faudra être sur place. Je pourrais soit me présenter en tant que détective privé, soit, et ce serait préférable, sous les traits d'une visiteuse ordinaire. Pensez-vous que nous puissions nous confier à l'une de vos tantes ? Auquel cas, je me ferais passer pour une vieille amie en visite... une camarade de classe, peut-être.

— Il me faudrait en parler à tante Collie, dit-il sans enthousiasme. Pas à tante Netta... elle se mettrait dans tous ses états. Ou bien à Lona... elle prétendrait que vous êtes une tante ou quelque chose d'approchant.

Miss Silver parcourut sa liste de noms.

— Miss Lona Day... l'infirmière ? Non, je ne pense pas que ce soit souhaitable. Il vaudrait mieux vous en ouvrir à Miss Columba. Les personnes qui passent leur temps à jardiner sont en général dignes de confiance. Le jardinage est une activité qui développe le goût des choses bien faites, la patience et la persévérance, et ces gens-là sont calmes et ont les nerfs solides. Je ne crois pas que vous m'ayez communiqué l'âge de Miss Day.

— Lona ? Ah non ? Eh bien, c'est que je l'ignore. Elle doit avoir dépassé la trentaine, oui. C'est une infirmière terriblement efficace et je ne sais ce que nous deviendrions sans elle. Mais, j'y pense, elle est sûrement plus proche de la quarantaine que de la trentaine, parce qu'on a dit quelque chose sur son âge quand elle est arrivée. Il y a trois ans, c'était peu avant toute cette histoire à cause d'Henry.

Miss Silver toussota et demanda :

— Qui est Henry ?

5

Quand Judy arriva à Pilgrim's Rest, il pleuvait à verse. Il y a des façons plus agréables de parvenir au terme d'un voyage ou de découvrir une maison. Le vieux taxi emprunté à Ledlington s'arrêta à mi-chemin de la grand-rue. Elle ne pensait pas avoir jamais vu une rue aussi humide, car non seulement un véritable déluge s'abattait du ciel bas et gris mais on distinguait un petit ruisseau qui coulait du côté gauche de la chaussée, le long d'une rigole pavée, avec, de-ci de-là, des passerelles donnant accès aux maisons qui la bordaient. Devant chacune d'entre elles se trouvait un jardin traversé par un sentier dallé ou recouvert de gravier.

La voiture s'immobilisa sur la droite de la chaussée et elle vit l'eau se déverser en cascades sur un bâtiment qui ressemblait à une serre. Quand le vieux chauffeur ouvrit la portière, elle s'aperçut qu'il s'agissait d'un long passage vitré donnant accès à la maison. Elle n'eut qu'un vague aperçu de celle-ci. De part et d'autre de l'entrée s'élevait un haut mur de brique et la demeure, apparemment vaste et construite dans un style désuet, offrait un grand nombre de fenêtres. Elle se demanda si c'était à elle qu'il incomberait de les nettoyer.

Elle ouvrit la porte du passage et souleva Penny au-dessus du trottoir étroit et mouillé, la déposant sur une vieille natte en fibres de coco. Des deux côtés de celle-ci, déroulée sur toute la longueur du passage, on distinguait un carrelage noir et rouge. Un double rang d'étagères supportait quelques plantes éparses, à l'odeur déplaisante. Elle découvrirait plus tard qu'elles étaient la source d'une controverse entre Miss Columba et sa sœur — Miss Netta voulant les conserver, car il y avait toujours eu des plantes à cet endroit, Miss Collie rétorquant solennellement qu'aucune plante digne de ce nom ne pouvait croître dans un lieu aussi venteux et horrible et affirmant que si Miss Netta voulait les y garder, elle n'avait qu'à s'en occuper elle-même. Pour l'heure, Judy s'affairait à régler le taxi, à transporter les bagages dont on ne saurait se passer quand on voyage avec une enfant et à surveiller Penny, excitée comme une puce.

Le majordome avait ouvert la porte. C'était un homme entre deux âges, affichant un visage rien moins qu'avenant. Que cette humeur lui fût habituelle ou qu'il estimât devoir faire immédiatement comprendre à Judy ce que Mrs. Robbins et lui-même pensaient d'une jeune dame flanquée d'une enfant de quatre ans et se prétendant femme de ménage, elle n'avait aucun moyen de le savoir. En outre, il ne sembla en rien s'amadouer quand Penny tendit sa petite main et dit, de sa manière la plus courtoise : « Bonjour, comment allez-vous ? »

Elles pénétrèrent dans un grand vestibule carré, ouvrant sur des pièces de chaque côté avec un escalier à l'arrière-plan. La demeure donnait l'impression d'être immense et froide, bien que la température fût plutôt clémente. Plus tard, quand elle fit le tri de ses impressions, c'est cela qui lui revint d'abord à l'esprit — la pluie, une grande maison froide et le mauvais accueil de Robbins.

Cela se passa, comme c'est généralement le cas, au

moment de se coucher. Penny et elle disposaient d'une jolie chambre, au premier, ce qui la soulagea beaucoup, car elle n'aurait pas du tout apprécié de laisser la fillette seule au dernier étage. La pièce était à proximité de l'escalier. Au bout du couloir se trouvaient la chambre du cousin malade, celle de son infirmière, ainsi qu'une salle de bains. Penny et elle ne devaient pas l'utiliser. Elles franchirent une porte et descendirent à mi-hauteur d'un escalier tortueux. À cet endroit, le parquet était très inégal et le toit particulièrement bas, mais la baignoire était immense, et la salle aux boiseries en acajou spacieuse. Penny en fut très impressionnée.

Leur chambre, par ailleurs, ne manquait pas de confort, avec ses deux lits jumeaux en fer laqué de blanc, ce qui était surprenant car, à voir l'aspect de la demeure, elle aurait plutôt imaginé de sinistres lits à baldaquin. Une fois allongée sur le matelas, assez ferme, Judy se dit que tout cela ne se présentait pas si mal ; que les choses s'arrangeraient quand le soleil aurait succédé à la pluie, puisqu'il était stupide de supposer que le beau temps ne reviendrait pas, car c'était la règle. Enfin, pour se faire une idée personnelle de Pilgrim's Rest, il était doublement, voire triplement stupide de se laisser impressionner par ce que lui avait raconté Frank Abbott.

Elle se remémora les pensées que lui avaient inspirées les habitants de la maison. Miss Columba venant l'accueillir dans le hall. Quel choc, après la seule visite qu'elle lui avait rendue à Londres ! Ce jour-là, elle portait un manteau de fourrure de saison et un chapeau de feutre. Quand elle la revit, en pantalon de tweed informe, couleur œil-de-perdrix, elle lui parut d'une taille impressionnante avec son pull orange qui montait jusqu'à son double menton et son épaisse chevelure grise et bouclée, coupée presque aussi court que celle d'un homme. Elle avait des mains et des pieds gigantesques et se montrait encore moins à son avantage que lors de leur première rencontre. Toutefois, elle était gentille et aimable — le genre d'amabilité naturelle, qui n'a rien de personnel. Il était très difficile de reconnaître en elle la sœur de Miss Janetta. Celle-ci était assise dans un coin, sur un canapé, un tambour à broder entre les mains, qu'elle avait petites, fragiles et blanches. À se demander si elles n'avaient jamais été occupées à rien de plus concret dans l'existence que des travaux d'aiguille. Les deux sœurs n'avaient qu'un seul point en commun : leur chevelure bouclée, mais celle de Miss Netta tirait sur le blanc argenté quand celle de Miss Collie était gris fer — en outre, celle de Miss Netta offrait la vision d'innombrables rouleaux, boucles et autres frisettes très soignées et un coup d'œil suffisait à deviner que l'ensemble tenait impeccablement. Judy s'était demandé combien de temps cela lui prenait et elle en avait eu une idée quand on l'informa qu'il était hors de question de faire la chambre de Miss Netta avant midi, car elle ne la quittait qu'après avoir pris son petit déjeuner au lit. « Je ne suis qu'une pauvre malade, s'était-elle plainte. J'ai bien peur de vous donner beaucoup de travail. »

Judy ne la trouva pas le moins du monde malade avec ses grands yeux bleus et ses joues roses, mais on ne pouvait jamais être sûr de rien. Certaines couleurs étaient le fruit d'un maquillage parfait. La jeune femme estima que son apparence était la principale préoccupation de Miss Netta, outre sa broderie et sa santé.

Quant à Roger Pilgrim, elle avait dîné en sa compagnie à la table familiale, sans échanger avec lui autre chose que les salutations traditionnelles. Si Miss Janetta n'avait pas l'air souffrante, il en allait autrement de Roger. Il était également très nerveux. Sa main tremblait quand il saisissait son verre, son regard était fuyant et il sursautait au moindre claquement de porte. Arrivé en retard au dîner, il s'était éclipsé dès qu'il avait pris fin.

— Je vais fumer une cigarette avec Jerome ! avait-il lancé précipitamment.

Quand elle y repensa, Judy ne put se rappeler l'avoir entendu parler entre le moment où il l'avait saluée et celui où il s'était excusé de quitter la pièce.

Bien sûr, l'évocation du cousin malade lui fit penser à Miss Day — Lona, c'est ainsi que chacun appelait l'infirmière qui s'occupait du capitaine Pilgrim et de Miss Netta. Elle ne s'habillait pas en infirmière car le capitaine ne supportait pas d'entendre le moindre froissement de tissu et Miss Netta estimait l'uniforme peu seyant. Miss Day arborait donc une jupe en tweed couleur feuille-morte et un chandail jaune pâle. Plus très jeune, elle offrait néanmoins un physique agréable, mis en valeur par son pull. Elle n'était pas jolie, à proprement parler — visage aux traits fatigués, sans éclat, yeux noisette tirant sur le vert, abondante chevelure châtaine, assez belle. Elle rappelait quelqu'un à Judy, sans qu'elle puisse deviner qui. La ressemblance était aussi étrange qu'insaisissable. Ce détail lui trotta dans la tête de manière irritante, comme cela arrive généralement. Pourtant, elle était certaine de n'avoir jamais rencontré Lona Day, car elle ne l'aurait pas oubliée. Elle se montrait chaleureuse et attentionnée. Elle semblait vraiment se soucier de Penny, ainsi que de Nora et de John. Ce n'était pas Judy qui y avait fait allusion, mais Miss Janetta. Bien que Lona Day n'eût pas prononcé un mot, Judy sentit qu'elle ne restait pas indifférente à sa situation. Elle avait parlé avec une grande affection du capitaine Pilgrim.

— Je crains que l'entretien de sa chambre ne vous cause beaucoup de désagréments. Il vous faudra la faire quand il se trouve dans la salle de bains, mais vous disposerez d'à peu près une demi-heure, car il s'y rase également. Il avait cessé depuis longtemps, à cause de sa cicatrice, et je suis très heureuse qu'il ait recommencé. Il supporte difficilement d'avoir été défiguré et c'est un véritable drame pour lui, le pauvre.

— Est-ce qu'il ne descend jamais?

— Oh, si, en général... quand il se sent bien. Mais il lui est particulièrement pénible de rencontrer un étranger et il a très peur d'effrayer votre petite Penny. Quelle enfant adorable! Je ne m'étonne pas que vous ne puissiez vous en séparer. Et si gentille!

C'était le plus joli des compliments. Penny s'était comportée comme un petit ange et avait été miraculeusement bien accueillie. Cela ne durerait pas, alors autant commencer en douceur. Ce soir-là, Penny avait fait montre de toutes les qualités qu'une fillette de l'époque victorienne était censée posséder. « Oui, s'il vous plaît », n'avait-elle pas manqué de dire, et « Non, merci ». Elle n'avait laissé tomber aucune miette par terre, n'avait rien renversé sur la table et avait attendu de se trouver dans la salle de bains pour lancer un commentaire enthousiaste à propos de Miss Columba.

— Tu trouves pas qu'elle ressemble à un énorme yéléphant?

Judy eut un petit rire juste avant de s'abandonner au sommeil.

6

Le lendemain le temps était au beau. Judy laissa Penny dans le jardin tandis qu'elle vaquait aux tâches ménagères. Elle pressentait qu'elle n'en manquerait pas. Pour commencer, servir le thé de bon matin dans toutes les chambres, sans devoir toutefois récupérer les plateaux. Cela incombait à la fille du village, Gloria, dont le grand-père, le vieux Pell, faisait office de jardinier. Gloria était une rouquine qui parlait à tort et à travers dès qu'elle était sûre de ne pas être entendue des Robbins. Ces derniers avaient apparemment réussi à lui inspirer une certaine crainte. Gloria restait avec Judy jusqu'à onze heures avant de descendre se mettre à la disposition de Mrs. Robbins. Elle arrivait le matin à huit heures et repartait le soir à six.

En ce premier jour, quand elle lui fit faire le tour de la maison, elle se montra hautaine, mais, sous ses grands airs, elle était amicale.

— L'endroit n'est pas mal si Mr. Robbins ne vous prend pas en grippe. C'est un numéro, celui-là... et elle donc ! Mais quelle cuisinière ! Maman prétend que j'ai une chance unique et que je dois en apprendre le plus possible en la regardant travailler. D'après elle, on va pouvoir bien gagner dans la cuisine. Ma tante Ethel travaille pour les *British Restaurants*[1] et elle prétend que ça va marcher du tonnerre. Moi, je ne sais pas. Tante Mabel dit que je devrais aller au salon de coiffure maintenant, qu'on me fasse une jolie ondulation avec quelques boucles, sauf que Mrs. Robbins m'oblige à les brosser à plat quand j'arrive le matin. C'est-y pas une honte? Je parie qu'elle pourrait pas les boucler, les siens, même avec le tisonnier de la cuisine!

La grande maison était construite de façon anarchique. Derrière le passage vitré, bien dans le style victorien, on apercevait une façade du XVIIIe siècle qui dissimulait un véritable labyrinthe de pièces donnant sur plusieurs étages, avec une multitude d'escaliers de quelques marches pour y accéder ou en descendre et d'innombrables couloirs. Beaucoup de pièces étaient vides. « Le cauchemar de la femme de chambre! », songea Judy, fascinée au demeurant. En haut du grand escalier, à gauche et à droite du palier, s'ouvrait un couloir à peu près plan.

Gloria, pleine de son importance, indiqua la chambre dont le plafond s'était effondré.

— Elle est restée dans un désordre épouvantable, mais je ne peux pas vous la montrer, parce que Mr. Roger a fermé et a gardé la clef. Il s'est installé dans la chambre voisine. C'est la plus belle, en face de celle dont le plafond s'est écroulé. Mr. Pilgrim l'occupait et son plafond est identique à celui qui est tombé. Je ne serais pas étonnée s'il était aussi dangereux. Beaucoup trop lourd d'après ma mère, avec toutes ces danseuses et ces bouquets de fleurs... et guère décent, selon elle. Elle aidait au ménage ici avant d'épouser mon père. Je vous dis pas tout le personnel qu'ils avaient! Mr. et Mrs. Robbins étaient déjà

---

[1]. Chaîne de restaurants financés par le gouvernement, ouverts en 1939-1945 et au-delà. *(N.d.T.)*

là... les immortelles, les appelle ma mère. Et aussi une aide-cuisinière et une fille qui servait à table, sous les ordres de Mr. Robbins, plus une gouvernante et maman, ainsi qu'une femme pour le gros ménage et un jeune pour cirer les chaussures et affûter les couteaux.

Judy considéra la grande chambre et se félicita de ne pas avoir à s'en occuper chaque jour. Le parquet était recouvert d'un vaste tapis de moquette bouclée et on apercevait un grand nombre de meubles victoriens massifs. Mais l'immense lit à baldaquin datait du XVIIIe siècle. On lui avait enlevé ses rideaux, mais à voir ce qui ressemblait au tour de lit d'origine, on devinait qu'ils devaient être très lourds et d'une couleur sinistre — elle avait viré au brun rouille, sauf aux endroits où les plis étaient protégés de la lumière. Des rayures apparaissaient, qui n'avaient rien perdu de leur rouge foncé de jadis. Les murs étaient tapissés de papier à fleurs — guirlandes de rosés entrelacées à des rubans bleus. Cependant, étant donné la quantité de photos qui y étaient accrochées, presque toutes des portraits, on n'en avait qu'un aperçu très fragmentaire. À l'évidence, Mr. Pilgrim aimait sentir sa petite famille autour de lui.

Gloria, tout imbue d'elle-même, jouait les guides.

— Là, c'est Mr. Roger bébé... on pensait qu'il ne vivrait pas. Et là, c'est Mrs. Pilgrim... elle est morte une semaine après la naissance. Voici Miss Janetta et Miss Columba, ensemble, le jour où elles furent présentées à la Cour. Elle, c'est Mrs. Clayton... née Mary Pilgrim.

Judy abandonna le portrait de Miss Columba, mince et dégingandée, et de Miss Janetta, tout à fait reconnaissable — les deux sœurs étaient vêtues de satin blanc —, pour s'intéresser à une jolie femme qui souriait, un bébé sur les genoux.

Gloria baissa le ton, parlant toujours aussi vite.

— Elle est morte très jeune. Le bébé, c'est Mr. Henry Clayton. Vous le voyez ici, plus tard. D'après maman, quand on a pris cette photo, il était d'une beauté incomparable.

Judy observa le visage d'Henry Clayton. Le nom de cet homme ne lui disait rien, c'était un parfait inconnu. Rien ne lui fit pressentir qu'on allait en parler à maintes reprises devant elle. Ce jour-là, elle découvrit un beau jeune homme plein de vie, d'environ vingt-cinq ans. Il avait les traits de sa mère, les yeux noirs de la famille et un charme qui n'appartenait qu'à lui. Elle sentit que Gloria s'esquivait vers la porte pour la fermer avant de revenir près d'elle.

— C'est vraiment une histoire incroyable qu'il ait disparu comme ça.
— Il a disparu ?

Gloria plissa les yeux et ouvrit toute grande la bouche en une grimace très expressive.

— Et comment ! Il n'était pas si jeune non plus. La photo date de longtemps avant... cela ne fait que trois ans qu'il est parti. Il allait se marier avec Miss Lesley Freyne. Elle avait un tas d'argent et on n'a pas manqué de dire que c'était ce qui l'intéressait. Quoi qu'il en soit, il est venu au village pour le mariage, mais il n'a jamais eu lieu. Maman dit qu'elle n'était pas surprise... qu'il ait rompu, n'est-ce pas. Mais personne ne sait ce qu'il est devenu. À trois jours de se passer la bague au doigt, le voilà qui se volatilise, et depuis, plus rien. D'après maman, il n'a pas de quoi être fier de son comportement avec Miss Lesley. Tout le monde l'aime, Miss Lesley, et, s'il ne la trouvait pas jolie, eh bien, il le savait depuis le début, et s'il ne l'aimait pas, il le savait aussi, c'était pas la peine de pousser les choses aussi loin... se déplacer pour le mariage et tout le reste ! Maman n'est pas étonnée qu'il n'ose plus se montrer après ce qu'il a fait à Miss Lesley. Mais ne dites pas que je vous l'ai raconté, parce que si Mrs. Robbins l'apprenait, elle me passerait un savon.

Elle s'approcha furtivement de la porte et l'ouvrit, méfiante, comme si elle s'attendait à trouver Mrs. Robbins l'oreille collée au trou de la serrure. À la vue du couloir vide, elle rit bêtement et reprit le fil de ses explications.

— Ces deux chambres, en face, sont celles des demoiselles Pilgrim. Miss Netta est dans celle-ci... et comme il lui faut toute la matinée pour s'habiller, vous pouvez jamais y passer avant midi. La porte, là, c'est leur salle de bains. Il y en a une autre au bout du couloir, après l'escalier. La chambre de Mr. Jerome est à côté, et pas question d'y entrer, sauf quand il est sorti faire sa toilette.

Elle lança à Judy un sourire en coin qui ne manquait pas d'effronterie.

— Tous des sacrés enquiquineurs, pas vrai? De l'autre côté, c'est la chambre de Miss Day, de sorte qu'elle peut aller le voir quand il se trouve mal. Ça peut arriver pendant la nuit. Il paraît que c'est horrible, parfois. Moi, je ne coucherais pas ici, ni par amour ni pour tout l'or du monde et ma mère me l'interdirait. Des cris et des hurlements à vous glacer le sang, pauvre monsieur. Je n'aimerais pas être à votre place, obligée de dormir tout près.

Judy estima qu'il était temps de réagir.

— Qu'est-ce que vous en savez, puisque vous n'y dormez pas?

Gloria redressa la tête, agitant sa chevelure rousse en désordre.

— Et il n'en est pas question! répéta-t-elle. Même s'ils devaient me supplier à genoux! Je vais vous dire, Ivy, l'autre fille qui était ici et qui a été mobilisée pour travailler dans une usine, elle y a dormi jusqu'au moment où elle n'a plus pu le supporter et ma mère lui a offert d'habiter chez nous. Nous venions et repartions ensemble. C'était une chic fille. Bien sûr, vous ne vous douteriez jamais de rien en voyant Mr. Jerome. Il a l'air toujours si calme quand vous le regardez, sauf qu'il n'aime pas qu'on l'observe, à cause de son visage. D'après maman, il ne devrait pas se laisser aller. Il n'y a aucune honte à avoir et il faudrait qu'il se secoue et essaye de s'en sortir... c'est ce qu'elle pense, ma mère.

Judy pressentit qu'elle allait en apprendre plus qu'elle ne le souhaitait sur la mère de Gloria. Elle fut soulagée quand celle-ci dut rejoindre la cuisine. Cela dit, elle-même avait un travail fou et guère de temps pour en venir à bout !

Quand elle entendit le déclic d'une porte dans le couloir et surprit à la dérobée une grande silhouette masculine, vêtue d'un peignoir, qui se dirigeait en boitillant vers la salle de bains, elle se hâta d'entrer dans la chambre.

Les chambres ne manquent pas d'intérêt. Elles vous en disent long sur leurs occupants. Celle-ci lui apprit quelque chose sur les Pilgrim. Elle estima qu'elle était la plus belle de la maison et c'était faire preuve de générosité que de la donner à un cousin plus ou moins sans le sou qui avait débarqué chez vous et souffrait de problèmes de santé dont on ne voyait pas le terme. Elle disposait de deux fenêtres sur le jardin et d'un vaste oriel, de sorte qu'aussi longtemps que le soleil brillait la chambre en profitait. Elle regarda par la fenêtre et découvrit un jardin entouré de hauts murs de brique. La plus grande partie semblait pavée, offrant des parterres ronds, carrés ou rectangulaires dans lesquels des conifères nains et verts contrastaient avec les petites branches sombres et dépouillées de ce qu'elle estima être des arbustes à fleurs. On voyait des perce-neige en fleur et toutes sortes de plantes à bulbes en train d'éclore. Les murs disparaissaient derrière des arbres fruitiers bien entretenus, avec, de-ci de-là, les rejets noirs et effilés d'un rosier grimpant. Dans le mur du fond, on avait aménagé un magnifique portail à deux battants en fer forgé, qui menait à un autre jardin, muré lui aussi. Elle s'aperçut qu'il y avait quatre jardins disposés en enfilade, chacun plus vaste et moins bien entretenu que le précédent.

Elle se retourna vers la chambre et l'examina, debout entre les charmants rideaux à fleurs. Son mobilier se composait de deux grands fauteuils confortables, d'un canapé spacieux et d'un lit au matelas aussi coûteux que récent. Des éléments de bibliothèque étaient fixés aux murs, des livres empilés sur la table de chevet, près d'un appareil de TSF — en définitive, ce que des personnes attentionnées pouvaient offrir de mieux à un malade pour adoucir son sort.

Rassérénée à cette idée, Judy se mit au travail. Elle en voulait à Frank Abbott, qui avait essayé de lui mettre des bâtons dans les roues pour l'empêcher de se rendre chez des hôtes prévenants. Elle eut la confirmation de ses sentiments quand elle courut dans le jardin pour voir ce que devenait Penny. Elle la trouva en train de jouer avec un tas de sable, au comble du bonheur. Munie d'une truelle et de quelques petits pots fournis par le vieux Pell, la fillette alignait des rangées de jolis châteaux qu'elle décorait de galets blancs. Quant à Miss Collie, imposante dans son pantalon et son pull marin trop grands, elle tamisait de la terre dont elle remplissait des germoirs et plantait ses premiers oignons. Il faisait un temps magnifique et, derrière une grande serre délabrée, elles étaient à l'abri du vent.

7

Deux jours durant, le soleil brilla. Roger Pilgrim se rendit à Londres. Penny jouait dans le jardin. Judy n'avait jamais autant travaillé de sa vie. Et puis il se remit à pleuvoir à verse. Penny dut rester à l'intérieur. Judy lui donna une petite pelle à poussière, une brosse et un chiffon. Mais quand Gloria rejoignit le rez-de-chaussée, Penny perdit tout intérêt aux travaux domestiques. Elle vint se planter devant Judy et la regarda d'un air exigeant.

— C'est plus drôle d'être une petite fille. C'est mieux un lion... un lion très méchant en colère. Mets-lui une queue qui fait pfff, pfff !

Judy fixa le chiffon sur la robe de Penny et pendant près d'une demi-heure tout se déroula miraculeusement. Le lion agitait la queue, rugissait et bondissait. Comme elle devait faire la chambre de Jerome Pilgrim, cela lui sortit de l'esprit. Elle s'arrangea pour que Penny demeure tout au bout du couloir avant que le capitaine ne ressorte de la salle de bains.

Quelques minutes passèrent et Miss Janetta l'appela. Elle fut chargée de chercher une bague qui avait roulé à terre. Miss Netta, en robe de chambre bleu pâle, continua d'arranger ses boucles compliquées, lâchant de temps à autre : « Je ne vois pas où elle est tombée » ou bien « Elle doit forcément être quelque part ».

Quand Judy la récupéra enfin et sortit de la chambre, elle était en sueur et couverte de poussière. Penny avait disparu. Elle ne se trouvait ni dans le couloir, ni dans leur chambre, ni dans aucune autre pièce dont elle ouvrit la porte en passant. Avec un sentiment d'horreur, elle se rendit compte que la dernière porte à gauche était ouverte — celle de la chambre du capitaine. Si la petite peste y était entrée...

Effectivement. Avant d'atteindre le seuil, Judy entendit les rugissements de Penny qui se prenait toujours pour un lion. Elle jeta un coup d'œil derrière la porte entrebâillée et vit la queue-chiffon vigoureusement agitée tandis que Penny affirmait de sa voix la plus grave : « C'est un lion très méchant. Il rugit et il mord. C'est le lion le plus méchant du monde. »

Jerome Pilgrim était assis dans son fauteuil, penché en avant. Il portait une robe de chambre en poil de chameau dans laquelle il semblait très grand. Un côté de son visage avait gardé toute sa beauté, mais paraissait fatigué et abattu. L'autre, en partie dissimulé par sa main gauche, révélait une longue cicatrice froncée du menton à la tempe. Les yeux caves traduisaient un sentiment de mauvaise humeur indéniable. Au-dessus du front plissé, ses cheveux étaient presque noirs, hormis une longue mèche blanche qui tombait le long de la cicatrice.

Penny cessa brusquement de rugir et avança d'un pas.

— C'est quoi qui a mordu ton visage ? demanda-t-elle, curieuse. C'était un lion ?

Une voix grave, plutôt sévère, lui répondit :

— Si tu veux. Mais tu ferais mieux de t'en aller.

Penny s'approcha encore.

— Il est plus méchant, le lion. Il est gentil. Il mord pas. Ça fait mal où le méchant lion il a mordu ?

— Parfois.
— Oooh... fit Penny d'une toute petite voix.
Puis elle demanda :
— On a pas fait des baisers pour te soigner ?
Judy l'entendit rire, sans joie.
— Ma foi non... on n'a pas fait des baisers.
— C'est des imbéciles, alors !

La voix de Penny était chargée de mépris. Elle tira sur la main protectrice, se hissa sur la pointe des pieds et, avec beaucoup de solennité, déposa un baiser doux et humide sur la joue cicatrisée.

Jerome Pilgrim se redressa brusquement au moment où Judy quittait l'embrasure de la porte. C'est du ton le plus naturel possible qu'elle s'adressa à lui.

— Je suis désolée, capitaine Pilgrim... Miss Janetta m'a appelée et la fillette m'a échappé. Elle n'a guère l'habitude de vivre chez des gens qu'elle ne connaît pas. Allons, viens, Penny !

Pendant qu'elle parlait, le capitaine avait plaqué de nouveau sa main sur sa joue. Une fois encore, Penny la tira vers le bas.

— Je veux pas venir. Le monsieur, il va me raconter une histoire... avec un lion.
— Penny !

La fillette fronça les sourcils à l'intention de Judy et adressa un sourire charmeur à Jerome Pilgrim.

— Je veux une histoire. L'histoire du grand méchant lion.

Judy s'aperçut qu'il commençait à s'amadouer. Elle se dit que cela lui ferait un bien énorme de s'occuper de Penny pendant qu'elle terminerait les chambres.

— Elle serait enchantée si vous acceptiez, dit-elle soudain, d'un ton vif et amical, et je pourrais travailler deux fois plus vite. Mais si cela devait vous importuner...

Une sombre lueur amusée passa dans les yeux noirs.

— Elle n'en fait qu'à sa tête, n'est-ce pas ? Il vaudrait mieux la prendre avec vous, cependant. Je ne veux pas qu'elle ait des cauchemars à cause de moi.

Il ne s'attendait pas à une repartie aussi brutale :

— Ne soyez pas stupide ! Pourquoi aurait-elle des cauchemars à cause de vous ?

Si elle ne mâchait pas ses mots, une vraie sympathie émanait de son sourire et de sa voix. Une jeune femme en blouse bleue, au physique agréable, aux beaux cheveux bruns et aux jolies dents le regardait comme un être humain et non comme un objet de pitié. Sa main était retombée.

— Je ne suis guère séduisant, n'est-ce pas ? dit-il.

Elle eut l'air surprise.

— À cause d'une cicatrice ? Quelle différence cela fait-il ? Les hommes n'ont pas à se soucier de leur apparence physique. Quant à Penny... elle vous a embrassé, n'est-ce pas ? Voulez-vous vraiment m'en débarrasser pendant un petit moment ? Vous seriez adorable. Mais n'hésitez pas à la mettre à la porte si cela devient trop pénible pour vous, enfin, vous verrez. Je serai dans votre salle de bains et ensuite dans la chambre de Miss Janetta.

Elle se retira sans vraiment lui donner le temps de répondre, laissant la porte ouverte comme elle l'avait trouvée. Elle ne ferma pas non plus celle de la salle de bains. Comme elle nettoyait la baignoire et remettait de l'ordre, elle perçut des bribes de l'histoire d'*Androclès et le lion* — ponctuée des commentaires de Penny, de ses questions et de ses appréciations. Il n'y avait aucun doute, cette légende avait une auditrice de choix.

Quand elle alla récupérer la fillette, celle-ci avait les yeux remplis d'étoiles. Jerome fut récompensé par l'étreinte passionnée qu'elle réservait à ceux qu'elle aimait de tout son cœur, et la séparation ne fut pas facile.

Au grand étonnement de la famille, Jerome descendit pour le repas de midi.

8

— Demain, je compte me rendre à Holt St. Agnes, annonça Miss Silver. Mais, auparavant, j'aimerais vous poser quelques questions. Je suis très heureuse que vous m'en donniez l'occasion.

Les rideaux étaient tirés dans son confortable salon. Elle portait sa plus belle robe de l'été précédent, en soie vert bouteille, décorée de traits et de points, comme un code en morse multicolore, sous une courte jaquette de velours noir, un des vêtements les plus anciens de sa garde-robe.

Quand il était d'humeur particulièrement irrespectueuse, Frank Abbott se demandait si elle ne datait pas d'avant la Première Guerre mondiale. Pour l'heure, il était installé devant le feu, sur un tabouret rembourré, aux mêmes pieds arqués, en noyer, que ceux du fauteuil de Miss Silver.

— Il nous arrive de faire relâche, nous aussi. Comme l'a si justement remarqué Lord Tennyson : « Rien n'est plus agréable que de profiter de quelque loisir. »

Miss Silver toussota.

— Je ne me rappelle pas ce passage.

Et pour cause, l'élève Frank venait de l'inventer. Il continua à sourire et affirma, sans rougir :

— Un de mes favoris. Que désiriez-vous me demander ?

Se moquer gentiment de Maudie lui procurait une joie maligne. Toutefois, il n'était jamais certain qu'elle ne s'en doutât pas. Parfois, un soupçon horrible lui venait : et si elle n'était pas dupe ? Il lui lança un regard ingénu et dit :

— Si je peux vous aider en quoi que ce soit...

Miss Silver continua à tricoter un moment sans parler. Le pull qu'elle voulait offrir à Ethel pour son anniversaire était bien avancé, mais elle était à un endroit qui exigeait de compter les mailles. Ses lèvres bougeaient, les aiguilles cliquetaient, et elle finit par expliquer :

— J'aimerais que vous m'en appreniez plus sur la famille Pilgrim. Quand je l'ai reçu, le major Pilgrim était si nerveux que je n'ai pas voulu lui donner l'impression de lui faire subir un contre-interrogatoire. C'est une des choses que je désirais savoir : a-t-il toujours eu ce comportement névrotique ?

— Non, je ne le dirais pas. Il n'a jamais été considéré comme quelqu'un de solide mais il a fait avec. Néanmoins, il se trouve qu'il vient de connaître une période très éprouvante. La guerre du désert, un camp de prisonniers, une évasion, l'hôpital, la mort de son père, l'inquiétude à propos de son frère, je suppose qu'il vous a appris qu'ils n'avaient plus de nouvelles de lui depuis la chute de Singapour. Et pour finir, ces histoires de plafonds qui s'écroulent et de chambres qui prennent feu. Pas étonnant qu'il soit sur les nerfs, vous en conviendrez.

— Certes, pauvre homme. J'espère qu'il sera possible de le tranquilliser. Quand il m'a quittée, il était quelque peu hésitant, mais, depuis, il m'a envoyé un mot m'invitant à venir chez eux demain. Je lui avais suggéré de me présenter comme une visiteuse et il m'informe qu'il a mis Miss Columba Pilgrim dans la confidence et qu'elle est d'accord. Je serai censée être sa vieille camarade d'école. Cela est possible du fait que Miss Columba était pensionnaire alors que Miss Janetta, d'une santé délicate, restait à la maison et étudiait avec les filles du vicaire, qui avaient une institutrice remarquable. Peut-on compter sur la discrétion absolue de Miss Columba ?

Frank Abbott rit.

— Elle est si avare de paroles, quand elle s'exprime, qu'à mon avis les risques de lui voir dire le mot de trop sont à peu près inexistants. C'est une femme qui a la tête sur les épaules, vous savez, et qui a toujours suivi sa route, fidèle à ses idées. Ne me demandez pas en quoi elles consistent, elle seule le sait.

Miss Silver compta un moment ses mailles avant de répondre.

— Que pensez-vous du cousin malade, Jerome Pilgrim ?

L'expression de Frank Abbott redevint sérieuse.

— Jerome ? C'était un des meilleurs. Il est plus âgé que Roger et que moi-même. Attendez voir... j'ai vingt-neuf ans, Roger en a deux de moins... Jerome doit avoir quarante et un ou quarante-deux ans. C'était notre référence. Vous savez comment sont les adolescents. Et puis, je l'ai pratiquement perdu de vue pendant des années. Chacun poursuit sa route... jusqu'à ce que... bref, quelque chose est arrivé qui nous a de nouveau réunis et, à ce moment, le pauvre gars était un homme brisé. Cela fait mal au cœur de le voir dans cet état.

Miss Silver lui lança un regard très direct.

— Frank, vous connaissez ces gens, et tous les détails des événements. Pensez-vous que Jerome Pilgrim en est responsable ?

— Non, à moins qu'il n'ait perdu la tête. J'entends par là que le Jerome Pilgrim que j'ai connu était un homme tout ce qu'il y a de plus droit. Mais après le choc qu'il a subi... bon, vous me comprenez.

— Considère-t-on qu'il a été mentalement affecté par sa blessure ?

— Non, ce n'est pas le cas. Les médecins espéraient qu'il se remettrait. D'après ce que je sais, il a peur de se montrer en public parce qu'il se croit plus défiguré qu'il ne l'est... il s'imagine être un objet d'horreur... et tout ce qui s'ensuit. À mon avis, on devrait l'encourager à sortir et à passer outre. Nous avons été plusieurs à agir dans ce sens... mes cousins, Lesley Freyne, moi-même. Pour quel résultat ? Chaque fois qu'il déroge un tant soit peu à ses habitudes, cela se passe au plus mal. Il a des cauchemars, réveille toute la maison au milieu de la nuit par ses hurlements et provoque des réactions de rejet. Aussi les médecins ont-ils recommandé de le laisser tranquille, qu'il se repose et qu'on ne l'oblige à rien. Et voilà ! Ils ont eu de la chance avec son infirmière... elle semble le comprendre.

— Miss Lona Day ?

— Oui. Elle lui est toute dévouée.

— Depuis combien de temps s'occupe-t-elle de lui ?

— Trois ans ?... Oui, c'est probable, car elle était déjà là quand Henry Clayton est parti.

Miss Silver posa son ouvrage sur les genoux et demanda :

— Oui. Je voudrais que vous m'en parliez.

— D'Henry Clayton ?

Il sembla assez surpris.

— Je vous en prie, Frank.

— C'est de l'histoire ancienne... trois ans déjà. Mais c'est tout à fait dans vos cordes. Rien à voir avec les derniers événements, bien sûr, mais suffisamment bizarre pour qu'on s'interroge. Henry Clayton était un cousin germain... peut-être l'est-il toujours, je l'ignore... de Roger et de Jerome. Sa mère était la sœur de Miss Collie et de Miss Netta. Il avait peu ou prou le même âge que Jerome et une vie passablement aventureuse... exerçant toutes sortes d'activités... un jour fermier, le lendemain chercheur d'or, le surlendemain journaliste. Quand les hostilités ont commencé, il a atterri au ministère de l'Information... ne me demandez pas pourquoi. Un homme absolument charmant, très beau, toujours entouré d'une ribambelle d'amis, généralement fauché comme les blés. Bref, vers la fin de la drôle de guerre, il s'est fiancé avec Lesley Freyne. Cet été-là, tout partait à vau-l'eau, et ils ne pouvaient pas espérer se marier avant le début de 1941. Pour être franc, à Holt St. Agnes, on avait l'impression qu'Henry n'était pas très chaud. Je ne sais pas si on vous a parlé de Lesley. Elle est agréable à regarder et a le cœur sur la main, mais ce n'est pas ce qu'on appelle une pin-up et Henry avait la réputation d'aimer ce genre de filles. Par ailleurs, elle avait et dispose toujours d'une fortune considérable et je suppose qu'Henry ne crachait pas dessus. Comme dit Tennyson : « Ne te marie pas pour de l'argent, mais va là où il se trouve. »

Il y avait une nuance désapprobatrice dans la voix de Miss Silver quand elle lui fit la remarque suivante :

— Frank, il est difficile de croire que des mots mis dans la bouche d'un vieux paysan acariâtre expriment les sentiments de Lord Tennyson.

Il s'empressa de l'amadouer.

— Comme vous dites. Sa réputation demeure sans tache. Laissez-moi donc vous raconter la suite de l'histoire d'Henry, nous approchons du point d'orgue. Trois jours avant le mariage, Henry Clayton et Lesley Freyne se sont quelque peu chamaillés. Personne ne sait à quel propos. Je reprends les termes exacts employés par Lesley. À l'entendre, cela n'avait rien de sérieux, ce n'était pas même une dispute. J'étais bien placé pour le savoir, car Scotland Yard a été mis sur l'affaire, Henry étant domicilié à Londres et membre du ministère de l'Information. Ils m'ont envoyé sur place, vu que je connaissais les lieux et les personnes concernées.

— Cela va sans dire, acquiesça Miss Silver.

Les mains toujours serrées autour de ses genoux, le regard dirigé non pas vers elle mais vers le feu de cheminée, Frank poursuivit son récit.

— Bref, après leur petite brouille, qui a eu lieu au cours de l'après-midi, rien d'autre ne semble s'être produit jusqu'à dix heures du soir, heure à laquelle Robbins, le majordome, a l'habitude de verrouiller les portes pour la nuit. C'étaient des couche-tôt, à Pilgrim's Rest, les dames à dix heures et le vieux un quart d'heure plus tard — le père de Roger était encore en vie, voyez-vous. Robbins a cru que tout le monde avait regagné sa chambre, quand, passant près de la porte du bureau, il a entendu Henry Clayton qui téléphonait. Il a essayé de nous faire croire le contraire, mais il se trouve qu'il a écouté à la porte. Il a surpris Henry qui disait : « Non, Lesley, bien sûr que non. Chérie, comment pouvez-vous imaginer une chose pareille ? Écoutez, j'arrive. » Il y eut une pause, le temps qu'elle lui réponde, et puis il reprit : « Oh, non... il n'est que dix heures et demie. » Après quoi il raccrocha et sortit dans le hall, laissant juste à Robbins le temps de s'écarter. Lesley Freyne a confirmé cette version, précisant qu'Henry avait appelé pour régler leur différend, elle se contentant de lui dire qu'il était trop tard pour une visite. Une fois dans le vestibule, Henry a prévenu Robbins qu'il se rendait chez Miss Freyne. « Ce ne sera pas long, a-t-il expliqué, mais ne m'attendez pas. Je prends la clef et je mettrai la chaîne de sûreté à mon retour. » Il a alors quitté la maison sans se changer.

Les aiguilles de Miss Silver cliquetaient.

— En smoking ?

— Non. Il y avait encore pas mal d'alertes aériennes et les hommes gardaient leurs vêtements ordinaires. Henry était vêtu d'un costume de ville bleu foncé. La soirée était douce et la maison de Lesley n'est qu'à une cinquantaine de mètres dans la même rue. Il a glissé la clef de la porte d'entrée dans sa poche avant de sortir. Lesley Freyne l'attendait. Après avoir raccroché, elle s'est avancée jusqu'à une des fenêtres de chez elle qui donne sur la rue. Il y avait un beau clair de lune et on distinguait parfaitement Pilgrim's Rest, dont l'entrée est assez particulière, une sorte de passage vitré qui va de la porte principale à la rue du village. Elle a aperçu Henry au moment où il débouchait du passage et se dirigeait vers sa maison. C'est alors qu'elle s'est éloignée de la fenêtre car elle ne voulait pas qu'il la surprenne en train de l'attendre. Elle a laissé retomber le rideau et s'est rendue à l'autre bout de la pièce. Les minutes ont passé. Elle lui avait expliqué qu'il trouverait la porte de la rue ouverte et qu'il lui suffirait d'entrer. Il n'est pas venu. Quand, à bout de patience, elle est retournée à la fenêtre, la rue était bien éclairée, la visibilité excellente, mais il n'y avait personne.

Il pivota et la regarda en face.

— Et voilà ! Henry Clayton a été vu au moment où il quittait Pilgrim's Rest, mais il n'est jamais arrivé à St. Agnes' Lodge et depuis il a complètement disparu.

— Mon Dieu !

— Je vous l'avais dit, c'est une histoire bizarre. On a attendu le matin pour s'inquiéter. À ce moment, bien sûr, on en a conclu qu'il avait tourné casaque. Personne ne semble avoir été persuadé qu'il était très amoureux de Lesley et tout le monde d'en conclure qu'il avait fait machine arrière. Si nous n'avions pas été en guerre, je crois que Scotland Yard aurait tiré les mêmes conclusions. Des milliers de gens disparaissent chaque année, mais, en temps de guerre, ce n'est pas si simple. Henry n'était plus un gamin, il avait près de quarante ans... et il travaillait pour le gouvernement. Il est impossible d'abandonner son emploi au beau milieu d'un conflit armé sans s'attirer de sérieux ennuis. Il vous faut une carte d'identité, des tickets de ravitaillement... bref, disparaître dans la nature est rien moins que facile. Je me suis rendu à Holt St. Agnes pour mener mon enquête. La famille était dans tous ses états. Quant à Lesley... il faut que vous sachiez que je l'aime beaucoup et j'avoue que j'aurais aimé me trouver cinq minutes seul à seul avec Henry... elle n'a pas fait la moindre histoire. Elle s'est montrée fidèle à elle-même, digne, mais cela a été très dur.

Miss Silver toussota.

— Combien de temps est-elle restée loin de la fenêtre après avoir vu Mr. Clayton descendre la rue vers chez elle ?

— Pas plus de quatre minutes, dit-elle. Elle s'est tenue près du feu et elle ne quittait pas des yeux l'horloge qui se trouve sur le manteau de la cheminée.

— Une cinquantaine de mètres séparent les deux maisons, avez-vous dit. Existe-t-il une rue adjacente ou un chemin ?

— Non, rien de tel. Le mur extérieur de Pilgrim's Rest représente la moitié de cette distance. Il est trop haut pour être escaladé. Une porte permet de se rendre au garage et à l'écurie, mais elle était fermée. Après le mur, on trouve une succursale de la County Bank, qui ne reprendra ses activités qu'une fois la guerre finie, deux ou trois magasins et le mur de St. Agnes' Lodge. L'autre côté de la rue est bordé de maisons construites en retrait, avec des jardins sur le devant. Si Henry avait l'intention de prendre la poudre d'escampette, il aurait pu, bien sûr, filer par là. Mais pourquoi traverser un jardin de cottage pour aller s'embourber dans les champs, dans la direction opposée à la ligne du chemin de fer ? Et pourquoi déguerpir par une nuit d'hiver, même douce... on était en février et pour moi c'est l'hiver... nu-tête, en complet veston, sans même une écharpe et aucun bagage ? Rien de ce qu'il avait apporté à Pilgrim's Rest n'avait disparu. C'est un peu dur à avaler, ne pensez-vous pas ? À moins qu'il n'ait été frappé d'amnésie... qu'il n'ait oublié où il se trouvait et ne se soit volatilisé.

Miss Silver toussota.

— Il a pu monter dans une voiture.

Frank hocha la tête.

— Possible. Mais aucune n'est passée dans Holt St. Agnes pendant que Lesley l'attendait. Elle était aux aguets et ne l'aurait pas manquée.

— Non, admit Miss Silver. Elle aurait certainement entendu une voiture à ce moment-là, mais elle a pu se présenter plus tard. Y avez-vous réfléchi ? Mr. Clayton est parti rejoindre Miss Freyne. Supposez qu'il ait changé d'avis et rebroussé chemin. Il a pu rentrer chez lui et y demeurer quelque temps. Prendre une décision aussi lourde de conséquences, à savoir tout abandonner la veille de son mariage, laisse supposer qu'il a dû avoir un très grave problème de conscience...

Frank secouait déjà la tête.

— Il n'est pas retourné dans la maison. Cela ne plaisait guère à Robbins de lui confier le soin de fermer la porte. Il était déjà là quand Henry et Jerome étaient gamins et vous savez comment sont ces vieux domestiques... pour eux, vous n'êtes jamais complètement adulte. Il n'avait pas confiance en Mr. Henry, surtout que le mariage approchait et que Mr. Pilgrim se montrait très exigeant au sujet de la fermeture des portes pour la nuit. Il est donc allé prévenir Mrs. Robbins qu'il monterait se coucher plus tard et il est revenu dans le hall pour attendre.

— Combien de temps ?

— Il a entendu l'horloge sonner minuit, puis il a dû

s'endormir, car il se souvient seulement de s'être réveillé quand elle annonçait six heures. Henry Clayton n'était pas revenu.

Miss Silver lui lança un regard pénétrant.

— Robbins a dormi pendant six heures. Comment, dès lors, sait-il que Mr. Clayton n'est pas rentré?

— Pour une raison bien simple : avant de s'asseoir pour l'attendre, il a remis la chaîne de sûreté.

— Pourquoi a-t-il fait cela?

Frank se mit à rire.

— Eh bien, il s'est montré assez réticent à répondre quand je lui posé la question. J'en ai déduit qu'il n'était pas vraiment sûr de pouvoir rester éveillé et qu'il n'aurait pas voulu qu'Henry le surprenne en train de dormir, aussi a-t-il fixé la chaîne. On en reste toujours au même point... Henry n'est pas retourné dans la maison.

Miss Silver toussota.

— N'aurait-il pu le faire pendant que Robbins parlait à son épouse?

Frank la dévisagea.

— J'imagine que si. Mais pourquoi? Il avait téléphoné à Lesley pour l'avertir de son passage et il venait de quitter la maison. Quelle raison avait-il d'y retourner? Et, si c'est ce qu'il a effectivement fait, quand et comment est-il ressorti? La chaîne était mise à la porte d'entrée... il lui était impossible d'emprunter cette voie. Il y a une entrée derrière la maison et une porte qui communique entre l'arrière-cuisine et la cour de l'écurie. J'ai interrogé Robbins à ce sujet. Elles étaient fermées à clef, avec la clef dans la serrure. Toutes les fenêtres du rez-de-chaussée disposent de volets à l'ancienne, en bois, et de barres de sécurité en fer. Robbins jure que celles-ci étaient posées quand il a fait sa tournée matinale pour les ôter. Je suppose qu'Henry aurait pu sauter d'une des fenêtres du premier. Mais, bon sang, dans quel but et pourquoi risquer de se casser une jambe alors qu'il lui suffisait d'emprunter l'escalier de derrière et de sortir par la cuisine ? Et il lui aurait encore fallu quitter les lieux. La propriété est entourée d'un mur de trois mètres de haut, dont chaque grille était verrouillée. J'ai douze ans de moins qu'Henry, quelques centimètres de plus et une dizaine de kilos de moins, pourtant, je serais bien en peine d'escalader ce mur. Enfin, rien ne l'empêchait de passer devant Robbins sans le réveiller et de filer par la porte de devant... mais, dans ce cas, on n'aurait pas retrouvé la chaîne accrochée. Non, cela n'a aucun sens... il n'est jamais revenu dans la maison. Quant à la porte du passage vitré qui donne sur la rue, elle était exactement comme il l'avait trouvée quand il est sorti... ouverte, la clef dans la serrure, du côté intérieur.

Miss Silver tricota un moment en silence. Puis elle demanda :

— À votre avis, que lui est-il arrivé, Frank ?

— Eh bien, il avait un côté nomade, je vous l'ai dit. Je pense qu'il est vraiment sorti avec l'intention de voir Lesley et que, subitement, il s'est ravisé. Souvenez-vous, ils s'étaient disputés. S'ils se rabibochaient, il était coincé pour la vie. Il a pu se dire que c'était sa dernière chance de se défiler, qu'il était en train de se vendre pour un plat de lentilles. Peut-être que le moment lui a paru favorable pour prendre ses jambes à son cou... une occasion de préserver sa liberté qu'il ne retrouverait plus, en somme. Supposez qu'il ait agi sans préméditation... et qu'il ait fait de l'auto-stop. Rappelez-vous, il y avait un beau clair de lune.

— Oui ? dit Miss Silver d'un ton gentiment perplexe. Et après ?

— Eh bien, il ne sera pas le premier à raconter des bobards et à s'engager sous une fausse identité. J'ai eu connaissance de centaines de cas de ce genre et je crois que nous pouvons l'envisager. Il n'est pas parti

en train... nous en sommes certains. Il aurait pu gagner deux gares en marchant... Burshot et Ledlington. À Burshot, on l'aurait reconnu et dans l'autre il ne serait pas passé inaperçu, sans chapeau ni écharpe ni manteau.
— Et personne ne l'a remarqué?
— Depuis, on a complètement perdu sa trace.

9

Le silence s'instaura un moment dans la pièce. Aucun d'eux ne trouva le temps long, jusqu'à ce que Frank Abbott finisse par reprendre la parole :

— Nous ne sommes pas encore de très vieilles connaissances, n'est-ce pas, mais je me permettrai de vous avertir que, si je ne ranime pas le feu, il va s'éteindre.

Miss Silver sourit, plutôt absente, et dit :

— Je vous en prie.

Elle observa avec quelle dextérité il disposait une pelletée de charbon sur les braises mourantes. L'inspecteur principal Lamb avait un jour remarqué, en présence de Miss Silver, que si Frank n'était bon à rien d'autre, il saurait toujours attiser un feu — manière à lui de réagir à la tendance de son subordonné à brasser du vent.

Quand de petites flammes prometteuses apparurent, elle dit :

— J'ai encore une ou deux questions à vous poser et, si vous n'y voyez pas d'inconvénient, j'aimerais prendre des notes.

Elle posa son ouvrage, s'approcha de sa table de travail et ouvrit le cahier vert à couverture brillante qui attendait sur le paquet de buvards.

Frank Abbott quitta son tabouret et alla s'appuyer contre le coin le plus éloigné de la table.

— Bien, que puis-je pour vous ?

— Me dire qui se trouvait dans la maison quand Mr. Clayton a disparu.

Il lui donna les noms, comptant sur ses doigts.

— Mr. Pilgrim... Miss Columba... Miss Janetta... Roger...

Elle toussota.

— Vous ne l'avez pas mentionné auparavant.

— Non ? Il était là pourtant... sept jours de permission. Jack était en Orient, donc absent... Où en étais-je ?

Il toucha l'annulaire de sa main gauche.

— Roger... Jerome, dit-il en tapotant son petit doigt... Lona Day... Henry... et le personnel.

Elle inscrivit tous ces noms et leva les yeux.

— Quels étaient les membres du personnel ?

— À cette époque ? Voyons voir... Mr. et Mrs. Robbins... deux filles du village, Ivy Rush et Maggie Pell... il ne manque personne. Mais Maggie et Ivy ne dormaient pas sur place, il ne faut donc pas en tenir compte.

Miss Silver prit note.

— Et qui était présent quand Mr. Pilgrim a été victime de son accident mortel ?

— Les mêmes... sauf Roger. Il était prisonnier au Moyen-Orient.

— Qui habite la maison aujourd'hui ?

Il lui lança un coup d'œil en coin. « Roger doit le lui avoir dit, songea-t-il. À quoi joue-t-elle ? »

— Toutes ces personnes plus Roger, moins les deux filles, qui ont été mobilisées. La plus jeune sœur de Maggie a pris sa place. Leur grand-père, le vieux Pell, est le jardinier de Pilgrim's Rest... il est là depuis Mathusalem.

— Et l'autre fille a été remplacée par Miss Judy Elliot ?

Elle avait levé les yeux pour poser sa question et elle remarqua un léger changement dans son expression, si minime qu'il aurait échappé à n'importe qui d'autre. Aussi ne fut-elle pas surprise de l'entendre répondre d'une voix quelque peu différente, même si la nuance était imperceptible.

— Oh, oui, confirma-t-il. C'est une amie, vous savez. Mais je ne suis pour rien dans sa venue... d'ailleurs, j'ai tout fait pour la décourager. Elle est avec une gosse, la fille de sa sœur. Cela ne me plaît pas de les savoir là-bas... pas du tout. C'est une des raisons pour lesquelles je suis si heureux que vous vous y rendiez.

Cela n'allait pas du tout. Il était en train de se trahir de belle manière. Maudie lisait en lui comme dans un livre.

Quoi qu'elle eût deviné, Miss Silver n'en laissa rien paraître.

— Elles ne devraient pas du tout être menacées, dit-elle avec la même attention amicale qu'à l'ordinaire.

Il se pencha en avant, posant une main sur la table.

— Écoutez, où voulez-vous en venir avec vos trois listes ? Seriez-vous en train de prétendre que la disparition d'Henry a quelque chose à voir avec les lubies de Roger ?

Miss Silver fit précéder sa réponse de son toussotement habituel.

— Mon cher Frank, au cours des trois années écoulées, Pilgrim's Rest a été le théâtre d'événements peu ordinaires. Mr. Henry Clayton a disparu la veille de son mariage. Mr. Pilgrim a été victime d'un accident mortel que son palefrenier et son fils ne considèrent absolument pas comme un accident. Son fils est maintenant convaincu qu'on a attenté deux fois à sa vie. Je n'affirme pas que tout cela est lié, mais une série de coïncidences aussi troublantes mérite à l'évidence une enquête approfondie. Il y a encore une chose que j'aimerais vous demander. Quand Mr. Henry Clayton a disparu, sait-on s'il disposait de quelque argent ?

Frank se redressa.

— Eh bien, oui, j'aurais dû vous en parler. C'est une des principales raisons qui laissent envisager une fuite délibérée. Mr. Pilgrim lui avait remis un chèque de cinquante livres, en cadeau de mariage. Henry a demandé à toucher la somme en liquide, sous prétexte qu'il en aurait besoin pour sa lune de miel. Personne n'ignorait dans la famille que le vieux Pilgrim dissimulait de l'argent dans la maison. Donc, quand Henry lui a dit préférer du cash, il a récupéré le chèque et l'a déchiré. Roger m'a tout raconté... il était présent. Son père est monté à l'étage et en est redescendu avec quatre billets de dix livres et deux de cinq. Henry a sorti son portefeuille et y a glissé les billets.

— Se trouvait-il d'autres témoins ?

— Au moment où Henry rangeait son argent, Robbins est entré, portant du bois pour le feu. Il affirme avoir vu Mr. Henry mettre son portefeuille dans la poche intérieure de sa veste, mais il ignore pourquoi il l'en avait sorti et il ne s'est pas posé d'autres questions.

— Ces billets, Frank, en a-t-on retrouvé la trace ?

Il leva une main et la laissa retomber.

— Impossible d'obtenir les numéros. Les Pilgrim possèdent beaucoup de fermes et le vieux se chargeait d'encaisser les loyers en personne. Il partait faire sa tournée à cheval, bavardait un peu avec ses locataires et rentrait chez lui avec les billets, qu'il planquait un peu partout. Il se méfiait des banques... il préférait avoir son argent sous la main. Roger m'a dit qu'ils ont retrouvé près de sept cents livres dans la maison après sa mort, pour l'essentiel dans une boîte en fer-blanc sous son lit. Dieu seul sait depuis combien de temps il possédait les billets qu'il a remis à Henry, sans parler de leur provenance.

Frank Abbott prit congé peu après, mais, à peine dans le vestibule, il se retourna. Après tout, quelle importance ? Si Maudie savait, elle savait. À la guerre comme à la guerre. C'est de son air le plus détaché qu'il lança :

— Au fait, vous pouvez avoir confiance en Judy ! Elle a la tête sur les épaules et elle pourrait vous être utile. Pour ne rien vous cacher, je lui ai parlé de vous. Elle sait que vous pouvez arriver d'un moment à l'autre.

Miss Silver le transperça du regard, du moins fut-ce son impression — une manière de le sonder, non dénuée de reproches, mais qui, à son grand soulagement, pardonnait aussi.

— Mon cher Frank ! J'espère qu'elle se montrera discrète ! dit-elle.

10

Miss Columba annonça l'arrivée imminente de Miss Silver lors du dîner, que tout le monde, hormis Miss Janetta et Robbins, avait pris maintenant l'habitude d'appeler le souper. C'est-à-dire qu'à la question brusquement posée par Roger : « Quand attends-tu ton amie, Miss Silver ? », elle répondit d'un seul mot : « Demain. »

Une certaine agitation s'installa aussitôt à la tablée. Lona Day leva les yeux, comme si elle allait parler, avant de les baisser. Miss Netta, contrariée, se tourna vers sa sœur dans un grand bruissement de soie violette.

— Ton amie Miss Silver ? Jamais entendu parler d'elle. Qui est-ce ?

Ce fut Roger qui fournit la réponse.

— Une ancienne camarade d'école. Je l'ai rencontrée à Londres. Elle voulait passer quelques jours à la campagne, je l'ai donc invitée.

Il émietta nerveusement un morceau de pain, tandis que Judy dressait l'oreille, songeant à part elle que les hommes avaient le génie du gaspillage

— Camarade d'école ? protesta Miss Netta, exaspérée. Mais enfin, Roger ! Collie, qui est cette personne et pourquoi n'en ai-je jamais entendu parler ?

Miss Columba continua à manger son poisson en

toute sérénité. Contrastant avec la robe brillante et froufroutante de sa sœur, elle portait un ample vêtement de laine couleur tabac qu'elle avait jadis l'habitude de passer pour l'après-midi. Vêtement chaud dont elle ne se serait séparée pour rien au monde.

— Je suppose qu'elle a à peu près mon âge précisa-t-elle. C'est une ancienne préceptrice.

Puis elle s'intéressa de nouveau à son poisson.

Plus tard, dans le petit salon, qu'on préférait au grand car il était beaucoup plus facile à chauffer, Lona Day confia à Judy ce qu'elle s'était interdit de dire à table.

— J'aurais vraiment souhaité qu'il n'ait invité personne en ce moment. Toutefois, je ne peux m'y opposer... du moins n'en ai-je pas envie. Je ne connais pas Roger aussi bien que le reste de la famille, mais ce n'est pas... non, ce n'est pas bon pour le capitaine Pilgrim.

« Étrange, songea Judy, elle prétend ne pas bien connaître Roger, mais elle l'appelle par son prénom et, s'agissant de Jerome, elle parle du capitaine Pilgrim. S'il y a quelqu'un qu'elle devrait connaître à fond, c'est *lui*. Bien sûr, il est plus âgé que Roger, et elle aussi. D'ailleurs, quel âge peut-elle avoir? Dans les trente-cinq ans? Elle devrait toujours porter du velours noir. »

Il lui fallut alors réprimer un petit rire en pensant a toutes les tâches incombant à une infirmière. Il s'évanouit aussitôt, car la ressemblance qu'elle n'avait pu établir lors de sa première soirée venait de lui apparaître. Dans sa longue robe d'intérieur noire, avec ses cheveux auburn tirés en arrière de manière assez lâche, Lona Day rappelait indéniablement les portraits de la reine Marie Stuart. Elle en possédait le regard charmeur et les façons chaleureuses et énergiques Certes, il lui manquait cependant la fraise et un de ces chapeaux ravissants, ou le bonnet écossais orné d'une plume sur le côté. Judy fut à ce point enchantée de sa vision qu'elle en oublia presque tout, consciente cependant de la voix de Lona et de tous les sous-entendus qu'elle y mettait.

Quand elle revint au présent, elle put l'entendre dire :

— Je sais qu'il aime être avec elle et je déteste l'idée de l'en priver, mais je ne peux m'empêcher d'être anxieuse. Vous me comprenez, n'est-ce pas ?

Judy ne savait absolument pas de quoi elle parlait. Elle attendit une explication, qui ne tarda pas.

— C'est une enfant si adorable, mais, franchement, je me demande s'il ne serait pas plus sage, peut-être, que vous l'empêchiez d'aller dans sa chambre.

— Mais, Miss Day, il apprécie tellement de l'avoir avec lui et, honnêtement, je crois qu'il s'en porte mieux.

— Je sais. Cependant, le repos lui est plus que jamais nécessaire. Ces histoires qu'il lui raconte... je redoute ce qui pourrait s'ensuivre. Voyez-vous, il était écrivain. Je crains que cela ne l'amène à se remettre à écrire.

— Pourquoi pas ? J'aurais cru que ce serait une excellente chose.

Lona secoua la tête.

— J'ai peur que non... c'est une source d'excitation, exactement ce qu'il faut éviter... il doit se garder de toute émotion.

Judy ressentit un curieux sentiment partagé. Que risquait Jerome Pilgrim à narrer des histoires à une fillette de quatre ans ? « Ils ont tous pris l'habitude de s'inquiéter à son sujet, songea-t-elle. Quant à moi, il me semble que son principal problème, maintenant, est qu'il s'ennuie terriblement. *Pas question* d'empêcher Penny de le voir s'il le désire. »

Comme si Lona Day devinait ses pensées, elle sourit, sans y mettre beaucoup de joie, et ajouta :

— Vous estimez que c'est absurde, n'est-ce pas ? Réaction bien naturelle, j'imagine. Pourtant, nous l'aimons tellement, et nous sommes si désolés... les uns et les autres, nous avons fait de notre mieux pour l'aider. En outre, vous n'avez pas idée de tous les soins qu'il faut lui prodiguer. Si vous étiez témoin d'une de ses crises, vous comprendriez... j'espère que cela vous sera épargné.

Judy eut l'impression qu'un doigt glacé lui avait touché la colonne vertébrale. On la prévenait. On la prévenait à propos de Penny.

Comme si elle venait de prononcer son nom à voix haute, Lona insista.

— Ne la laissez pas seule avec lui, ma chère.

Puis elle se leva et alla s'asseoir auprès de Miss Janetta.

Miss Silver arriva le lendemain, assez tôt pour prendre le thé. Elle se présenta en robe d'intérieur, les cheveux impeccables dans leur résille, les pieds glissés dans des chaussons ornés de perles, son ouvrage sur le bras. On aurait pu croire qu'elle vivait dans la maison depuis des semaines. Évitant l'usage délicat des prénoms, préférant y substituer une expression passe-partout — « Chère amie » —, elle tranquillisa Miss Columba en ne lui adressant que des remarques qui n'exigeaient pas de réponse. Pour le reste, elle sut trouver un mot pour chacun et, quand on eut fini de boire le thé, elle gagna le cœur de Miss Janetta en prêtant un intérêt tout à fait sincère à la housse de fauteuil sur laquelle celle-ci travaillait. Miss Silver s'y connaissait et elle ne se priva pas d'admirer le motif, la combinaison des couleurs, les très fines et minuscules coutures, les roses bleues ou roses sur fond gris pastel. Très charmant... vraiment. De la belle ouvrage.

Avec Miss Day, elle se contenta de lieux communs. Quelle vie intéressante que celle d'infirmière ! On a tant d'occasions d'étudier la nature humaine. On voyage aussi, parfois. Avait-elle voyagé?... Oh, en Orient? Quelle chance! En Chine, peut-être?... Non? Aux Indes?... Passionnant!... Un pays si merveilleux.

— Moi-même, je n'en ai pas eu l'occasion. L'enseignement est, dans une certaine mesure, une profession qui vous impose des limites.

— Enseignez-vous toujours?

Miss Silver toussota.

— Non, je suis à la retraite.

Cet après-midi-là, Jerome Pilgrim ne quitta pas sa chambre. Judy descendit souper sans entrain. Chaque fois qu'elle s'éloignait un tant soit peu de Penny, les paroles de Lona Day lui revenaient en mémoire — « Ne la laissez pas seule avec lui, ma chère ».

« Ne la laissez pas seule... » Mais c'était *exactement* ce qu'elle faisait, et au bout du couloir se trouvait la porte derrière laquelle Jerome Pilgrim était assis dans son grand fauteuil. Maintenant, elle n'avait aucun mal à l'imaginer, la tête appuyée sur la main, fixant le feu de cheminée. « Suppose qu'il ne soit pas réellement sain d'esprit. Suppose qu'il soit dangereux. Suppose... » Non, il lui était impossible de croire qu'il ferait du mal à Penny. Pourtant... elle s'immobilisa, pivota et rebroussa chemin. Frank ne voulait pas qu'elle vienne ici... il avait insisté, et elle n'en avait pas démordu.

Elle était presque à hauteur de la porte de sa propre chambre quand celle au fond du couloir s'ouvrit. Jerome apparut, dans un costume noir, sa canne à bout caoutchouté à la main. Comme elle hésitait, indécise, un peu inquiète, il lui parla sans façon :

— Vous descendez? Allons-y ensemble.

L'humeur de Judy se modifia. Les craintes qu'elle venait d'éprouver lui semblèrent monstrueuses. Elle eut tellement honte qu'elle lui répondit avec le plus d'entrain possible.

— Oh, comme c'est gentil ! Venez-vous souper ?

Elle s'avança vers lui et adopta son pas le long du couloir.

— Lona est furieuse, dit-il. Elle aimerait me boucler à double tour et garder la clef. Vous verrez qu'au repas elle aura un air doucement désapprobateur. Elle a le don d'exprimer ses émotions. Quel dommage qu'elle soit infirmière... sa place est à Hollywood !

— Elle est séduisante... se risqua à dire Judy.

Il approuva de la tête.

— Oui, très. Et c'est une infirmière de premier ordre... je lui dois beaucoup. Mais bon, on a parfois envie de s'évader et, pour ne rien vous cacher, je meurs d'envie de rencontrer la camarade de classe de tante Collie. Comment est-elle ?

Judy lança un regard par-dessus son épaule et répondit :

— Chut ! Elle occupe la chambre voisine de la mienne.

Il rit de bon cœur.

— Deux conspirateurs ! A-t-elle l'air d'un dragon ?

Ils avaient commencé à descendre l'escalier. Jerome devait prendre son temps. « Il est à l'aise avec moi, maintenant, songea Judy. Comme si je vivais ici depuis des années. Il devrait voir des gens plus régulièrement... Je suis sûre qu'il le souhaiterait. Ce n'est pas bien de le tenir en vase clos. Il est *chaleureux*. On le sent dès qu'il sort de sa tanière. »

— Oh, non, dit-elle avec un petit rire. Elle n'a rien d'un dragon. Guindée, très victorienne, comme on l'était dans les livres du siècle dernier que possédait ma tante Cathy. J'en ai été nourrie. Elle vous donne l'impression de prendre le thé dans une ambiance très studieuse.

Elle s'interrompit, avant d'ajouter, avec une ferveur dont elle fut la première surprise :

— Elle est *adorable*.

Lors du repas, Jerome se laissa volontiers aller à parler. Miss Columba, ravie de le voir, fut quelque peu embarrassée par l'intérêt qu'il portait aux années d'école qu'elle était censée avoir partagées avec son invitée. Judy, qui ne boudait pas son plaisir, ne put s'empêcher d'admirer l'habileté de Miss Silver.

— Pour vous dire la vérité, capitaine Pilgrim, ces journées semblent très lointaines... comme un rêve ou une phrase lue dans un livre. Elles ne me paraissent pas du tout réelles, si vous me suivez. Je suis sûre que votre tante partagera mon avis. Moi-même, je serais bien en peine de vous donner les noms d'une demi-douzaine de mes condisciples d'étude, pourtant, je me souviens des personnalités de nombre d'entre elles et suis consciente de l'impression que chacune m'a laissée.

Elle avait capté son attention.

— Les noms ne sont que des étiquettes, fit-il, songeur. Ils ne sont rien... comme les vêtements. C'est la personnalité qui compte. Elle ne s'efface pas.

Elle lui offrit un de ses plus charmants sourires.

— « Ce qu'on appelle une rose sous un tout autre nom sentirait aussi bon[1]. »

L'intérêt de Jerome s'accrut. Quelque chose dans le sourire de Miss Silver le rendit indulgent quand il entendit la citation la plus rebattue de la littérature. Il fut mécontent quand Miss Janetta s'en mêla :

— Il devrait vraiment y avoir une loi pour empêcher les gens de donner à leurs enfants des prénoms de vedettes de cinéma. On trouve deux Gloria parmi les évacuées de Lesley Freyne. Comme si ça ne suffisait pas avec celle de la famille Pell, maintenant on en a trois dans le village !

Miss Silver prit un air jovial.

---

1. Shakespeare, *Roméo et Juliette*, II, 1. (*Œuvres complètes*, la Pléiade, tome I, 2002, traduction de Jean-Michel Déprats.) *(N.d.T.)*

— J'ai entendu parler de gens, les White, qui ont fait baptiser leur fils Only Fancy Henry[1]. C'est montrer peu de considération pour lui que de le désigner ainsi à la curiosité publique. Les noms peuvent être à l'origine de nombreux désagréments. N'oublions pas, cependant, qu'il en existe de charmants pour les filles.

Elle sourit à Miss Columba.

— Le vôtre, par exemple... très rare et particulièrement séduisant. Ainsi que celui de votre sœur. Mais, s'agissant des garçons, j'avoue ma préférence pour ces prénoms traditionnels et tout simples... William, George, Edward, Henry... qui, paraît-il, sont passés de mode.

Miss Columba leva les yeux de sa pomme au four.

— Mon père s'appelait Henry.

Miss Silver lui accorda le regard qu'elle aurait destiné à une enfant hésitante ou rendue muette par la timidité.

— Excellent choix, dit-elle. S'est-il transmis à la génération actuelle ?

Il y eut une longue pause. Roger finit par murmurer quelque chose comme « Oui... à un cousin », et Miss Janetta s'empressa de déplorer l'usage prédominant de Peter.

— Je n'ai rien contre ce prénom, mais, franchement, il y en a trop.

Miss Silver acquiesça.

On continua sur le même sujet.

Tout à la conversation, Miss Silver prit le temps d'observer chacun, essayant de deviner ce que dissimulaient les visages. Quand Robbins apparut, elle lui trouva un air très secret — mais c'était la norme chez un domestique stylé. Il était plutôt bel homme. Il avait des traits réguliers et affichait un maintien impeccable.

---

1. Only Fancy Henry White, qu'on pourrait rendre ainsi : Mon Petit Caprice Henry Blanc. *(N.d.T.)*

Peut-être se montrait-il plus détendu dans ses appartements, quand il n'était pas en service. Moins sur ses gardes. Elle ne cessa d'y repenser. Il était sur ses gardes. Quelle était la raison de sa méfiance ? Fallait-il y voir une simple déformation professionnelle ou provenait-elle du sentiment de dignité qui l'habitait, lui, vieux serviteur de la famille ? À moins qu'il n'y eût autre chose ? Robbins aiguisa considérablement sa curiosité.

11

Le lendemain matin, Miss Columba fit faire le tour du propriétaire à son ancienne condisciple. Elle affichait un air sombre car la visite d'une vieille demeure aussi intéressante l'obligeait à se montrer plus loquace qu'à son habitude. Pour ne rien arranger, le temps, magnifique, se prêtait particulièrement bien au jardinage et elle voulait planter un rang de petits pois primeurs. Pell prétendait que c'était trop tôt mais elle n'entendait pas se laisser convaincre. Cependant, si le temps venait à changer pendant la nuit, cela lui donnerait un avantage fort injuste et il en ferait des gorges chaudes. Quoi qu'il en soit, elle connaissait son devoir et elle l'accomplit sans protester, n'y mettant, certes, aucun enthousiasme. Elle portait son pantalon de jardin et son pull marin, prête à sortir affronter Pell dès que possible.

La maison s'élevait sur trois étages et elles commencèrent par le dernier. Pour Miss Columba, obligée de jouer les guides, il s'avéra en définitive qu'une fois la glace rompue et sa décision prise, Pilgrim's Rest était un sujet de conversation susceptible de lui inspirer quelques paroles. Elle n'en abusa pas mais sut trouver assez de mots pour l'occasion.

— Les murs du vestibule montaient jusqu'ici, expliqua-t-elle quand elles atteignirent le dernier palier. On a construit un plancher au début du XVIIIe siècle, afin d'installer les chambres du deuxième étage. Auparavant, il y avait ici un vaste grenier, qu'on a compartimenté en plusieurs pièces.

Miss Silver l'observait avec le regard vif de l'oiseau qui espère se délecter d'un ver au petit déjeuner. Le plafond était bas et les pièces petites. Nombreuses, aussi, mais aucune qui fût utilisée, hormis la plus grande, occupée apparemment par les Robbins, car Mrs. Robbins en sortit au moment où elles passaient devant.

— Bonjour, la salua Miss Columba, je montre la maison à Miss Silver.

Et d'ajouter :

— Mrs. Robbins est chez nous depuis très longtemps... combien d'années, Lizzie ?

— Trente.

C'était dit d'un ton morne, sans presque remuer les lèvres, qu'elle avait pâles. Elle jeta un seul regard à la visiteuse avant de détourner les yeux.

Miss Silver vit une grande femme émaciée, au teint presque jaunâtre, à l'air triste, portant une robe de chambre de couleur sombre sous un tablier impeccable.

Miss Columba suivit un couloir jusqu'au placard de la femme de chambre où se trouvait le lavabo qui avait débordé, provoquant l'effondrement du plafond au-dessous... mais pas exactement au-dessous. Miss Silver put s'assurer que Roger Pilgrim avait dit vrai à ce propos quand on lui eut montré la mansarde vide au-dessus de la pièce dont le plafond était tombé. L'eau avait dû franchir une bonne distance... de l'ordre de trois mètres sinon plus. Les lames du parquet n'avaient pas été replacées après qu'on les eut décollées. Miss Silver les souleva pour voir ce qu'il y avait dessous. Si le sol était sec, des traces évidentes d'humidité subsistaient. L'eau avait couru entre le lavabo et la partie centrale du parquet de la mansarde et on distinguait nettement le cheminement qu'elle avait suivi sur les solives et le plâtre qui soutenaient le parquet. Mais qu'est-ce qui avait bien pu la faire s'étaler et former une grande flaque au milieu de la mansarde ? À cet endroit, l'étroite rigole s'élargissait, dessinant une tache sombre, encore très humide, qui sentait la poussière et l'humidité. Toutes les lames au milieu du parquet avaient été ôtées, et la fenêtre était restée ouverte, mais l'odeur d'humidité persistait.

Miss Columba attendit sans mot dire que son hôte se retourne.

Quand Miss Silver s'adressa à elle, ce fut pour évoquer Mrs. Robbins.

— Trente ans dans la même famille, c'est beaucoup. Elle ne semble pas bien portante...

— C'est l'impression qu'elle donne...

— Et malheureuse.

— Cela ne date pas d'hier.

Miss Silver toussota.

— Puis-je vous demander depuis quand ?

— Ils ont eu des ennuis. Avant la guerre.

— De quel genre ? Je vous en prie, ne croyez pas que je veuille me montrer indiscrète.

— Cela n'a rien à voir avec ce qui est arrivé depuis. Ils ont perdu leur fille. Elle était jolie et intelligente.

— Elle est décédée ?

Miss Columba se rembrunit.

— Non... elle a eu des problèmes et a quitté la maison. Ils n'ont pas pu la retrouver. Cela les a beaucoup affectés.

— Qui était l'homme ?

— Ils ne l'ont jamais su.

Miss Columba la mena d'un pas résolu vers l'étage inférieur où elle déverrouilla la porte de ce qui avait été la chambre de Roger. Pour l'heure, elle était encombrée d'une grande quantité de plâtre et de gravats.

L'agencement de la demeure était des plus compliqués. Outre l'escalier principal, on en comptait trois autres, en colimaçon, raides et étroits. Elles en empruntèrent un pour descendre vers un couloir dallé qui menait au vestibule, dans lequel on pénétrait par une porte située sous l'escalier.

Miss Silver détailla du regard l'énorme manteau de la cheminée, construction de pierre grise et nue qui se dressait devant des murs entièrement recouverts de boiseries. Au-dessus, on distinguait, très proprement gravés, les vers que Roger Pilgrim lui avait cités :

Partir en pèlerinage, Pèlerin, ne t'avise pas
Car loin de ton Havre, nul repos ne trouveras.
Demeure en ton Havre, ou tu connaîtras
Grand malheur juste avant le Trépas.

— Une superstition, maugréa Miss Columba. Il y a des gens pour y croire.

Brusquement, elle se détourna, se dirigea vers l'entrée et ouvrit d'un geste vif la première porte à sa droite. Elle donnait sur la salle à manger, la pièce sinistre où ils prenaient leurs repas — la porte était dissimulée par une lourde tenture, le mobilier se composait de meubles victoriens massifs, deux fenêtres offraient une vue excellente sur des arbustes sombres ainsi que sur le haut mur qui cachait la rue. À l'extrémité de la pièce, deux autres fenêtres, plus ou moins obstruées par des plantes grimpantes, laissaient entrevoir de vieux cyprès de bonne taille. Ce n'était pas un endroit romantique, et il ne présentait aucun intérêt historique. Les murs qui n'étaient pas assombris par les meubles hauts avaient été tapissés d'un papier naguère rouge, qui, aujourd'hui, se confondait presque avec le mobilier. Deux grands trophées d'armes — des pistolets, des rapières et divers poignards — tranchaient sur ce décor.

Miss Columba ouvrit une porte dissimulée dans l'ombre d'un gigantesque buffet en acajou. Elles pénétrèrent dans un autre couloir dallé. Miss Columba se dirigea vers une porte fermée à clef. Elle fouilla dans la poche de son pantalon, en sortit la clef adéquate et ouvrit. Aussitôt, l'odeur du bois brûlé se mêla à celle de l'humidité — cette humidité qui avait conduit Miss Silver à estimer que, malheureusement, les maisons anciennes souffraient d'un manque d'hygiène déplorable.

— C'est ici que le feu s'est déclaré, expliqua Miss Columba.

Pour une fois, elle aurait pu s'abstenir de parler. Quelques morceaux carbonisés témoignaient de la présence des casiers de bois dont tous les murs avaient été tapissés, mais ceux-ci, construits dans la même pierre que celle du couloir, étaient intacts. On avait balayé le sol et enlevé les meubles. Plus rien ne subsistait que l'odeur de brûlé.

— Mon Dieu! se permit de dire Miss Silver.

Miss Columba referma la porte à clef et partit devant.

Un couloir en diagonale conduisait vers les dépendances de la cuisine. Parvenue au bout, Miss Columba ouvrit une porte.

— Le monte-charge, dit-elle.

La pièce était de forme carrée et à peu près dépourvue de meubles — murs de pierre nus, sol de dalles nu, hormis dans le coin gauche, où on distinguait la masse d'un antique monte-charge. Il n'y avait aucune fenêtre.

— C'est la partie la plus ancienne de la maison, expliqua Miss Columba. Un escalier en spirale conduisait à l'étage supérieur et aux caves. Mon père l'a fait enlever pour installer le monte-charge après s'être brisé la hanche lors d'une chasse à courre. Il permet d'atteindre l'étage de votre chambre et il avait fait en sorte qu'il puisse descendre jusque dans les caves, car il possédait quelques bonnes bouteilles et il aimait y aller.

— Sont-elles grandes, ces caves ?

— Oui. C'est grâce à cela que la maison n'est pas du tout humide. Elles sont très anciennes.

— Je suppose que ce n'est pas la seule entrée.

— Non... il y a un escalier dans l'aile où se trouve la cuisine.

Elles s'y rendirent, retraversant la salle à manger pour parvenir dans le hall, où elles empruntèrent un autre couloir dallé.

Comme c'était la norme dans les maisons anciennes, les dépendances de la cuisine étaient vastes et peu pratiques : elles comportaient un grand nombre de pièces dont beaucoup étaient inutilisées ou servaient à entreposer tout un bric-à-brac. La cuisine proprement dite évoquait une époque où la qualité de l'hospitalité se mesurait au nombre de plats servis. Miss Silver se laissa aller à imaginer un de ces repas pantagruéliques de jadis — après deux sortes de potages, on vous apportait, dans un ordre à peu près immuable, du poisson, des entrées annonçant les plats de résistance, rôtis, volailles et gibier à plume, deux entremets sucrés, un autre, salé, une glace et les desserts. Après plus de quatre années de guerre, l'évocation de ces agapes avait quelque chose de tristement fantomatique. Miss Silver considéra le fourneau qui lui sembla énorme et très peu pratique. Elle se dit aussi que l'entretien de tous ces sols de pierre devait être rien moins qu'aisé.

Elles quittèrent la cuisine et s'engagèrent dans un autre corridor. Miss Columba ouvrit une porte et alluma.

— Il mène aux caves. Voulez-vous les voir ?

Elle fut déçue si elle avait espéré que Miss Silver répondrait par la négative. Elle se rembrunit légèrement et prit les devants. Les marches usées de l'escalier, quelque peu incurvées, témoignaient de son ancienneté. Des générations de Pilgrim et leurs majordomes étaient descendus dans le cellier, cœur vivant des maisons bourgeoises et objet de toutes les attentions.

— On disait que mon grand-père possédait quelques-uns des meilleurs madères d'Angleterre, précisa Miss Columba. De son temps, toutes les caves que vous voyez à gauche étaient pleines. Aujourd'hui, une seule est encore utilisée. Je crois savoir qu'il nous reste une ou deux bouteilles de cognac Napoléon. Il faudrait que Roger consulte le registre du cellier avec Robbins. L'inventaire n'a plus été fait depuis la mort de son père et je ne parviens pas à le motiver. Il n'aime que le whisky-soda et affirme ne rien connaître aux vins. Pour ma part, je ne bois jamais d'alcool, mais mon père était un fin connaisseur.

Miss Columba n'avait pas encore prononcé discours aussi long, et Miss Silver en conclut que le cellier avait une importance considérable dans la tradition familiale.

Elle lui montra ensuite l'endroit où arrivait le monte-charge et le chariot manuel qui servait à transporter le vin sans risquer des manipulations qui auraient nui à ses qualités.

— On pousse le chariot jusque dans le monte-charge. Les vieux millésimes, n'est-ce pas, ne doivent jamais être secoués. C'est mon père qui a fait mettre ces roues en caoutchouc à la place de celles d'origine, qui étaient en fer.

Indiscutablement, les caves occupaient beaucoup d'espace, s'étendant vers la gauche et la droite à partir d'une pièce centrale dont le plafond était supporté par des piliers. Avant l'apparition de l'éclairage électrique, l'endroit devait être particulièrement sombre, car, même maintenant, de nombreux recoins demeuraient dans l'obscurité et un couloir ou deux disparaissaient dans les ténèbres. Il n'y avait pas le moindre souffle d'air et la température était très agréable, sans aucune humidité. Plus loin, certaines caves étaient occupées par des meubles mis au rebut. Dans d'autres, on avait empilé des malles et des caisses d'emballage.

— Ici, nous gardons toutes les affaires de Jerome, ainsi que celles de mon autre neveu.

— Mr. Clayton?

Miss Columba ne répondit pas tout de suite.

— Oui, finit-elle par dire.

Et d'ajouter aussitôt :

— Ainsi que celles de mon neveu Jack, bien sûr. Le frère de Roger, dont nous n'avons plus de nouvelles depuis qu'il a été fait prisonnier à Singapour.

Son intonation laissait entendre qu'il était hors de question de l'interroger plus avant sur Henry Clayton.

Parvenues aux dernières caves, elles firent demi-tour. On ne pouvait s'empêcher de se sentir quelque peu oppressé par le silence et la tiédeur de l'atmosphère. Ici, rien du monde extérieur ne filtrait quand on demeurait immobile, sans parler. Dans tout bâtiment, en tout lieu, dès qu'on quitte les sous-sols, de jour comme de nuit, il y a toujours une infinité de petits bruits auxquels on ne prête pas attention et qui se mêlent pour former un fond sonore vague et indéterminé — sorte de contrepoint à toute activité mentale. Mais, sous terre, cela disparaît — vous êtes seul avec vous-même, dans un silence presque insupportable.

Gravir les marches pour retrouver les dépendances de la cuisine, si pauvrement éclairées qu'elles fussent, leur procura un vrai soulagement. Miss Columba éteignit et ferma la porte. Elles achevèrent leur visite en se rendant dans un salon de réception aussi vaste que froid, dont tous les meubles disparaissaient sous des housses. Six fenêtres d'une bonne largeur étaient encadrées de rideaux de brocart pâle. Elles donnaient sur le jardin pavé. Bien chauffé et bruissant de vie, l'endroit avait tout pour être accueillant. Pour l'heure, il n'évoquait lui aussi que des fantômes — élégantes silhouettes floues d'hôtes disparus, qui, dans leurs plus beaux atours, hantaient timidement les lieux. Rien de plus inquiétant que le fragile sentiment de mélancolie qu'inspire une aquarelle d'une facture démodée. D'ailleurs, quatre d'entre elles étaient accrochées à un mur, des portraits. Peut-être Miss Silver reconnut-elle le profil à peine inchangé de Janetta Pilgrim, à moins qu'elle ne se l'imaginât. Elle s'immobilisa devant les cadres ovales pour prendre le temps d'apprécier.

— Très charmant... absolument charmant. C'est votre sœur? Et vous-même? Et qui sont les deux autres? Je crois savoir que vous avez deux sœurs mariées.

— Oui, confirma Miss Columba.

Miss Silver continua à poser des questions.

— Mrs. Clayton? Et...?

— Mes sœurs Mary et Henrietta, qui a épousé un cousin éloigné. Jerome est son fils.

— Très, très charmant. Une grande délicatesse de trait.

Tout de mousseline blanche vêtues et parées de rubans roses ou bleus, les quatre jeunes filles considéraient sereinement le salon. La sobriété du style de ces portraits laissait cependant deviner chez la jeune Columba un caractère bien trempé et plutôt renfermé. Mais Mary, la future Mrs. Clayton, était épanouie comme une rose. Était-ce dû à la couleur de ses rubans, roses également? Au plaisir de les porter? Ses yeux noirs souriaient et un franc sourire illuminait son visage.

Il ne restait plus que le bureau, une pièce assez petite, tapissée de livres, qui sentait le tabac et le feu de bois, avec un vague relent de pourriture sèche. Les volumes, des éditions anciennes magnifiquement reliées, semblaient à l'évidence jouir d'une retraite bien méritée : Thackeray, Dickens, Charles Reade, Oliver Wendell Holmes, les aventures de Jorrocks[1] et, chose étonnante, les œuvres complètes de Mrs. Henry Wood[2]. Tous semblaient depuis belle lurette s'être endormis sur leurs étagères.

---

1. Personnage d'épicier cockney dont les aventures comiques furent réunies dans *Jorrocks's Jaunts and Jollities* (1838), dû à la plume de Robert Smith Surtees (1805-1864). *(N.d.T.)*
2. Ellen Price (1814-1887), épouse du banquier Henry Wood. Auteur d'une quarantaine de romans dont certains préfigurent le roman policier moderne. *(N.d.T.)*

12

Ce fut agréable de retrouver le petit salon, qui, de l'autre côté du hall, faisait face à la salle à manger et datait de la même époque. Il était meublé au goût de Miss Janetta et Miss Silver le trouva lumineux et très convivial, car, même si ses fenêtres de devant donnaient sur le mur, il y avait là moins de massifs d'arbustes qui auraient risqué de l'assombrir. En outre, par les deux fenêtres latérales orientées au sud-est, on profitait pleinement du soleil. Deux cinéraires, l'une bleue, l'autre rose, étaient plantées chacune dans un vase en porcelaine, rose pour la plante bleue et bleu pour la rose. Les rideaux, les tapis, les tentures de chintz jouaient sur ces oppositions ; un canapé spacieux était réservé à Miss Janetta et on trouvait un grand nombre de fauteuils très confortables. Voyant que son neveu, Roger, se tenait devant la fenêtre la plus éloignée, en train de regarder dehors, Miss Columba referma la porte sur Miss Silver et s'empressa d'aller vider sa querelle avec Pell au sujet des petits pois.

Après s'être annoncée par un léger toussotement, Miss Silver s'adressa à un homme dont le dos tourné n'avait rien d'encourageant.

— J'aimerais beaucoup vous parler, major Pilgrim.

Il pivota avec tant de brusquerie qu'on eût pu croire

qu'il n'avait pas entendu la porte s'ouvrir et se refermer. Tout en s'avançant vers lui, Miss Silver admira la cinéraire rose.

— Elle est du plus bel effet. Quelle jolie couleur! Miss Columba est une jardinière hors pair. Elle m'a dit que ces plantes peuvent se passer de chaleur, mais qu'il faut les protéger du gel.

— Vous désirez me parler? dit-il d'une voix morne.

— Effectivement... l'occasion est idéale.

Roger ne sembla pas partager son point de vue.

— De quoi s'agit-il? demanda-t-il, mal à l'aise.

Miss Silver lui sourit, se voulant rassurante.

— J'ai besoin d'un petit renseignement. J'espère que vous pourrez me le donner. Restons près de la fenêtre. Cela paraîtra plus naturel si nous interrompons notre conversation et reculons vers la pièce au cas où quelqu'un entrerait.

Elle poursuivit, comme s'ils s'entretenaient de choses et d'autres.

— Votre maison est vraiment intéressante... Miss Columba vient de me la faire visiter. Oui, c'était passionnant, je ne vous le cache pas. Non, merci, dit-elle, comme il s'apprêtait à lui avancer un fauteuil, mieux vaut rester debout. La vue depuis cette fenêtre doit être magnifique en été. Est-ce que ce ne sont pas des lilas par là-bas?... Et un très beau cytise. Ce doit être un spectacle splendide quand ils fleurissent tous ensemble.

Elle toussota et continua à parler, sans changer de ton.

— Dites-moi, je vous prie. Avez-vous suivi mon conseil?

Il sursauta.

— Je ne sais pas de quoi vous parlez.

— Je n'en crois rien. Avant votre départ, l'autre jour, je vous ai demandé, de retour chez vous, d'informer les personnes qui y vivent de votre intention de ne plus vendre. L'avez-vous fait ?

— Non.

Puis, comme elle venait, d'un léger toussotement, de lui faire comprendre qu'elle le regrettait, il se mit en colère :

— Comment le pourrais-je ? Je me suis plus ou moins engagé et, un jour ou l'autre, nous devrons nous séparer de cette maison. Elle nous coûte trop cher. Vous l'avez visitée... n'est-ce pas ? Il faudrait engager le genre de personnel qu'on employait jadis et que plus personne n'aura les moyens de payer. Tout le monde me presse de la garder, mais pourquoi ? Après ce qui est arrivé, cela ne m'intéresse pas. J'aimerais m'en débarrasser et avoir un domicile en rapport avec mes revenus. Je n'aime pas ces demeures immenses, ou anciennes. Je cherche une maison bien conçue, moderne, qui n'exige pas un bataillon de domestiques pour être entretenue. Je vends !

Miss Silver fut sensible à ses arguments. D'ailleurs, elle avait une opinion tranchée sur la question : certes, les vieilles demeures faisaient la joie des amateurs de pittoresque, mais elles étaient tout sauf confortables. Aussitôt lui revinrent en mémoire des odeurs de moisissure de bois, le souvenir de plomberies défectueuses, du manque de commodités et la tendance qu'avaient les rats d'y proliférer, et c'est avec une certaine sympathie qu'elle répondit :

— Vous avez parfaitement le droit de voir les choses ainsi. Je vous suggérais simplement d'employer un subterfuge, momentanément.

Il manifesta une telle incompréhension que, comme lors de leur première rencontre, elle traduisit son propos.

— Mon conseil était de laisser croire à votre maisonnée que vous aviez abandonné l'idée de vendre. Vous pourriez, j'imagine, demander un petit délai à l'acheteur.

Il la considéra d'un air misérable.

— Vous voudriez que je mente ? Ce n'est pas mon fort.

On aurait dit qu'il avouait être mauvais en calcul.

Miss Silver toussota.

— Ce serait préférable, et de loin. Il en va de votre sécurité.

Il répéta sa remarque initiale.

— Ce n'est pas mon fort.

— Croyez bien que j'en suis désolée. Bon, major Pilgrim, j'aimerais vous poser quelques questions sur les Robbins. Je n'ignore pas qu'ils sont à votre service depuis trente ans et je veux savoir s'ils ont quelque chose à vous reprocher, à vous ou à votre famille, à tort ou à raison.

C'est peu dire qu'il parut troublé, mais il n'y avait peut-être pas une raison unique à cela : la surprise, le sentiment d'être insulté ou, plus simplement, la nervosité.

— Pourquoi devraient-ils nous reprocher quelque chose ? s'étonna-t-il.

Miss Silver toussota.

— Je l'ignore. Je cherche à en apprendre plus. Avez-vous conscience d'une sorte de rancœur ?

— Non, protesta-t-il.

Il aurait aussi bien pu s'abstenir de parler, tant il manquait de conviction. Il y fut sans doute sensible, car il enchaîna, vexé :

— Qu'est-ce qui vous fait imaginer une chose pareille ?

— Major Pilgrim, j'ai besoin de mobiles. Vous m'avez dit qu'on a essayé de vous assassiner. Il y a forcément un mobile. Personne dans cette maison n'est au-dessus de tout soupçon. Je crois savoir que les Robbins avaient une fille...

— Mabel ? Pourquoi la mêler à cette affaire ? Cela fait des années qu'elle est morte.

— Ce n'est pas ce que m'a dit Miss Columba.
— Et qu'a-t-elle dit ?
— Que cette jeune fille avait eu des ennuis, qu'elle avait fugué et que ses parents avaient perdu sa trace.

Il se détourna et fixa le jardin.

— Ma foi, c'est la vérité. Et, vu que c'est arrivé avant la guerre, je ne vois aucune raison de remuer le passé.

Miss Silver émit une toux qui se voulait quelque peu réprobatrice.

— N'oubliez pas que nous sommes à la recherche de mobiles. Si vous refusez de me fournir les informations que je vous demande, je les obtiendrai ailleurs, mais je préférerais l'éviter.

— C'est absolument inutile, fit-il d'un ton irrité. Je vous dirai tout ce que vous voulez savoir. Sauf que je ne comprends pas pourquoi il faudrait revenir sur cette histoire. Mabel faisait partie de notre maison, voyez-vous. C'était une petite fille enjouée. Elle avait fait des études et, après avoir réussi pas mal d'examens, avait décroché une très bonne place à Ledlington... où elle vivait avec une tante. Elle revenait nous voir chaque week-end. Et voilà qu'un jour on a découvert... les Robbins ou sa tante, oui, je crois que c'était sa tante... qu'elle attendait un enfant. C'est après qu'elle a fugué. J'étais alors affecté en Écosse avec mon régiment et je n'ai été mis au courant que sur le tard. Cela se passait au cours de l'été 39, juste avant la guerre. Les Robbins étaient effondrés. Ils ont vainement essayé de la retrouver. Tante Collie n'en sait pas plus.

— Mais il y a autre chose. Vous avez dit qu'elle était morte.

Il hocha la tête. Maintenant qu'il avait commencé, il semblait avoir oublié ses réticences.

— Oui, confirma-t-il. C'est arrivé pendant le Blitz... en janvier 41. J'étais ici, en permission. Robbins m'a prévenu qu'il avait appris que Mabel se trouvait à Londres. Il voulait s'y rendre et nous avons effectué le voyage ensemble. Je devais passer au ministère de la Guerre et je logeais chez un collègue. Il y a eu un raid en fin d'après-midi. Vers minuit, Robbins a surgi, dans un état épouvantable, pauvre gars, et il m'a annoncé que Mabel était morte. Le bébé avait été tué sur le coup, mais sa fille avait été conduite à l'hôpital, où il avait eu le temps de la voir. Il se devait d'en informer sa femme, m'a-t-il dit, mais il exigeait que personne d'autre ne fût mis au courant. Il affirmait qu'ils avaient surmonté leur malheur, qu'ils étaient presque parvenus à vivre sans plus y penser, mais parler risquait de tout raviver. Je pouvais le comprendre. J'ai dit qu'il n'était pas question de cacher la vérité à mon père, et il a accepté. Personne d'autre ne l'a su et j'espère que vous garderez le secret. Ce serait un coup terrible pour les Robbins si on faisait renaître ce passé.

Miss Silver le regarda avec un air d'extrême gravité.

— J'espère, précisa-t-elle, que ce ne sera pas nécessaire. Mais puisque vous avez été si obligeant, me donnerez-vous le nom de la personne responsable du déshonneur de Mabel Robbins ?

— Je l'ignore.

— Les Robbins le connaissent-ils ?

Il fit la même réponse :

— Je l'ignore.

— Major Pilgrim, l'ignorance n'empêche pas le soupçon. Est-ce que vous-même ou les Robbins aviez des soupçons ? Croyez-moi, il me déplaît de devoir vous poser cette question, mais j'y suis obligée. Est-ce que les Robbins avaient une raison de suspecter un membre de votre famille, ou soupçonnaient-ils quelqu'un sans même avoir aucune raison de le faire ? Je ne suis pas en train de suggérer que cette raison existe, mais je dois savoir si une telle suspicion existait.

Il tourna vers elle un visage horrifié.

— Où voulez-vous en venir? Si vous croyez que...

Elle leva la main.

— Je vous en prie, major Pilgrim... Répondez-moi. Je vais formuler ma question autrement et plus directement. Les Robbins soupçonnaient-ils quelqu'un en particulier?

— Je vous ai dit que je l'ignore!

— Vous-même, leur étiez-vous suspect?

Il fit volte-face et la foudroya du regard.

— Seraient-ils restés à notre service dans ce cas?

Elle toussota.

— Peut-être... peut-être pas. Suspectaient-ils Mr. Jerome Pilgrim?

— Et pourquoi donc?

— Je n'en sais rien. Suspectaient-ils Mr. Henry Clayton?

Roger Pilgrim lui tourna le dos et quitta la pièce.

13

À trois heures de l'après-midi, ce jour-là, la maison avait sombré dans le silence. Les Robbins prenaient leur demi-journée. Comme on servait le déjeuner à une heure, ils avaient juste le temps d'attraper le bus de Ledlington à trois heures moins le quart. Judy les vit partir, lui en manteau noir et chapeau melon, elle, en noir également, coiffée d'un chapeau qui avait dû être extrêmement coquet avec ses fleurs de différentes couleurs, mais il ne comportait plus aujourd'hui que quelques rubans défraîchis et trois plumes d'autruche mal en point.

À peine avaient-ils disparu que Lona Day apparut, en manteau de fourrure et turban vert brillant. Elle aussi se rendait à Ledlington. Jerome Pilgrim aimait qu'on lui procure de nouveaux livres au moins une fois par semaine et elle avait ses propres courses à faire.

Roger Pilgrim était parti se promener à cheval. Miss Columba se trouvait dans la serre, Miss Janetta et Penny se reposaient, Miss Silver s'occupait de son courrier et Gloria achevait de nettoyer les casseroles dans l'arrière-cuisine. C'est alors qu'une femme de haute taille remonta la rue et vint sonner à l'entrée de Pilgrim's Rest.

Judy pensa savoir qui elle était avant même de lui

ouvrir. Elle portait un ensemble de tweed brun de bonne facture et un chapeau de campagne marron. Entre le bord du chapeau et le col de fourrure, elle distingua des cheveux sombres coupés court, un front large et bien dessiné et de jolis yeux gris — mais Lesley Freyne n'en paraissait pas moins une femme quelconque. Elle avait un visage carré, aux pommettes assez hautes et à la mâchoire un peu lourde, une bouche trop grande et trop pleine. Pourtant, dès qu'elle parla, quelque chose en elle la rendit séduisante — une manière grave et musicale de prononcer les mots, une lueur franche et amicale dans le regard.

— Vous devez être Judy Elliot. Je m'appelle Lesley Freyne. Je désirais vous voir. Frank Abbott m'a écrit pour me prévenir que nous allions être voisines.

Judy la conduisit dans le petit salon et elles évoquèrent Frank, Penny et les évacués logés chez Miss Freyne, qui n'étaient plus qu'une dizaine.

— De très jeunes enfants pour la plupart et absolument adorables. Je me demandais si vous n'aimeriez pas nous confier votre petite Penny le matin. Nous avons organisé un jardin d'enfants. Miss Brown, qui me seconde, a tous les certificats nécessaires. Je pensais que cela vous faciliterait la tâche de ne pas l'avoir dans les jambes et de la savoir bien entourée pendant que vous travaillez, et elle aurait de la compagnie.

Judy accepta avec un tel soulagement qu'elle en fut quelque peu effrayée Elles conversèrent encore un peu avant que Lesley ne déclare :

— J'aimerais monter voir Jerome. Il ne dort pas l'après-midi, n'est-ce pas ?

— Je ne sais pas, répondit Judy. Vous les connaissez tous tellement mieux que moi, ajouta-t-elle. Frank m'a confié que je pourrais m'adresser à vous si j'en éprouvais le besoin...

Ce n'était pas du tout ce qu'elle avait eu l'intention de dire. À croire qu'elle n'avait pu s'en empêcher.

Le visage de Lesley Freyne s'illumina.

Judy se mit à rougir.

— Je crois que c'est le cas. Tout est... j'ignore ce que Frank vous a raconté, mais il ne voulait pas que je vienne.

— Oui... je peux comprendre.

Judy la dévisagea, résolue. C'était terriblement difficile à avouer mais elle y tenait absolument.

— Ce n'est pas pour moi que je m'inquiète, c'est à cause de Penny... existe-t-il une raison sérieuse qui s'oppose à sa présence ?

Les traits de Lesley se figèrent et elle eut du mal à répondre.

— Je... je... l'ignore.

Judy s'obligea à continuer.

— Me permettez-vous de vous poser une question ? Je ne dois faire courir aucun risque à Penny. Or elle s'est entichée du capitaine Pilgrim et va le retrouver dans sa chambre tous les matins, quand je suis occupée à son étage. Ils parlent et il lui raconte des histoires.

Lesley Freyne parut enchantée.

— Mais c'est excellent pour son moral !

— C'est bien ce que je pensais, sauf que Miss Day voudrait que j'empêche Penny de le voir. Elle prétend que cela n'est pas bon pour ses nerfs et qu'il a besoin de calme. D'après elle, raconter des histoires à Penny pourrait lui faire retrouver le désir d'écrire. Cela me semble absurde. Comprenez-moi, j'estime que ce serait une très bonne chose s'il se lançait pour de bon dans une activité qui l'aiderait à oublier son état.

Lesley prit un air grave et mesuré pour lui répondre.

— Il n'est pas facile d'aller contre les volontés d'une infirmière en charge d'un malade.

La crainte diffuse qu'elle éprouvait poussa Judy à poursuivre.

— Miss Freyne, soyez franche avec moi, voulez-vous ? S'agissant de Penny... Miss Day m'a dit ceci : « Ne la laissez pas seule avec lui. » Je veux savoir ce qui lui permet de parler ainsi. Je veux savoir si elle a une bonne raison de le faire. S'il vous plaît, *s'il vous plaît,* répondez-moi !

La peau brune de Lesley Freyne vira au rouge. Elle serra les mâchoires et demeura ainsi, la bouche fermée, pendant un bon moment.

— Jerome ne ferait *jamais* de mal à un enfant, finit-elle par dire.

Judy en éprouva un réconfort et un bien-être considérables.

— C'est exactement mon sentiment ! s'écria-t-elle. Mais je voulais l'entendre de votre bouche. Il en est incapable... n'est-ce pas ?

— Oui, confirma Lesley. Mais je ne sais pas ce qui se passe ici, ajouta-t-elle. Car il se passe quelque chose. Il y a eu cette histoire de plafond, puis la chambre qui a pris feu, et ce n'est pas tout. Judy, je ne crois pas que ce soit une maison où il fasse bon vivre pour une enfant. C'était un des points que je voulais aborder avec vous si vous m'en donniez l'occasion. L'amie de Frank, Miss Silver, est arrivée, crois-je savoir. Peut-être irai-je lui parler avant de partir. Il estime qu'elle pourrait nous aider à y voir plus clair. J'espère seulement qu'il a raison. En attendant, pourquoi ne pas laisser Penny me rendre visite ? Nous pourrions dire que cela vous permettrait de vous familiariser avec les lieux et de rattraper le travail en retard.

Elle sourit soudain, absolument charmante.

— Et ce ne serait que la vérité, parce que je me doute que, depuis le départ d'Ivy, une sacrée couche de poussière a dû s'accumuler un peu partout. Gloria n'est pas une mauvaise pâte, mais, toute seule, elle n'a aucune chance d'y arriver. Qu'en pensez-vous ?

Judy hésita. Jamais elle n'avait autant apprécié

quelqu'un en un laps de temps aussi court, mais cela allait trop vite...

Lesley sembla le lire sur son visage, car elle précisa :

— Vous aimeriez y réfléchir, n'est-ce pas ? dit-elle gentiment. Ne vous croyez pas obligée de me répondre. Amenez-la-moi vers neuf heures et demie pour la récréation matinale et je vous la rendrai à temps pour le déjeuner. Vous saurez alors si cela lui a plu ou non et si vous désirez qu'elle y retourne, il vous suffira de l'accompagner. Bon, maintenant, il me faut voir Jerome.

Jerome Pilgrim était assis dans son fauteuil, un bloc-notes sur les genoux, un crayon à la main. Lorsque Judy lui annonça la visite de Miss Freyne, il exprima un tel contentement qu'elle se retira en se demandant pourquoi on ne lui accordait pas plus souvent ce plaisir. À entendre avec quels mots il accueillit Lesley quand elle franchit le seuil, il était évident qu'il estimait trop rares les occasions de la voir.

— Je croyais que vous m'aviez oublié. Cela fait des semaines que je ne vous ai pas vue.

Miss Freyne resta pour le thé et elle redescendit en compagnie de Jerome. Tout le monde dans la famille l'aimait, il n'y avait aucun doute. Le front soucieux de Roger se dérida quand il la salua : « Bonjour, Lesley ! » Miss Janetta et Miss Columba l'embrassèrent affectueusement. On la présenta à Miss Silver et elle ne tarda pas à lui faire la meilleure impression en déclarant qu'elle avait toujours admiré Tennyson et qu'elle était certaine qu'il retrouverait bientôt son rang. Le thé fut l'occasion de passer un moment extrêmement agréable et détendu. Penny se comporta comme tout parent eût aimé voir son enfant se conduire parmi des étrangers. Elle mangea proprement, tint sa tasse avec distinction et ne parla que lorsqu'on lui adressa la parole.

Lona Day, arrivée alors qu'on n'allait pas tarder à débarrasser, se montra ravie d'être en si aimable compagnie.

— Il commence à faire froid dehors. Ça fait une bonne demi-heure que je rêve de cette pièce chaude et d'une tasse de thé brûlant.

Elle se glissa dans un fauteuil près de Judy, qui lui avait fait de la place, et poursuivit, parlant plus bas :

— C'est gentil à Miss Freyne d'être venue. Je m'inquiétais de la solitude du capitaine Pilgrim, mais, puisqu'elle était avec lui, il ne se sera pas ennuyé. Toutefois, il lui faut regagner sa chambre et se reposer entre le thé et le dîner, sinon il risque de ne pas fermer l'œil de la nuit. Il adore rencontrer ses amis, mais je crains qu'il ne le paye plus tard.

Elle lui lança un regard inquiet. Et puis, avec un sourire éclatant, elle se mit à raconter sa tournée des magasins. Judy lui trouva l'air fatigué et tendu. Elle se demanda, et ce n'était pas la première fois, si, pour une infirmière, passer plusieurs années de suite auprès du même malade ne finissait pas par être une source d'angoisse et de tension excessives. Oui, Miss Day aurait eu grand besoin d'un changement, et il en allait de même pour le capitaine Pilgrim.

14

Cette nuit-là, Judy fut très longue à s'endormir. Toutes sortes de pensées lui tournaient dans la tête, fugaces ou insistantes, vagues murmures ou affirmations péremptoires se livrant un combat sans merci qui la laissa dans l'incertitude totale. Cela devint si pénible qu'elle finit par regretter amèrement de ne pas avoir suivi le conseil de Frank Abbott. Elle en fut tellement humiliée qu'elle parvint enfin à faire le vide et à se laisser gagner par le sommeil.

Peu de temps semblait s'être écoulé, même si, en fait, elle devait dormir depuis deux heures, quand elle fut réveillée par un hurlement effroyable. Jamais encore elle n'avait entendu un homme hurler. Elle bondit hors de son lit et se précipita vers la porte. Le couloir, redevenu silencieux, était plongé dans le noir, vibrant encore de ce qu'elle avait entendu, et elle perçut un gémissement horrible entrecoupé de petits cris aigus.

Vêtue de sa seule chemise de nuit, elle tâtonna précipitamment le long du mur pour trouver l'interrupteur. Au moment où elle allumait, une porte s'ouvrit dans son dos et Miss Silver surgit. Elle avait passé une robe de chambre en flanelle, d'un rouge cramoisi, aux revers de dentelle au crochet, serrée à la taille par un cordon de laine. Sa chevelure était demeurée impeccable et son visage ne dissimulait pas sa curiosité mais ne montrait aucun signe d'agitation. Judy fut si soulagée de la voir qu'elle en aurait pleuré.

— Qu'est-ce que c'est? souffla-t-elle. Qu'est-ce qui se passe?

C'est alors que la porte de la chambre de Jerome Pilgrim s'ouvrit violemment et l'horrible plainte cessa aussitôt. Jerome se tenait sur le seuil, la veste de son pyjama grande ouverte, ses mains cherchant à atteindre les montants de la porte. Il demeura immobile, respirant comme un homme à bout de souffle, fixant la lumière d'un regard aveugle et hébété. Miss Silver toucha le bras de Judy.

— Allez mettre votre robe de chambre, ma chère, et restez avec Penny. J'arrive.

Mais Judy fut tout bonnement incapable de franchir le seuil de sa chambre. Penny n'avait pas bougé, Dieu merci! Elle demeura où elle était, sans quitter Jerome Pilgrim des yeux, tandis que Miss Silver s'approchait rapidement de lui. Avant même qu'elle l'eût rejoint, Lona Day sortit de la chambre d'en face. Elle aussi était en robe de chambre et ses cheveux auburn, défaits, lui retombaient sur les épaules, mais c'est en infirmière confirmée qu'elle posa une main sur le bras de Jerome Pilgrim avant de s'adresser à lui.

— Eh bien, vous avez encore rêvé, capitaine Pilgrim. Allez donc vous recoucher et je vous donnerai un calmant. Regardez... vous avez dérangé Miss Silver!

Son regard figé s'anima, difficilement, sembla-t-il.

— Dé... désolé, dit-il d'une voix tremblante, tandis que ses mains refermaient avec des gestes maladroits la veste de son pyjama.

Accompagné de Lona qui lui tenait le bras, il retourna en chancelant dans sa chambre dont la porte se referma.

Miss Silver demeura immobile un long moment

avant de revenir lentement sur ses pas. Elle passa devant sa porte, s'approcha de Judy et secoua la tête, en manière de reproche.

— Votre robe de chambre, ma chère... mettez-la, je vous en prie. Est-ce que Penny va se réveiller si j'entre chez vous ?

— Oh, non... elle a un sommeil de plomb. J'allumerai la lampe de chevet. Il y a un paravent devant son lit.

C'est en frissonnant qu'elle se glissa dans sa robe de chambre.

— Vous êtes très imprudente, lui fit remarquer Miss Silver. Vous n'auriez pas dû attendre pour la mettre. J'ai bien peur que vous n'ayez subi un choc. Je pense que Miss Day viendra nous voir dès qu'elle pourra quitter son malade. J'imagine qu'il s'agit d'une de ces crises dont on nous a parlé. C'est vraiment perturbant, mais je ne crois pas qu'il faille s'en alarmer. Le capitaine Pilgrim a fait un cauchemar. À première vue, il n'était pas encore complètement éveillé, pourtant, quand Miss Day lui a reproché de m'avoir dérangée, il a essayé, de manière très touchante, de s'excuser. Il a également pris conscience de sa tenue débraillée et a essayé d'y remédier. Sa capacité à recouvrer son sang-froid prouve qu'il est sain d'esprit. Je pense qu'il n'y a pas là de quoi vous inquiéter.

Mais rien n'y fit. Judy tremblait des pieds à la tête, incapable de se calmer. « Pauvre froussarde ! » s'invectivait-elle, mais sans effet.

— C'était horrible, dit-elle. Je ne peux pas rester... il est hors de question que Penny continue à vivre ici. Miss Freyne m'a offert de la prendre chez elle... je l'y conduirai dès demain. Imaginez un peu, si elle s'était réveillée, ou si je m'étais trouvée au rez-de-chaussée...

Miss Silver lui posa une main sur le genou.

— Puisqu'elle ne s'est pas réveillée et que vous n'étiez pas en bas, c'est une sottise que d'envisager de telles choses. Ah... je crois entendre Miss Day !

Elle se leva et gagna la porte.

— Oui... entrez, je vous en prie. J'espère que tout va bien. Expérience assez traumatisante, mais brève. C'est gentil d'être venue nous rassurer.

Lona entra, l'air absent. Entre elle et Miss Silver, on n'aurait pu imaginer plus grand contraste. Son ample robe de chambre verte mettait en valeur la blancheur de son teint et le roux foncé de ses cheveux. La pâleur éclatante de sa peau s'accordait à merveille avec la nuance rouge de ses cheveux et ses yeux noisette tirant sur le vert. Elle paraissait plus jeune et moins sévère, mais restait néanmoins extrêmement soucieuse.

— Judy, je suis vraiment désolée. Je crains que cela ne vous ait beaucoup effrayée. J'aurais peut-être dû vous prévenir... ainsi que Miss Silver... mais il est sujet à des crises et nous espérons toujours que ce sera la dernière. Il ne s'était rien passé de la sorte depuis... des semaines, oui... voyons... oh...

Elle sombra dans un tel désarroi que Miss Silver se permit d'intervenir.

— Vous étiez sur le point de nous parler de sa dernière crise, n'est-ce pas?

Elle lui lança un regard bouleversé.

— Oui, elle a eu lieu juste après la dernière visite de Miss Freyne.

Ses yeux étaient mouillés de larmes.

— Voilà... je suppose que je n'aurais pas dû le dire. Mais que puis-je faire? Tout le monde l'adore... c'est une véritable amie et il apprécie beaucoup sa compagnie. Pourtant, inutile de se voiler la face... il y a quelque chose en elle qui le met dans tous ses états. Pas quand ils se voient, mais après... comme cette nuit. Cela survient presque chaque fois qu'elle nous rend visite. Imaginez un peu ma situation. Franchement, ce n'est pas juste.

Miss Silver la considéra avec curiosité.

— Puis-je vous poser une question d'ordre professionnel ? Quand cela survient, est-ce sans danger... non pas pour le capitaine Pilgrim, mais pour autrui ?

Lona, qui se dirigeait vers la porte, s'immobilisa.

— Oh, oui, oui, bien sûr que *oui*! répondit-elle, véhémente. Comment pouvez-vous imaginer une chose pareille ?

15

Le lendemain, personne ne fit allusion à l'incident, mais, à l'évidence, chacun y pensait. Miss Columba n'avait jamais paru aussi sinistre et, quand Judy lui apprit qu'elle autorisait Penny à rendre visite à Lesley Freyne, elle se contenta de dire :
— Excellente idée.
Penny, aux anges, s'empressa de remplir une valise imaginaire de tout le nécessaire : couvertures, oreiller pour son dernier « amoureux » en date, un ourson du nom de Bruno — « Mais c'est plus un vrai bébé, passqu'y sait parler. Tu vois comme il parle bien, Judy ? Il dit que nous viendrons chez vous tous les jours pour jouer avec J'rome et Judy. Il adore J'rome passque c'est lui qui m'a offert Bruno... et c'est aussi lui qui m'a donné la valise avec les couvertures et son oreiller. C'est *gentil,* hein, Judy ? Bruno et moi on pense que c'était trop gentil ! »
Judy s'en revint d'un pas léger. Penny, tout à la joie de rencontrer les enfants évacués, n'avait même pas tourné la tête quand elle était partie. Elle serait heureuse, et en sécurité, en totale sécurité. Rien d'autre n'avait d'importance. Elle remonta beaucoup dans sa propre estime quand elle comprit que depuis que Penny était à l'abri, elle n'avait plus peur. Elle était fin prête à faire la chambre de Jerome Pilgrim, mais on ne

le lui permit pas. Lona Day la débarrassa de tout ce qu'elle tenait à la main et lui ferma pratiquement la porte au nez. Ce n'était guère raisonnable mais Judy se sentit bouillir. Elle se retint de lui dire sa façon de penser et ses yeux brillaient de colère.

Par la suite, Lona se montra d'une grande gentillesse.

— Je ne peux laisser entrer personne aujourd'hui. Il a besoin d'un calme absolu. S'il vous plaît, n'allez pas imaginer que cela a quelque chose à voir avec vous. J'ai peur qu'il ne veuille en parler... qu'il ne désire s'excuser de vous avoir dérangée, ce genre d'explications. Vous me comprenez, n'est-ce pas, Judy ?

Judy reconnut qu'elle s'était comportée comme une imbécile.

On sentait un malaise dans la maison, une sorte de mauvaise humeur ambiante. Mrs. Robbins semblait avoir pleuré. Gloria, qui bavardait dans la salle de bains que Judy partageait avec Miss Silver, en fournit la raison.

— C'est l'anniversaire de sa fille. Elle a très mal fini, la Mabel Robbins. Elle a attrapé la grosse tête, d'après ma mère, elle a décroché des bourses et a passé un tas d'examens, alors elle s'est crue quelqu'un. Je vais vous dire... elle avait des cheveux magnifiques... jamais rien vu d'aussi noir. Bouclés naturellement, avec une mèche adorable sur le front, et c'est pas elle qui aurait eu besoin d'une permanente, sans parler de ses grands yeux bleus. N'empêche, c'était une mauvaise fille et ça s'est mal terminé pour elle. Sauf qu'on n'a jamais su qui était le type. Sans doute qu'elle l'avait rencontré à Ledlington, comme dit ma mère. Mrs. Robbins était effondrée. Écoutez, je vais vous dire... elle et Mr. Robbins, ils se sont engueulés. Je suis arrivée un peu en avance et j'ai tout entendu. « C'est son anniversaire », elle a dit, et bien sûr je savais de quoi elle parlait. « Parfois, ça fait du bien de pleurer », elle a continué, et lui : « C'est pas en pleurant que tu vas la faire revenir. » « Tu es cruel ! », elle lui a lancé, et lui : « Mais ce n'est rien à côté de ce que je *ferais* si j'en avais l'occasion ! » Qu'est-ce que vous pensez de ça ?

— À mon avis, vous devriez vous remettre à astiquer ces robinets... ils sont dans un état lamentable.

Elle se reprocha de ne pas le lui avoir dit plus tôt.

En franchissant la porte, elle faillit se heurter à Miss Silver qui se tenait là, un paquet de savon en paillettes dans une main, une demi-douzaine de mouchoirs dans l'autre. Judy se demanda depuis combien de temps elle attendait.

Jamais l'ambiance n'avait été aussi détestable qu'au cours du déjeuner. Miss Janetta, particulièrement irritée, refusa de manger des saucisses, demanda si le chou était le seul légume produit dans le jardin et se plaignit d'un courant d'air.

— Robbins, êtes-vous sûr que tout est bien fermé ? Il suffit d'une fenêtre entrouverte pour que j'y sois sensible. S'il vous plaît, allez vérifier que rien n'est resté ouvert.

Miss Columba ne quitta pas son assiette des yeux. Quand Miss Silver demanda innocemment si c'était à Ledlington qu'on se fournissait en poisson, il apparut qu'elle n'aurait pu aborder sujet plus délicat. Miss Janetta partit d'un rire aigu avant de répondre.

— Oh, oui, on peut l'y acheter... et c'est ce qu'on fait. De là à dire qu'il est mangeable ! Voilà la véritable question.

— Nous en avons eu de l'excellent, la semaine dernière, intervint Lona Day, d'une voix qui se voulait apaisante.

Ce qui n'eut aucun effet sur Miss Janetta, qui releva le menton, faisant vibrer tout son échafaudage de boucles.

— Ma chère Lona ! Enfin, tout dépend de ce que

vous appelez excellent. Chacun ses goûts, je l'admets, quant à moi, on m'a appris qu'un poisson devait être *frais*. Il est possible que cela soit une erreur grossière, mais c'est ainsi qu'on m'a élevée et j'ai peur de ne plus pouvoir changer. J'aimerais bien, mais je ne sais comment m'y prendre.

Roger Pilgrim avait mangé en silence. Quand Robbins revint, après avoir inspecté les fenêtres les plus éloignées, il se redressa et déclara d'une voix nerveuse, non dénuée de colère :

— Tante Netta, si tu veux du changement, nous allons tous en avoir très bientôt. Et j'avoue que je n'en suis pas mécontent. Cela fait trop longtemps qu'on discute à n'en plus finir sur la vente de cette maison... j'en ai assez. J'ai décidé d'accepter l'offre de Champion et de conclure l'affaire aussi vite que possible. Si tu veux mon opinion, j'estime que c'est mieux pour tout le monde.

Chacun sembla frappé de stupeur, incapable de faire un geste. Miss Columba n'avait pas relevé les yeux. Lona Day se pencha en avant, les lèvres entrouvertes, fixant le visage de Roger Pilgrim. Robbins, qui se trouvait au milieu de la pièce, s'était immobilisé, l'air sombre et plus renfermé que jamais, les mains et les bras raidis, comme des membres artificiels. Le visage de Miss Janetta se contracta.

— Non et non! s'écria-t-elle. Tu ne parles pas sérieusement! Oh, Roger, tu ne peux pas nous faire ça!

Elle reprit son souffle et se mit à sangloter de manière hystérique, ce qui était très pénible à supporter.

Roger Pilgrim ne voulut pas en entendre davantage.

— Je pense chaque mot que j'ai dit, conclut-il d'une voix un peu trop forte.

Il repoussa sa chaise, quitta la salle à manger, et la maison par la même occasion. On entendit la porte de devant claquer.

Miss Janetta pleurait dans sa serviette et se tamponnait les yeux. Lona Day s'approcha d'elle. Miss Columba leva les yeux pour la première fois et considéra sa sœur.

— Arrête de faire l'imbécile, Netta!

Ce soir-là, entre six et sept heures, Roger Pilgrim tomba d'une des fenêtres des combles. On le retrouva étendu sans vie sur les pavés du jardin.

16

Le Dr Daly sortit de la chambre et referma la porte. Son visage avenant affichait un masque de circonstance.

— Sale affaire, dit-il. Ni moi ni aucun médecin n'aurions pu le sauver si nous avions été sur place au moment de sa chute. D'après mes observations, il s'est reçu sur l'épaule droite et s'est brisé le cou. Il vous faut prévenir la police.

Miss Columba le regarda bien en face.

— Pourquoi ? interrogea-t-elle.

— Ne vous inquiétez pas... c'est la loi, rien de plus. En cas d'accident mortel, la police doit être avertie. Ce sera au coroner de décider ou non d'une enquête. Je m'en chargerais bien moi-même mais je préfère aller voir le capitaine Jerome. Peut-être que cette dame... excusez-moi, je n'ai pas noté son nom...

— Miss Silver, lui répondit Miss Columba d'une voix pesante.

Le Dr Daly se tourna vers elle et fut soulagé de découvrir une personne d'un certain âge, à l'air très respectable et au regard intelligent.

— Il vous suffit d'appeler Ledlington et de demander le commissariat. Racontez-leur ce qui est arrivé... Je monte m'occuper de mon malade. Mais dites-moi... est-il au courant ?

— Miss Day a été obligée de l'en avertir.

Il montra un peu plus d'entrain.

— Ah... Miss Day... que deviendrait-il sans elle, le pauvre ? Vous avez de la chance de l'avoir... beaucoup de chance, avec cette guerre et tout le reste.

Il s'éloigna dans le couloir en compagnie de Miss Columba.

Miss Silver descendit au bureau et demanda la communication avec le commissariat de Ledlington.

— J'aimerais parler à M. le commissaire.

La voix grave qui lui répondit parut rechigner et elle reformula sa demande :

— Je veux parler au commissaire. De la part de Miss Silver.

Bon nombre d'années auparavant, Randal March et ses sœurs avaient débuté leur parcours scolaire dans une classe où officiait une Miss Silver plus jeune mais non moins efficace. Aujourd'hui, il était tout près d'obtenir le poste de directeur de la police du comté, cependant il ne se serait pas permis, comme en ces jours lointains, de négliger ses injonctions. Elle-même était restée en très bons termes avec sa famille, et ces dernières années, ils s'étaient retrouvés à travailler sur des affaires, ce qui avait renforcé leurs liens. Lors de celle dite des « Chenilles empoisonnées », il avait volontiers admis qu'elle lui avait sauvé la vie. C'est donc en toute confiance qu'elle patienta.

— Miss Silver ?

— Oui, Randal. Je loge dans le voisinage, à Holt St. Agnes. Je dois vous informer d'un accident, à titre officiel. La famille Pilgrim, est-ce que ça vous dit quelque chose ?

— J'en ai entendu parler. Je connaissais Jerome.

Miss Silver s'exprima d'un ton grave.

— Roger Pilgrim est mort. Il est tombé d'une fenêtre des combles, il y a une demi-heure. J'habite chez les Pilgrim. Le Dr Daly m'a priée de vous téléphoner.

Il avait réagi par une exclamation.

— Sale affaire, dit-il ensuite. Je vous envoie Dawson.

Miss Silver toussota.

— Mon cher Randal, je viens de vous expliquer que je suis sur place. Je vous serais très reconnaissante de me rejoindre ici.

À l'autre bout de la ligne, Randal March se redressa sur sa chaise et devint plus attentif. Il la connaissait, sa Miss Silver. Si elle lui demandait de venir en personne, il le fallait. Ce n'était pas la première fois qu'elle exigeait sa présence, mais jamais elle ne lui avait fait perdre son temps avec une fausse piste. Il se résigna et dit, presque sans marquer de pause :

— Parfait, j'arrive.

— Merci, répondit Miss Silver.

Elle replaça l'écouteur et se tourna, découvrant que Miss Columba avait pénétré dans la pièce. Elle portait ses vêtements de jardin — l'empeigne de ses bottes disparaissait sous la boue, elle avait les ongles en deuil, ainsi qu'une marque humide et sombre sur une joue, et sa chevelure grise était en désordre. Elle aurait pu prêter à rire, mais ce n'était pas le cas. Son visage lourd possédait une dignité qui lui appartenait en propre, et son regard n'exprimait aucune crainte. Elle s'appuya contre la porte, tout comme aurait fait un homme, et attendit que Miss Silver s'approche d'elle avant de parler.

— C'était un accident.

Le regard de Miss Silver était aussi résolu que le sien.

— Vous le croyez ?

— C'était un accident.

— La police en décidera.

Le visage de Miss Columba demeura impassible.

— Mon neveu vous a engagée, dit-elle. Il est mort. Votre travail prend fin aujourd'hui. J'aimerais vous voir partir le plus vite possible.

Miss Silver ne se montra pas offensée.

— En êtes-vous certaine? demanda-t-elle.

— Que pouvez-vous faire maintenant? Il est mort.

— Il n'a pas suivi mon conseil. Hier, je l'avais prié d'annoncer qu'il suspendait la vente de la maison. Vous savez qu'il n'en a tenu aucun compte.

Dans les yeux de Miss Columba, la détermination était exactement la même.

— Tout est fini, dit-elle. Il n'est plus. C'était un accident.

Miss Silver secoua la tête.

— Vous n'en croyez rien, et moi non plus. Soyons honnêtes, toutes les deux. Personne ne peut nous entendre. J'aimerais que vous écoutiez ce que j'ai à dire.

— Dites toujours.

— Vous venez d'affirmer que tout était fini, mais c'est faux. Deux personnes sont décédées de mort violente, trois peut-être. Qui sera la prochaine? Si pour vous la mort de votre frère était accidentelle, pensez-vous aussi que votre neveu aurait été, trois fois de suite, victime d'un accident? Il aurait pu succomber lors de l'un ou l'autre des deux premiers. Le troisième lui a été fatal. Si, dans tous ces malheureux événements, vous voyez la main du hasard, comment accepter le fait que, chaque fois, ils se produisent juste à temps pour empêcher la vente de la propriété?

Miss Columba poussa un long, très long soupir. Il n'était pas assez fort pour ressembler à un gémissement mais il produisit le même effet. Elle appuya sa tête contre la porte et demanda :

— À quoi bon?

Miss Silver lui adressa un regard aimable mais ferme.

— Je dois vous rappeler l'existence des autres membres de votre famille. Un de vos neveux est prisonnier des Japonais. Je crois savoir que la maison lui revient, désormais. S'il survit et rentre au pays, manifestant le désir de vendre, sera-t-il la prochaine victime d'un *accident*? S'il ne survit pas, c'est le capitaine Jerome Pilgrim qui héritera. Dans le cas où il voudrait vendre, devra-t-il payer le même prix?

Pas un muscle du visage de Miss Columba ne tressaillit. Quelque chose passa dans son regard et disparut aussitôt.

— Il ne s'agit pas de cela... comment serait-ce possible? dit-elle en bougonnant.

— Existe-t-il un autre mobile? Le connaissez-vous?

Elle secoua négativement ses mèches grises.

Miss Silver lui parla avec décision.

— Quelqu'un est déterminé à empêcher la vente de cette maison. Aucun de ses propriétaires ne sera en sécurité tant qu'on n'aura pas découvert l'identité de cette personne.

Miss Columba se redressa et s'écarta de la porte.

— L'endroit appartient à Jack, dit-elle d'un ton bourru. Il est en Malaisie. Ne réveillons pas le chat qui dort.

Elle quitta la pièce et gagna l'étage.

Miss Silver pinça les lèvres et réfléchit aux défauts de son propre sexe — défauts qu'elle n'aurait pas admis en présence de l'inspecteur principal Lamb ou du commissaire March. Elle avait les femmes en très haute estime, et, si cela n'avait tenu qu'à elle, elle aurait aimé en penser encore plus de bien, mais il lui était impossible de reconnaître chez elles un amour absolu de la justice.

Elle songea qu'il lui faudrait sans doute quitter Pilgrim's Rest sans avoir mené à bien sa tâche et cela n'était pas du tout dans sa nature. Roger Pilgrim avait fait appel à ses services et elle n'avait su lui éviter la mort. Certes, il n'avait pas suivi son conseil, mais elle estimait avoir une dette envers lui — et une autre, plus lourde, envers cette justice qu'elle servait sans faiblir.

17

Randal March était sur place depuis plus d'une heure quand il demanda à parler à Miss Silver. Il y avait à cela deux raisons : ne pas révéler qu'ils se connaissaient et avoir le temps de se faire sa propre opinion avant d'entendre ses conclusions. On avait mis le bureau à sa disposition et il s'installa à la table de travail qu'avaient utilisée au moins trois générations de Pilgrim. Dans ce décor de rideaux vert olive et de murs tapissés de livres jamais ouverts, il donnait plus l'impression d'être un gentilhomme campagnard qu'un officier de police. Il aurait aussi bien pu servir dans l'armée. La lumière du plafonnier tombait sur un homme de grande taille, solide, aux yeux bleu clair et à la chevelure blonde avec des reflets châtains.

Quand Miss Silver entra, il se leva pour l'accueillir. Elle portait un nécessaire à ouvrage sur le bras et son air grave disparut dès qu'elle lui serra la main et lui sourit. Meurtre ou non, elle ne manquait jamais d'être courtoise.

— Mon cher Randal ! J'espère que vous allez bien.

Personne, à le voir, n'en aurait douté, mais il sut trouver la réponse adéquate.

— Et votre mère ? J'espère qu'elle s'est bien remise de ce refroidissement contracté avant Noël ?

— Oh, oui, parfaitement, merci.

— Et ces chères Margaret et Isabel ? Les nouvelles sont bonnes, n'est-ce pas ?

Jamais elle ne s'était permis d'avoir des favoris dans sa classe. Le qualificatif « chères » accolé aux prénoms de ses sœurs traduisait cette impartialité inébranlable. Elle n'aurait pas cru nécessaire d'évoquer ce « cher Randal » si elle avait parlé avec Isabel ou Margaret. En son for intérieur, si elle admettait que l'adorable blondinet aux yeux bleus et au sourire angélique, doué d'un talent confinant au génie pour refuser d'apprendre, lui était plus cher que les deux fillettes dociles et intelligentes, elle ne l'aurait avoué devant personne. Enfin, elle avait si bien réussi à vaincre la résistance du petit garçon que maintenant, au début de la quarantaine, il était sur le point d'être nommé à la tête de la police du comté. Et ce n'est pas la présence de la mort rôdant dans la maison qui aurait pu interdire à Miss Silver de le couver du regard tandis qu'elle apprenait que Margaret était au Caire et son mari en Italie, alors qu'Isabel venait d'obtenir un poste important dans le service féminin des auxiliaires de l'armée de terre.

Ces préliminaires achevés, il lui offrit une chaise et retourna s'asseoir. Il l'observa depuis son bureau et la trouva à peine changée — d'ailleurs, avait-elle jamais changé ? De sa résille à ses chaussures ornées de perles, elle demeurait unique, fidèle à elle-même, comme un facteur de stabilité dans une époque de bouleversements.

Ses aiguilles reprirent le travail commencé sur le pull d'Ethel Burkett. Trente-cinq années furent soudain effacées. Il aurait pu s'agir du même pull, des mêmes aiguilles, de la Miss Silver connue dans son enfance.

« Mon cher Randal, vous n'écoutez pas. »

Elle n'avait pas prononcé ces mots, mais, à tout instant, il risquait de les entendre et il s'empressa de prendre la parole avant elle.

— Très bien. Qu'aviez-vous l'intention de me dire ?

— Où en êtes-vous, Randal ?

Il ramassa un des feuillets posés sur le sous-main.

— C'est tout ce que nous savons pour le moment : Roger Pilgrim a fait une promenade à cheval l'après-midi, est rentré tard, pour le thé, et a à peine prononcé trois mots. À un moment, qu'on situe avant cinq heures et demie, il est monté dans cette mansarde pour consulter les papiers de son père. Ils avaient été endommagés lors d'un incendie, il y a une dizaine de jours, et ce qui en restait avait été entreposé dans cette pièce vide, dans l'attente qu'on les classe. On a trouvé deux boîtes en fer-blanc plus ou moins en bon état et pas mal de choses en partie brûlées, provenant d'un bureau ou de classeurs à tiroirs. Vers cinq heures et demie, Robbins a ouvert la porte d'entrée pour accueillir Miss Lesley Freyne. Selon elle, Roger l'attendait et elle l'a rejoint directement. Elle semble très proche de la famille. Devrais-je me rappeler quelque chose à son sujet ?

Miss Silver toussota.

— Elle était fiancée à Henry Clayton. Vous vous souvenez qu'il a disparu à la veille de leur mariage ?

— Mais bien sûr ! Est-ce qu'ils ont fini par savoir ce qui lui était arrivé ?

Elle cessa de tricoter quelques secondes, le regarda et répondit :

— Non, Randal.

« Il me faudra faire une note là-dessus », songea-t-il à part lui. Les aiguilles s'étaient remises en mouvement.

— Drôle de façon qu'ont les gens de refaire surface ! dit-il. Je me souviens de cette affaire, mais Scotland Yard s'en occupait... car Henry travaillait au ministère de l'Information, bref, c'était de leur ressort. Je crois que Frank Abbott était sur le coup, pas vrai ?

— Oui.

— Bon, pour en revenir à Miss Freyne, elle semblerait être la dernière personne à avoir vu Roger vivant. D'après elle, il lui a téléphoné pour lui demander de venir car il pensait qu'elle saurait l'aider à trier certains papiers endommagés. Son père l'aimait beaucoup et il discutait de ses affaires avec elle. Elle dit qu'ils ont passé près de trois quarts d'heure à faire du rangement. Ensuite, elle a consulté sa montre et, comme il était six heures et quart, elle s'est excusée car elle devait aider au couchage des enfants... sa maison est remplie d'évacués. Elle est descendue avant de sortir sans rencontrer personne. Cependant, comme elle traversait le couloir des chambres, en direction de l'escalier, elle a aperçu Miss Day quittant la chambre de Jerome pour entrer dans la sienne, à l'autre extrémité du corridor. Elles ne se sont pas adressé la parole. Miss Day affirme qu'elle faisait la navette entre sa chambre et celle de Jerome, parce qu'il avait eu une crise pendant la nuit, et qu'elle n'a pas remarqué Miss Freyne. Disons que c'est un premier point. En voici un second : Miss Judy Elliot dit s'être trouvée dans la salle de bains près des escaliers donnant sur l'arrière. Elle nettoyait des objets dans le lavabo. La porte était entrouverte et elle a vu Robbins emprunter l'escalier menant aux combles. Malheureusement, elle ignore l'heure qu'il était, sauf que cela se passait entre six heures et sept heures moins le quart, car on y voyait encore clair. Elle pense qu'il était moins de six heures et demie, mais elle n'en est pas trop sûre. Pour Robbins, il était à peine plus de six heures et il montait dans sa chambre chercher un mouchoir. Il n'y serait pas resté cinq minutes et si Miss Elliot ne l'a pas entendu redescendre, c'est parce qu'il a pris un autre escalier. Pour quelle raison, il ne sait pas... c'est comme ça.

Miss Silver toussota.

— On compte quatre escaliers entre cet étage et le niveau supérieur et deux autres qui mènent aux combles. C'est très déroutant et ça représente énormément de travail.

Randal March acquiesça.

— Et il nous est impossible de vérifier les dires de Robbins. Mrs. Robbins les confirme, ce qui n'a rien d'étonnant... Elle dit qu'il ne s'est absenté que quelques minutes. La fille qui vient chaque jour était rentrée chez elle. Bien sûr, nous n'avons pas la moindre raison de suspecter les Robbins de quoi que ce soit. Trente années de service, c'est une sacrée référence.

Miss Silver leva les yeux.

— Beaucoup de choses peuvent arriver en trente ans, remarqua-t-elle.

Il lui rendit son regard, hésitant entre l'étonnement et la protestation.

— Et que voulez-vous dire par là?

— J'y viendrai bientôt. Je vous en prie, continuez.

— D'après Robbins, Miss Freyne était encore présente quand il s'est rendu dans sa chambre, qui est voisine de la mansarde où ils triaient les papiers. Je lui ai demandé comment il le savait et il a dit avoir entendu leurs voix. « Vous avez entendu parler, mais comment saviez-vous qu'il y avait là Miss Freyne? Il aurait pu s'agir de quelqu'un d'autre », ai-je insisté. Il est sûr de lui car sa fenêtre était ouverte et il a dû se pencher pour la fermer... c'est une de ces fenêtres qui s'ouvrent vers l'extérieur, voyez-vous. Selon lui, celle de la pièce voisine était restée ouverte et il a aperçu Miss Freyne, assise sur la banquette de la fenêtre, de dos, Roger se tenant debout près d'elle. Il l'a entendue s'exclamer: « Roger, vous ne pouvez faire ça... il ne faut pas! » Ensuite, il a fermé sa fenêtre et est redescendu. J'en ai parlé à Miss Freyne qui a confirmé. Roger lui avait annoncé qu'il allait vendre et elle en était bouleversée. Elle ne se souvient pas de ses paroles avec exactitude, mais cela ressemble à ce que rapporte Robbins. J'ai demandé pourquoi la fenêtre était ouverte et elle m'a répondu que Roger, là-haut, utilisait un fourneau à pétrole et qu'ils avaient trop chaud. Cela arrive, n'est-ce pas, quand vous faites du rangement. À la question de savoir s'ils s'étaient disputés, bien sûr que non, m'a-t-elle affirmé. Elle corrobore aussi, dans une certaine mesure, les déclarations de Robbins. Elle a quitté Roger juste à la fin de leur discussion, à six heures et quart, or, selon Robbins, il était six heures dix quand il est monté dans sa chambre. L'ennui, c'est que nous ignorons l'heure exacte de la chute. Personne ne semble avoir rien entendu, et ce n'est pas normal.

Les aiguilles de Miss Silver cliquetaient.

— C'est moins étrange qu'il y paraît. Les chambres qui donnent sur le jardin étaient occupées par le vieux Pilgrim et par Roger avant qu'il n'en change. Aucune de ces deux-là n'est utilisée. On trouve aussi celle où avait déménagé Roger et de l'autre côté de l'escalier, une pièce vide et la chambre du capitaine Jerome Pilgrim. Le rez-de-chaussée est occupé par deux salons dont on ne se sert pas et par le bureau. La chambre de Miss Day, la mienne, celles de Miss Elliot et des deux sœurs Pilgrim donnent toutes sur la rue.

Il hocha la tête.

— Oui, je les ai vues. Jerome aurait dû entendre quelque chose mais je crois savoir qu'il écoutait la TSF. Pourtant, on aurait pu penser...

Il s'interrompit, plissant le front, consulta la feuille de papier qu'il tenait à la main, et poursuivit :

— Pell l'a trouvé en allant fermer les grilles, juste avant sept heures. Daly pense que la mort peut remonter à trente ou quarante-cinq minutes avant le moment où il a vu le corps, à sept heures cinq. Il était chez lui et n'a eu qu'à remonter la rue sur une centaine de mètres après avoir reçu l'appel de Miss Columba. Vous voyez comme ces notions de temps sont floues. D'après Robbins, Roger était vivant et s'entretenait avec Miss Freyne à six heures dix. D'après Miss Freyne, il était vivant quand elle a regardé sa montre et qu'elle l'a quitté, à six heures et quart. J'ai insisté auprès de Daly pour savoir s'il avait pu décéder plus tôt et il affirme que personne ne saurait le jurer. Il ne croit pas qu'il était mort depuis plus de trois quarts d'heure... mais ce n'est pas impossible. S'il s'est suicidé, cela s'est passé juste après le départ de Miss Freyne. Et j'avoue que cette hypothèse a ma préférence. Selon Daly, il était sur les nerfs. Son obstination à vouloir vendre, contre l'avis de la famille, l'avait mis dans tous ses états. Les paroles de Miss Freyne ont été la goutte d'eau qui a fait déborder le vase. Il a attendu qu'elle s'en aille et s'est jeté dans le vide.

Miss Silver toussota.

— Non, Randal, dit-elle, il ne s'agit pas d'un suicide.

— Vous semblez très sûre de vous.

— Oui.

— Pourquoi ?

— Il ne voulait pas mourir. Il désirait vendre et partir habiter dans une petite maison moderne. Il n'était pas fiancé mais pensait à quelqu'un. Il envisageait de se marier et de s'installer. Je suis certaine qu'il ne s'est pas supprimé.

— Un accident, alors ? Ces fenêtres descendent à quelques centimètres du sol... et la banquette n'est pas plus haute qu'une marche. Il serait facile de basculer, si on était victime d'un malaise.

De nouveau, Miss Silver secoua la tête.

— Non, répéta-t-elle.

Il la considéra avec une exaspération amusée.

— Je suppose donc que vous allez me raconter ce qui s'est exactement passé.

Elle posa les mains sur la masse devenue volumineuse du pull destiné à Ethel et répondit d'un ton grave :
— Non, je l'ignore. Mais c'est un meurtre, Randal. Roger Pilgrim a été assassiné.

18

Il y eut un de ces silences qu'on ne remarque pas car chacun est totalement absorbé dans ses pensées. Le mot « meurtre » est de ceux auxquels on ne s'accoutume à peu près jamais, même si on le rencontre souvent. La voix du sang rend toujours un son atroce qui impose silence à tout ce qui n'est pas elle.

Randal March finit par reprendre la parole, d'un ton froid qui se voulait très professionnel.

— Quelle preuve avez-vous? demanda-t-il.

Miss Silver ramassa ses aiguilles et se remit à tricoter, très calme.

— Aucune. Mais j'ai beaucoup de choses intéressantes à vous dire. Pour commencer, je suis ici parce que j'ai été engagée par Roger Pilgrim qui estimait qu'on avait par deux fois attenté à sa vie.

— De quelle façon?

Elle le mit succinctement au courant.

— Vous aurez l'occasion de visiter ces deux pièces. La chute du plafond a été attribuée à un lavabo qui avait débordé, l'incendie de la chambre à une étincelle du feu de cheminée qui aurait embrasé des papiers que Roger Pilgrim était en train de classer. Dans le premier cas, le lavabo se trouve à environ quatre mètres au-delà d'un couloir dont le plafond a tenu bon. Je serais très étonnée que vous ne pensiez pas comme moi que les traces d'humidité encore visibles sous le parquet de la chambre située au-dessus de celle de Roger prouvent qu'on a délibérément déversé de l'eau à cet endroit. Dans le second cas, Roger était persuadé qu'on l'avait drogué. Il s'est profondément endormi après avoir bu un petit whisky-soda, avant de se réveiller dans une pièce en flammes, dont la porte, m'a-t-il déclaré, était fermée à clef. Il avait laissé la clef à l'extérieur à cause de tous ces papiers appartenant à son père. Apparemment, il avait l'habitude de fermer en partant. Après que le feu eut été circonscrit, il s'est aperçu que la porte n'était plus fermée. Mais ce n'est pas par là qu'il s'est sauvé. Il a dû passer par une fenêtre.

— Avez-vous cru qu'on en voulait à sa vie ?

Elle travaillait rapidement.

— Je n'ai pas tranché. Il n'y avait aucune preuve indubitable, comme le lui a fait remarquer Frank Abbott.

— Abbott ?

— Ils ont fréquenté la même école. Frank a de la famille dans le pays. C'est lui qui a conseillé à Roger de venir me voir.

— Quel serait le mobile ? demanda Randal March d'un ton abrupt.

— L'empêcher de vendre la propriété.

— *Pardon ?*

— Il y était décidé. Son père a été victime d'un accident mortel dans des circonstances similaires.

Miss Silver fronça les sourcils en réponse à une exclamation qu'elle considérait déplacée. C'est d'un ton désapprobateur qu'elle lui rapporta les soupçons dont le vieux palefrenier, William, s'était ouvert à Roger à propos de l'épine glissée sous la selle de la jument de son père.

— Je ne saurais affirmer que c'est la vérité. Je me contente de vous répéter ce que pensait Roger. J'ai estimé qu'il n'était pas prudent d'interroger William, mais vous êtes habilité à le faire.

Randal March planta ses coudes sur la table.

— Ma chère Miss Silver, êtes-vous sérieusement en train de me demander de croire que deux personnes ont été assassinées afin d'empêcher la vente de cette maison ?

— J'en suis persuadée, Randal.

— Mais pourquoi ? Dieu du ciel, il faut un mobile, tout de même, pour ce genre de choses ! Qui en avait un ? L'héritier est maintenant Jack Pilgrim, qui a quitté le pays depuis quatre ans... et à quoi bon tuer Mr. Pilgrim et Roger si Jack doit prendre leur place ?

Miss Silver toussota.

— Pour que la vente de la propriété n'ait pas lieu.

— Mais pourquoi... pourquoi... *pourquoi* ?

Miss Silver se pencha vers lui.

— Si nous voulons le savoir, il nous faut remonter à trois ans en arrière.

— Trois ans ?

— Oui, Randal... jusqu'à la disparition d'Henry Clayton.

Son ébahissement fit place à de la méfiance.

— Allez-vous m'expliquer, à la fin ?

— Oui. Et je vous demande de m'écouter avec impartialité.

— J'espère être toujours dans cet état d'esprit.

Elle inclina la tête en manière d'acquiescement. Elle entama aussitôt son récit, bien droite sur sa chaise, tricotant avec dextérité.

— Il me faut vous rappeler les dépositions faites à l'époque par Robbins et Miss Lesley Freyne. Ils ont été, dans cet ordre et de leur propre aveu, les deux dernières personnes à avoir vu Henry Clayton. Il logeait à Pilgrim's Rest, car, vous ne l'ignorez sans doute pas, il était le neveu de Mr. Pilgrim, et donc cousin germain de Roger et du capitaine Pilgrim, qui se trouvaient également sur place. Cela s'est passé sept mois environ après Dunkerque, où le capitaine Pilgrim avait été blessé, et trois mois après qu'on l'eut autorisé à quitter l'hôpital militaire où il était en traitement pour venir ici, confié aux bons soins de Miss Lona Day, laquelle était déjà à Pilgrim's Rest, en tant qu'infirmière de Miss Janetta, qui était assez sérieusement malade. Vous savez qu'Henry Clayton était employé au ministère de l'Information, à Londres. Il était venu pour épouser Miss Freyne et le mariage devait avoir lieu trois jours plus tard. Le jour de sa disparition, il avait reçu cinquante livres de son oncle, comme cadeau de noces. Il les avait demandées en liquide, car il voulait les dépenser pendant leur lune de miel. Mr. Pilgrim avait l'habitude de conserver des sommes conséquentes dans la maison... il touchait lui-même ses loyers et ne déposait pas son argent à la banque. Les numéros des billets remis à Mr. Clayton n'ont pas été notés.

Randal March sourit, quelque peu amer.

— Ce qui facilite drôlement les choses... n'est-ce pas ?

Miss Silver toussota avec une nuance de reproche.

— Rien n'est facile dans cette affaire, Randal. Laissez-moi poursuivre. Il a été établi que, cet après-midi-là, une dispute a éclaté entre Mr. Clayton et Miss Freyne. Selon celle-ci, elle n'avait rien de grave. Vers dix heures et demie cette nuit-là, Robbins se rappelle avoir entendu Henry Clayton prendre rendez-vous avec Miss Freyne au téléphone. D'après ce qu'il a rapporté à Frank Abbott, Clayton a prononcé ces mots : « Non, Lesley... bien sûr que non ! Chérie, comment pouvez-vous imaginer une chose pareille ? » Après quoi, il a proposé de passer la voir et comme, à l'évidence, elle s'y opposait, il a fait remarquer qu'il n'était que dix heures et demie. Puis il a prévenu Robbins qu'il se rendait chez Miss Freyne, précisant qu'il ne serait pas long mais qu'il était inutile de l'attendre... il prendrait la clef et remettrait la chaîne en place à son retour. Quand il a quitté la maison, il était habillé comme il l'avait été pendant cette journée, en costume de ville sombre, sans chapeau. Il ne portait ni manteau ni écharpe. À entendre Robbins, c'est la dernière fois qu'il l'a vu.

— Et où voulez-vous en venir exactement ?

Miss Silver toussota.

— Pour l'instant, je préfère poursuivre mon récit. Dans sa déposition, Robbins dit que cela ne lui plaisait guère de laisser Mr. Henry fermer la porte d'entrée, car Mr. Pilgrim était très sourcilleux sur ce point. Il s'est rendu dans la cuisine pour prévenir son épouse qu'il monterait se coucher plus tard et il est retourné dans le hall, où il a accroché la chaîne à la porte avant de s'installer pour attendre. Il a entendu l'horloge sonner minuit et puis plus rien jusqu'à six heures, quand il s'est réveillé.

— Combien de temps cela lui a-t-il pris pour parler à sa femme ?

— Je l'ignore. Frank penche pour quelques minutes. Je crois qu'on peut aller jusqu'à cinq tout au plus. Venons-en maintenant à la déposition de Miss Freyne.

— Je m'en souviens, intervint March. Elle le guettait et l'a vu quitter la maison et se diriger vers la sienne. C'est alors qu'elle s'est éloignée de sa fenêtre, de peur qu'il ne s'aperçoive qu'elle l'observait, détail qui n'a pas manqué de m'exaspérer, je ne vous le cache pas.

Les aiguilles de Miss Silver cliquetaient.

— « Il est un trait de nature qui fait tous les hommes frères[1] », observa-t-elle.

---

[1]. Shakespeare, *Troïlus et Cressida*, III, 3 (traduction d'Aurélien Digeon), Aubier, 1969. *(N.d.T.)*

— Comme vous dites. C'est la dernière fois qu'on a aperçu Henry Clayton. Très bien, et où cela nous mène-t-il ?

Le cliquetis des aiguilles se ralentit.

— Nous avons donc la déposition de deux personnes, dit-elle lentement. Si l'une d'elles mentait, la disparition d'Henry Clayton apparaîtrait moins mystérieuse. À moins qu'elles ne disent toutes deux une partie seulement de la vérité. Il est possible que Miss Freyne ait vu Mr. Clayton quitter la maison, comme elle l'affirme, mais peut-être l'a-t-elle rencontré plus tard. Leur dispute a pu être moins anodine qu'elle a bien voulu l'admettre. Au lieu de se réconcilier, ils auraient rompu. Cette hypothèse n'a pas mes faveurs, car elle n'explique pas les deux morts ultérieures. Mais, si vous croyez qu'elles furent accidentelles, il ne vous est pas interdit de la soutenir.

March hocha la tête.

— Eh bien, en fait, j'ai toujours pensé que quelque chose de ce genre avait dû se produire. Henry Clayton avait la réputation d'être plutôt instable et, à supposer que, la veille de son mariage, il se soit vu rejeté, il aurait pu filer en douce et s'engager, par exemple.

— Je ne le crois pas. Poursuivons. J'aimerais vous soumettre une hypothèse. Mr. Clayton a été aperçu au moment où il quittait Pilgrim's Rest et, juste après, quelqu'un a emprunté le passage vitré et l'a rejoint dans la rue pour lui demander de revenir sur ses pas. Il retourne à l'intérieur et se laisse entraîner dans la salle à manger, qui s'ouvre tout de suite à gauche quand vous pénétrez dans la maison. C'est une pièce qui dispose de tout le confort moderne, mais, derrière, on tombe sur une partie beaucoup plus ancienne. Une porte conduit de la salle à manger à un corridor au sol dallé de pierre. C'est là qu'il aurait reçu une blessure mortelle. Je ne pense pas qu'on ait utilisé une arme à feu. Dans la salle à manger sont exposés deux trophées très imposants, comprenant bon nombre d'épées et d'armes blanches. On aurait pu s'en servir. Du corridor, un monte-charge descend vers les caves. Il se trouve presque en face de la porte de la salle à manger. Pourquoi n'y aurait-on pas chargé le corps avant de le déposer quelque part dans les caves au moyen du chariot à bouteilles ?

— Vous êtes sérieuse ?

— On ne peut plus sérieuse. Je l'admets, cependant, ce n'est qu'une hypothèse.

— Mais... le mobile... Ma chère Miss Silver, vous pensez à Robbins, j'imagine. Quelle raison aurait-il eue d'agir ?

Elle fit une réponse très pondérée.

— Il en existerait une, très forte. Sa fille s'est trouvée dans une situation délicate et a quitté la maison. Un peu avant la disparition d'Henry Clayton, Robbins a découvert qu'elle vivait à Londres et il s'y est rendu. La nuit de son arrivée, elle et son enfant ont été tués lors d'un bombardement aérien, mais Robbins a eu le temps de la voir à l'hôpital, avant qu'elle ne succombe. Si jamais elle lui a avoué que le suborneur était Henry Clayton, Robbins aurait eu un mobile.

— De qui tenez-vous cette histoire ?

— De Roger Pilgrim. Il m'a confié que son père et lui étaient les seuls à savoir que Mabel était morte. Les Robbins ne voulaient pas que cela s'ébruite. Robbins disait qu'ils avaient assez souffert et qu'ils refusaient de raviver le passé.

— Est-ce que Roger vous a confirmé qu'Henry Clayton était l'amant de la fille ?

— Non, Randal. Mais Mabel Robbins a été élevée dans cette maison. Elle a reçu une excellente éducation et a trouvé un très bon emploi à Ledlington. Elle venait ici passer ses week-ends et ses vacances. On ne lui connaissait pas d'ami intime. J'ai demandé à Roger Pilgrim si Robbins soupçonnait quelque habitant de la maison. Il est devenu très nerveux, il s'est troublé. J'ai insisté. Est-ce que Robbins le suspectait, lui, ou le capitaine Pilgrim. « Non ! », m'a-t-il rétorqué, très en colère. Henry Clayton ? ai-je alors voulu savoir, et il a quitté la pièce.

— Ah bon, vraiment ? Fichtre !

Il la considéra, les lèvres arrondies, comme s'il allait siffler. Peut-être s'apprêtait-il à le faire... peut-être le cliquetis des aiguilles l'en empêcha-t-il. Au bout de quelques secondes, il hocha la tête et dit :

— Cela fait beaucoup de lapins que vous tirez de votre hypothétique chapeau. Qu'attendez-vous que j'en fasse ?

Elle déplaça la masse de laine sur son giron.

— J'aimerais que vous entrepreniez une fouille complète du sous-sol de cette maison.

— Je vous croyais sérieuse...

— Je le suis, Randal.

— Vous m'avez soumis une hypothèse ingénieuse, sans pour autant avancer une seule preuve. Pensez-vous que je vais demander un mandat de perquisition pour une affaire vieille de trois ans, dont je ne me suis même pas occupé, alors que je ne dispose d'aucun élément pour justifier ma requête ?

— Vous n'en aurez pas besoin si Miss Columba vous en donne l'autorisation.

— Supposez-vous qu'elle me la donnera ? lui demanda-t-il en se permettant de glisser une note sarcastique dans sa question.

— Je l'ignore.

March se mit à rire.

— Et vous vous considérez comme une psychologue avertie ! Même pour moi, dont les talents d'observateur sont limités, Miss Columba semble préoccupée d'une chose et d'une seule : « Que le doigt de la discrétion soit garant du mutisme des lèvres ! »

Comme il n'obtenait pas de réponse, il s'adossa à sa

chaise et réfléchit à la situation, sans quitter Miss Silver du regard. Puis il finit par se décider.

— Écoutez! Si n'importe qui d'autre m'avait raconté pareille histoire, je n'aurais aucune difficulté à lui faire part de mon sentiment. Puisque c'est vous, je vais vous expliquer dans quelle position je me trouve, avant de vous demander de me préciser quelle valeur vous accordez véritablement à votre hypothèse. Le colonel Hammersley, le directeur de la police du comté, part à la retraite à la fin du mois. J'ai de bonnes raisons de penser que ma candidature au poste qu'il occupe serait très bien accueillie. Je ne prétends pas y être indifférent, mais si, entre-temps, je provoquais un scandale absolument infondé mettant en cause la famille Pilgrim, qui vit ici depuis que l'Arche de Noé s'est échouée sur le mont Ararat, la commission de désignation pourrait facilement changer d'avis.

Miss Silver fit une nouvelle citation, en français cette fois, et avec un accent qui l'aurait fait passer pour une Française de pure souche:

— « *Fais ce que dois, advienne que pourra.* »

Il eut un petit rire.

— Admirable! Fais ton devoir et au diable les conséquences! Mais il vous faudra me démontrer où se trouve mon devoir avant que j'accepte de jeter mon avenir professionnel aux orties.

Elle toussota.

— C'est vous qui devrez vous en convaincre, Randal. Je n'ai rien d'autre à ajouter.

19

Randal March n'eut pas besoin de se faire violence ni de prendre le risque de compromettre sa carrière. Le bon vieux proverbe qui veut qu'un malheur n'arrive jamais seul se trouva une nouvelle fois justifié. Le lendemain, une heure après le petit déjeuner, pris en silence par les convives, Robbins prévint Miss Columba d'un appel téléphonique.

— Un télégramme, madame. J'ai commencé par le noter, puis j'ai pensé... peut-être préféreriez-vous...

Elle se leva et sortit sans un mot.

Elle revint au bout de dix minutes. On ne discerna aucun changement sur son visage, non plus que dans sa voix, quand elle s'adressa à la seule autre occupante du petit salon, Miss Silver.

— C'était un télégramme du ministère de la Guerre au sujet de mon neveu, Jack. Ils ont la preuve de sa mort.

Les condoléances de Miss Silver furent celles que l'on attend d'une personne qui a du cœur et de l'éducation, pourtant, elles parurent aux deux femmes de pure forme. Sous les conventions, sous l'affection et le chagrin que Miss Columba éprouvait pour un neveu parti depuis si longtemps que sa mort pouvait difficilement apparaître comme une surprise, on devinait un sentiment d'urgence incontestable. Et c'est bien malgré elle que ces mots s'échappèrent de ses lèvres :

— Jerome... fit-elle, le regard fixé sur le visage de Miss Silver. Pensiez-vous vraiment ce que vous avez dit hier? Est-il en danger?

— Pas dans l'immédiat. Pas avant qu'il ne décide de vendre la maison.

La voix de Miss Columba se transforma en un murmure boudeur.

— Il y sera obligé... une double succession à régler... il n'en a pas les moyens...

Il n'était pas difficile de voir vers qui allait sa préférence. La mort des autres neveux provoquait un chagrin mesuré, mais de la sueur perla à son front et une sourde angoisse se lut dans ses yeux quand elle imagina la menace qui pesait sur Jerome.

Elle lança un regard désemparé vers Miss Silver

— Je vous avais demandé de partir. La situation a évolué. Maintenant, je vous prie de rester.

Dans les yeux de Miss Silver, il y avait autant de fermeté que de gentillesse quand elle répondit :

— C'est Roger qui m'avait engagée. Désirez-vous que je travaille pour vous?

— Oui.

— Il vous faut comprendre que j'ignore ce que je découvrirai. Je ne saurais garantir un résultat qui vous fasse plaisir.

Sur le même ton bourru, Miss Columba murmura

— Trouvez ce qui est arrivé. Protégez Jerome.

— Je ferai tout mon possible, lui assura Miss Silver avec gravité. Le commissaire March est un homme remarquable... lui aussi agira au mieux. Mais vous devez nous aider. Il se peut qu'il veuille fouiller votre maison. Cela créerait moins de désagréments et la chose ne s'ébruiterait pas si vous lui en donniez la permission sans l'obliger à demander un mandat de perquisition.

— Veillez sur Jerome, conclut Miss Columba avant de quitter la pièce.

Une demi-heure plus tard, elle autorisait March à aller où bon lui semblerait dans la demeure. Puis elle disparut dans le jardin, l'air si soucieux que Pell, au lieu de l'accueillir en maugréant comme à son habitude, la laissa pour une fois faire à sa guise avec les petits pois primeurs. Par la suite, il confia à William qu'ils seraient victimes des gelées et ce fut l'occasion d'une très franche et très agréable discussion sur la manie des femmes de se mêler de tout.

Les recherches commencèrent à deux heures de l'après-midi.

Quand le dernier des policiers eut descendu d'un pas pesant — tous les agents étaient lourdement bottés — le vieil escalier aux marches usées conduisant aux caves, Miss Silver se rendit dans le couloir menant à la cuisine et en poussa la porte. Elle avait une tasse à la main et affichait un air interrogateur. Si cela était destiné à lui fournir une excuse pour le cas où sa présence serait considérée comme une intrusion, elle n'eut pas à en user car personne ne vit la porte s'ouvrir ni ne l'entendit pénétrer d'un pas léger dans la pièce. Pour une raison évidente : Mrs. Robbins, debout devant le fourneau, remuait quelque chose dans une casserole. Elle pleurait convulsivement tandis que son mari, devant la fenêtre de la cuisine, lui tournait le dos, contemplant les dalles de pierre de la cour. Sans tourner la tête, il lança, du ton excédé d'un homme qui se répétait :

— Ça suffit, Lizzie ! Où est-ce que tu crois que cela va te mener ?

À quoi Mrs. Robbins répondit :

— Je préférerais être morte !

Miss Silver recula vers le couloir et s'immobilisa. Les pleurs n'avaient pas cessé.

Soudain, Lizzie s'exclama, d'un ton confinant au désespoir :

— Je me demande ce qui nous attend... oui, franchement !

Et puis :

— S'il arrive un nouveau drame, j'abandonne, parce que je n'en peux plus. D'abord, Mr. Henry, et puis Mr. Pilgrim, et maintenant Mr. Roger et Mr. Jack... on dirait que cette maison est maudite !

— Ne sois pas stupide, Lizzie ! répondit-il, ce qui eut le don de la mettre en colère.

— Oui, c'est stupide d'aimer les gens, dit-elle à travers ses larmes, et tu peux me le reprocher autant que tu veux, parce que toi tu n'es pas concerné. Alfred, tu as été un mari sans cœur, cruel, et avec notre pauvre fille aussi tu as été un mauvais père, à tel point qu'elle a quitté la maison pour se cacher quand elle a eu des problèmes, ce qu'elle n'aurait pas fait si tu t'étais comporté autrement.

Il répondit par une exclamation aiguë, mais elle poursuivit, sans lui permettre de s'expliquer.

— Je suppose que tu diras que tu l'aimais, à ta manière, oui, sans doute, mais c'est que tu étais fier de sa beauté et de son intelligence, parce que cela te flattait. Ce n'est pas de l'amour, Alfred, ce n'est que de l'orgueil, et l'orgueil précède la chute, comme il est dit dans les Proverbes[1]. Et tu as refusé qu'elle soit inhumée ici... ça, c'est une chose que je n'oublierai jamais, que tu aies pu les laisser enterrer, elle et son bébé, parmi des étrangers, parce que, par amour-propre, tu ne supportais pas de les faire revenir dans la maison qui était la leur.

— Lizzie ! protesta-t-il. C'est faux, et tu n'as pas le droit de parler ainsi ! Peut-être que j'en ai fait plus que tu ne l'imagines... plus que toi-même n'en aurais fait. Il y a différentes façons de montrer son affection.

— Et tu as oublié son anniversaire ! se récria-t-elle, dans un torrent de larmes.

---

1. Proverbes, 16-18 : « L'arrogance précède la ruine et l'esprit altier la chute. » (Bible de Jérusalem, Éditions du Cerf, 1998.) *(N.d.T.)*

Une porte claqua au bout du couloir. On entendit un bruit de pas approcher. À regret, Miss Silver se tourna et vit surgir Gloria habillée pour partir.

— Je me demandais si je pouvais avoir un peu d'eau bouillante, dit Miss Silver en tendant sa tasse. Sans vouloir déranger. Je n'aimerais pas trop entrer dans la cuisine... mais si vous...

— D'ac! lança Gloria, ce qui eut pour effet de faire frissonner Miss Silver.

Gloria saisit la tasse et revint après l'avoir remplie.

— Ils sont toujours à s'enguirlander, ces deux-là, confia-t-elle. À quoi bon se marier si c'est pour se disputer? La police est là... c'est ce qui les inquiète. Chacun prétend que c'est la faute de l'autre. Ma mère, je vous le cache pas, elle est dans tous ses états. Mais bon, c'est excitant aussi et j'aurais préféré que ce soit pas mon après-midi de repos. Normalement, si j'avais voulu partir plus tôt, je vous parie qu'on m'en aurait empêchée, mais, pour une fois qu'il se passe quelque chose, tout le monde en a après moi. Mr. Robbins, Miss Columba et Mrs. Robbins, ils veulent tous que je m'en aille. C'est maman qui sera surprise de me voir rentrer de bonne heure.

Elle fila à grand bruit au bout du passage et sortit par la porte de derrière, qu'elle referma en la claquant.

Miss Silver vida sa tasse dans l'évier de l'arrière-cuisine, la déposa sur l'égouttoir et traversa le hall en direction du bureau dont elle laissa la porte entrouverte, dans l'attente des événements. Le temps lui parut long. La maison était silencieuse. Miss Janetta avait décidé de rester prostrée dans sa chambre et on pouvait supposer que Miss Day, qui avait affaire à une malade autrement exigeante que le capitaine Pilgrim, n'aurait pas le loisir de descendre. Par ailleurs, Miss Silver, qui ignorait où se trouvaient les autres, n'éprouvait pas le besoin d'avoir de la compagnie.

Un pas lourd brisa le silence et elle gagna le hall où elle rencontra Randal March. Il l'entraîna dans le bureau dont il ferma la porte.

— Bon, dit-il. Vous aviez raison.
— Mon Dieu ! Randal... quelle horreur !

Elle était tout à fait sincère. Elle n'était pas du genre à se montrer suffisante ou arrogante. Oui, elle était on ne peut plus affectée.

Il hocha la tête.

— Tout au fond, derrière le tas de chaises... il y a une porte qui mène à une autre cave. Le corps s'y trouvait... tassé dans une malle en fer. Je pense qu'il ne peut s'agir que d'Henry Clayton.

Ils se regardèrent.

— C'est vraiment horrible, répéta Miss Silver.

Randal March avait l'air sinistre.

— Votre hypothèse s'est vérifiée. Je pense que les choses ont dû se dérouler comme vous l'avez imaginé. Quelqu'un a appelé Clayton pour le faire revenir sur ses pas, avant de trouver un prétexte et de l'entraîner dans le couloir menant au monte-charge, où il a été assassiné. Pour le reste, vous en avez décrit les grandes lignes. Nous allons récupérer les armes blanches de ces trophées et passer le sol au peigne fin autour du monte-charge... on pourrait découvrir des indices. Par chance, le sol est nu, mais au bout de trois ans...

Il leva la main et poursuivit, d'une voix changée :

— Je proposerai au directeur de la police de demander à Scotland Yard de nous envoyer Abbott. Ils voudront s'occuper du meurtre et il était de la première enquête sur la disparition de la victime. Cela ne devrait présenter aucune difficulté. Pour l'instant, j'ai des coups de téléphone à donner.

20

Judy Elliot entendit des bruits de pas, de véritables piétinements, et elle s'immobilisa un moment dans l'escalier de derrière, près de la porte de la salle de bains. Elle surprit un mot ou deux et ses cheveux se dressèrent sur sa tête. Il était arrivé quelque chose — encore! Elle le devinait aux paroles échangées, mais celles-ci ne lui apprenaient rien de plus. Elle fut envahie par un sentiment d'horreur et d'appréhension beaucoup plus grand que si elle avait su vraiment de quoi il retournait. Car, dès que vous êtes fixé sur la nature d'un événement, vous pouvez l'affronter avec votre raison, alors que demeurer dans l'ignorance vous plonge dans l'état du sauvage qui se blottit de peur devant des mystères qui le dépassent.

Les bruits de pas cessèrent. Elle descendit de quelques marches et, au bas de l'escalier, elle rencontra Mrs. Robbins, le teint cireux. Elles s'étaient encore à peine parlé — hormis un bonjour à l'occasion. Le couple Robbins était hostile à sa venue et ne se privait pas de le lui faire sentir. Pourtant, quand elle vit de quelle manière Mrs. Robbins se tenait à la rampe et la fixait comme si elle voyait un fantôme, Judy s'approcha rapidement d'elle.

— Que se passe-t-il? Qu'est-il arrivé?

Une main jaillit et l'agrippa. Une main dont la froideur la fit frissonner, en dépit de sa blouse.

— Mrs. Robbins... qu'y a-t-il? Mais vous êtes malade!

Un faible mouvement de tête lui répondit par la négative. La poigne glacée ne la lâchait pas. Les lèvres blanches remuèrent.

— Ils ont trouvé Mr. Henry...

Judy eut l'impression qu'on lui passait un morceau de glace le long de la colonne vertébrale. Dès son arrivée, Gloria lui avait raconté comment Henry Clayton, après être sorti de la maison, la veille de son mariage, avait disparu à jamais. Mais, depuis, trois ans s'étaient écoulés. Elle fut incapable d'articuler un mot. Elle s'y obligea et crut entendre parler quelqu'un à sa place.

— Il était parti... dit la voix de cette étrangère.

De nouveau, Mrs. Robbins remua la tête. Elle bredouilla des mots à mi-voix que Judy eut du mal à comprendre.

— Tout ce temps, il était dans la cave... il était mort et caché dans une vieille malle en fer. Et Alfred dit qu'il l'a pas volé. Moi, ce qu'il a fait, je m'en moque, ce n'était quand même pas une raison pour le fourrer là-dedans, ni lui ni personne, et peu importe ce qu'on a pu faire. Mais il l'a pas volé, il dit, Alfred.

Judy fut bouleversée. Le regard de cette femme et sa façon de murmurer, en proie à la terreur, créaient une atmosphère d'épouvante. Son accent campagnard, sa manière de parler, son débit haché, tout la ramenait à un monde simple, primitif, où la peur régnait. Elle ne sut quoi répondre.

Saisie d'un frisson, Mrs. Robbins lâcha son bras et se remit à gravir l'escalier. Judy écouta son pas lent et lourd qui s'éloignait. Une porte claqua à l'étage mansardé. Ses genoux tremblaient quand elle atteignit le couloir où se trouvait sa chambre. Elle n'avait qu'un désir : s'y réfugier pour reprendre ses esprits. Des meurtres, il s'en commettait tous les jours — les journaux en étaient remplis. Cela n'avait aucun sens de se sentir malade, glacée jusqu'aux os, les jambes flageolantes comme celles de ces poupées articulées qui tiennent par des élastiques et dont les membres réagissent mollement quand on tire dessus, simplement parce que Henry Clayton avait été assassiné trois ans auparavant.

Alors qu'elle hésitait devant sa porte, elle sentit quelque chose vibrer dans son esprit, comme une corde de violon, et une petite voix très claire, insistante, lui souffla : « Il y a trois ans, c'était Henry Clayton... et hier, Roger Pilgrim. Le meurtrier est donc toujours dans la maison... À qui le tour, demain ? »

Les bords du tapis rouge du couloir devinrent flous et il parut s'incliner. Elle tendit la main vers le montant de la porte et s'y raccrocha pour ne pas glisser, pour résister au mouvement du tapis qui l'entraînait vers la salle de bains de Jerome Pilgrim. Alors même que cette pensée lui trottait dans la tête et qu'elle imaginait la surprise de Lona Day, la porte de la chambre du capitaine s'ouvrit et il surgit, lui faisant signe de venir.

Elle se souvint qu'elle était ici en qualité de femme de ménage et le parquet s'immobilisa. Jerome avait un doigt sur la bouche, lui indiquant de se taire, aussi avança-t-elle avec précaution sur le tapis. Quand elle arriva à sa hauteur, il lui prit le bras et l'entraîna dans sa chambre, dont il referma la porte.

— Que se passe-t-il ?

Que devait-elle dire, elle, simple employée de maison ? Si elle avait pensé que raconter des mensonges à un pauvre malade faisait partie de son travail, elle aurait envoyé tout le monde promener au lieu de l'accepter, car jamais au grand jamais mentir n'avait été dans sa nature et elle n'avait pas l'intention de changer. Elle sentit une sorte de rage froide monter en elle. Pourquoi devrait-elle mentir ? Et à quoi bon ? Il fallait mettre Jerome au courant.

Il tenait sa canne à la main, sans s'y appuyer. Un faible sourire apparut sur ses lèvres.

— Cessez donc d'imaginer un mensonge qui ferait l'affaire et dites-moi la vérité, l'encouragea-t-il. Cela vous ressemble davantage. Lona me donnera tous les sirops nécessaires pour me calmer, alors parlez avant qu'elle n'arrive et ne vous mette à la porte. Quelle est la raison de cette invasion policière ?

— Comment le savez-vous ?

— J'ai jeté un coup d'œil par la fenêtre de tante Columba et je les ai vus arriver.

Judy renonça à dissimuler la vérité.

— Ils ont fouillé la maison.

— Pas ici.

Il s'approcha en boitillant de son fauteuil et s'installa sur un des bras.

— March avait-il un mandat ? Ou tante Columba lui a-t-elle donné son accord ?

— Je crois que Miss Columba l'y a autorisé.

— Bon. Où ont-ils cherché ?

Quand Judy répondit : « Dans les caves », une fois encore elle se trouva mal. Elle s'avança vers l'autre fauteuil et s'assit au bord.

La pâleur de son visage n'avait pas échappé à Jerome Pilgrim.

— Ils ont trouvé quelque chose ?

Elle se contenta de hocher la tête, car elle comprit que si elle essayait de parler, elle risquait de pleurer. Elle vit la main de Jerome se crisper sur la canne.

— Je suppose qu'ils ont découvert Henry.

Elle confirma de la tête.

Il se tut pendant un moment qui sembla s'éterniser. Puis il se leva et commença à ôter sa robe de chambre.

Judy elle aussi se remit debout.

— Qu'allez-vous faire ?

Il était habillé. Il ne lui restait qu'à enfiler sa veste. Il s'en saisit.

— Je vais parler à March et je veux éviter toute discussion avec Lona à ce sujet. Aidez-moi... voilà, vous êtes gentille. Vous trouverez un manteau, une casquette et une écharpe dans la penderie. Emportez-les dans le hall, et veillez à ce que personne n'y touche pendant que je discute avec March. Il se peut que je doive sortir.

— *Sortir ?* lança-t-elle d'une voix exprimant tant de surprise qu'il faillit sourire.

— Je ne suis pas encore mort et enterré, fit-il remarquer. Quelqu'un doit prévenir Lesley Freyne, ajouta-t-il, et j'estime que c'est à moi de le faire.

21

Randal March raccrocha le téléphone et vit Jerome Pilgrim entrer dans la pièce. Il repoussa son fauteuil et s'avança pour l'accueillir. Un instant, le policier s'effaça devant l'homme.

— Cher ami! dit-il. Écoutez, êtes-vous certain de tenir le coup?

— Oui... mais je vais m'asseoir.

Ce qu'il fit et cela prit un moment.

— N'avez-vous rien contre la présence de Miss Silver? demanda March. Je ne sais si on vous a dit qu'elle était détective privé et que Roger...

Jerome leva la main.

— Oui... il m'en avait prévenu. Il vaut mieux qu'elle reste. J'ai appris que vous avez fouillé les caves.

— Oui.

— Bon... j'ai appris que vous avez retrouvé Henry.

— Oui.

— Voudriez-vous bien m'en parler?

March s'exécuta.

— C'était donc un meurtre, conclut Jerome. Il a été assassiné.

— Oui.

— Comment?

— Nous en saurons plus après l'autopsie. À première vue, il a été poignardé dans le dos. Il y a une déchirure dans son manteau. Les vêtements sont restés dans un excellent état. Nous n'avons retrouvé aucune arme. Maintenant, puis-je vous demander qui vous a informé ?

Jerome était penché en avant dans son fauteuil, un coude sur le bureau, le menton appuyé sur la main.

— Judy Elliot, répondit-il.

— Et qui le lui a dit ?

— Je l'ignore. Vous devriez lui demander. Elle est dans le hall.

March alla vers la porte, l'ouvrit et appela :

— Miss Elliot !

Elle entra, tenant les vêtements de Jerome. March l'en débarrassa et retourna s'asseoir devant le bureau. Un peu sur sa gauche, dans le fauteuil victorien aux formes sévères qui aurait pu provenir de son propre appartement, Miss Silver tricotait.

Judy ne savait trop quoi penser. Elle supposa qu'elle avait commis un acte répréhensible et elle attendit qu'on la mette au courant. Le policier, qui était plutôt bel homme, lui avait offert un fauteuil, mais elle n'avait pas envie d'être assise. Rester debout vous donne plus de présence, plus de poids.

— Miss Elliot... le capitaine Pilgrim a appris de votre bouche que nous avions découvert le corps de Mr. Clayton dans les caves. Comment l'avez-vous su ?

Elle leur raconta sa rencontre avec Mrs. Robbins, dans l'escalier qui donnait sur l'arrière.

— Et elle a dit : « Ils ont trouvé Mr. Henry. »

— Est-ce tout ?

Tout le monde la regardait et la sensation de malaise était réapparue. Elle secoua la tête, car c'était plus facile que de parler.

— Voudriez-vous me répéter ce qu'elle a dit ?

Maintenant, elle ne pouvait plus se taire. Les mots de Mrs. Robbins lui revinrent, un d'abord, puis deux, puis toute une série. C'était extrêmement difficile de les prononcer.

— « Caché dans une vieille malle en fer. Et Alfred dit qu'il l'a pas volé. »

— Vous en êtes sûre ?

Judy confirma de la tête.

— Oui... elle l'a encore répété à la fin. Elle affirmait se moquer de ce qu'il avait fait, mais que ce n'était pas une raison pour le fourrer là-dedans. Elle n'arrêtait pas, et pour finir, elle a répété : « Mais il l'a pas volé, il dit, Alfred. »

Elle regarda March d'un air sombre et désemparé.

— Je suis montée à l'étage. Je me sentais... très mal. Le capitaine Pilgrim m'a vue. Il m'a demandé... ce qui se passait.

Jerome leva la tête.

— Oh, laissez-la donc tranquille, cette petite ! Elle était blême et je l'ai cuisinée. Elle ne voulait pas me répondre, mais vous ne pensiez tout de même pas que j'ignorais qu'il se passait quelque chose ! Je ne suis pas sourd et vos hommes sont tout sauf discrets.

Il se leva.

— Merci... c'est tout ce que je désirais savoir pour le moment. Nous aurons l'occasion d'en reparler à mon retour. Je vais rendre visite à Miss Freyne.

Pendant quelques secondes, cette déclaration sembla flotter dans la pièce. Puis March acquiesça.

— Vous êtes sûr de vous sentir d'attaque ? demanda-t-il d'un ton plus familier.

— Oui, merci. Mon manteau, Judy. Vous pouvez m'accompagner et aller voir Penny.

Ils sortirent ensemble.

Miss Silver tricotait toujours. Randal March se tourna vers elle, exaspéré.

— Eh bien ?

— Je ne vois pas ce que je pourrais dire, Randal.

— Il m'aurait été difficile de l'empêcher d'aller chez Miss Freyne.

— Certes.

— Que vous inspire la réaction de Robbins, si l'on en juge par ce que Mrs. Robbins a confié à Judy ?

Miss Silver toussota.

— Je pense que Judy a répété mot pour mot ce qu'on lui a dit. La tournure des phrases est inhabituelle. Elle rapportait les propos de Mrs. Robbins.

— Oui.

Judy et Jerome Pilgrim traversèrent le passage vitré et sortirent. Il y avait tant de mois qu'il n'avait pas mis les pieds dehors que tout lui parut étrange. Revoir des choses dont vous avez longtemps été privé vous les fait redécouvrir. On apercevait des nuages gris, avec, de-ci de-là, une trouée bleue. Il sentit contre son visage la caresse légèrement humide de l'air. L'hiver qui s'achevait avait été sec et, de l'autre côté de la rue, l'eau était basse dans le caniveau. S'il s'était agi de n'importe quelle autre promenade, il se serait gorgé de toutes ces sensations, et de combien d'autres, mais, en cet instant, il avait l'impression de tout contempler au travers d'une vitre obscure.

Ils étaient à peu près à mi-chemin de la grille de l'écurie quand ils entendirent un bruit de pas dans leur dos. Lona Day surgit, toute rouge, l'air inquiet.

— Oh, capitaine Pilgrim !

Il s'appuya sur sa canne.

— Je vous en prie, Lona, rentrez. Je vais chez Miss Freyne, je ne serai pas long.

Elle le fixa dans les yeux.

— Je vous ai surpris par la fenêtre de Miss Janetta. Je n'en croyais pas mes yeux. Vous n'êtes pas en état. S'il vous plaît, *s'il vous plaît,* revenez ! Judy, vous n'auriez pas dû le lui permettre... vous avez eu tort.

— Laissez donc Judy en dehors de tout ça. Elle n'a rien à y voir et je vous saurais gré de ne pas faire une scène dans la rue. J'en ai pour quelques minutes.

Il se remit à marcher.

Lona finit par rebrousser chemin vers la maison. Il est vrai qu'une scène en pleine rue aurait été du plus mauvais effet. Elle jeta quelques coups d'œil autour d'elle, affichant un sourire. Allez donc savoir qui se tenait derrière les fenêtres de tous ces cottages ! Le village avait déjà suffisamment de raisons de jaser sans qu'on lui en fournisse d'autres. Que les gens s'imaginent donc qu'elle avait couru lui remettre un message !

Lesley Freyne leva les yeux, très surprise, quand la porte s'ouvrit et que sa bonne, une femme d'un certain âge, annonça :

— Le capitaine Pilgrim...

Elle s'avança vers lui, les mains tendues.

— Jerome, cher ami... je suis si contente !

Il avait laissé son manteau, son écharpe et sa casquette dans le vestibule. Il posa sa canne contre une chaise et lui prit les mains.

— Asseyons-nous, Les... ici, sur le canapé.

Quand ils furent installés et qu'il vit le visage de Miss Freyne prendre un air à la fois grave et interrogateur, il dit :

— Chère amie, j'ai quelque chose à vous annoncer.

Son teint pâlit un peu.

— Qu'y a-t-il, Jerome ? Miss Columba m'a téléphoné au sujet de Jack.

— Il ne s'agit pas de Jack, ma chère.

Il lui tenait toujours les mains. Elle sentit qu'il les pressait chaleureusement.

— Henry ? fit-elle à voix basse.

— Oui.

Elle retira ses mains, baissa les yeux et dit :

— Il est mort.

— Oui, mon amie.

Une minute entière s'écoula avant qu'elle pût recouvrer l'usage de la parole.

— Racontez-moi, voulez-vous ?

— Les, il est mort depuis longtemps.
— Combien de temps ?
— Trois ans.
Elle leva les yeux et retint son souffle.
— Depuis cette fameuse nuit ?
— Oui.
— Comment ?
— Les, vous êtes si courageuse...
— Dites-moi.
— Il a été assassiné. Poignardé, selon la police.
— Oh...
Ce fut un long soupir douloureux.

— Ils ont retrouvé son corps. March a fait fouiller le sous-sol. Il était dans la petite cave, tout au fond, derrière les vieux meubles.

Il reprit ses mains dans les siennes et elle ne s'y opposa pas.

— Tout ce temps... souffla-t-elle. Oh, Jerome !

Il y eut un long silence. Enfin, on frappa à la porte. Lesley se leva. Jerome l'entendit parler d'une voix tranquille, ordinaire. Il ne put deviner l'identité de son interlocuteur, non plus que les paroles, ne distinguant que la voix de Lesley qui répondait avec douceur.

— Non, il m'est impossible de venir en ce moment. Je reçois le capitaine Pilgrim... Dites-lui qu'il ne faut pas. Cela me décevrait beaucoup. Rappelez-lui ce qu'elle m'a promis.

Elle ferma la porte et revint près de lui.

— Jerome... qui est l'assassin ?
— Je l'ignore.
— Qui aurait pu faire cela ? Je n'arrive pas à penser. Je me sens comme anesthésiée, incapable de réfléchir, de ressentir quoi que ce soit. Je... je suis tellement secouée. Cela semble invraisemblable. Je le croyais mort... il y a longtemps que je l'envisage... mais un crime, non.

— Ma pauvre amie !

Elle lui adressa un regard très direct.

— Non... ne soyez pas désolé pour moi. Ce n'est pas ce que vous croyez. Il faut que je vous l'avoue... je n'avais pas l'intention de l'épouser.

— Ah bon?

— Oui. Il était arrivé quelque chose... cela n'a plus d'importance. J'ai senti que je devais rompre. S'il m'avait parlé, cette nuit-là, je le lui aurais annoncé. Mais il n'est pas venu.

— Quelqu'un d'autre est-il au courant?

— Non.

— Cela vaut mieux.

— J'aviserai. Je n'en soufflerai pas mot, si c'est possible. Mais on va m'interroger. Je n'ai pas l'intention de mentir.

— Vous leur avez pourtant dit que votre dispute n'avait rien de sérieux.

— C'était vrai... sur le moment. Et puis, il s'est passé quelque chose... j'ai compris que je ne pouvais pas continuer. Quand Henry a téléphoné pour me prévenir de sa visite, j'ai décidé de rompre. Par la suite, quand il a disparu, provoquant un scandale, j'ai estimé qu'il était inutile d'en rajouter. Ce n'était pas comme si j'avais effectivement mis fin à notre liaison... il ignorait que j'en avais l'intention, et cela n'avait donc rien à voir avec sa disparition. Je suis restée la seule à savoir. Je n'en ai jamais parlé à personne, à part vous.

22

Frank Abbott arriva le lendemain. Il passa une demi-heure à discuter en tête à tête avec March et Miss Silver. Après quoi, on fit demander à Robbins de venir les rejoindre. Quand il entra, il affichait son masque habituel. Des traits creusés et un teint cireux ne permettent pas de deviner sur-le-champ les pensées d'un homme.

Frank tenait prêt son calepin et il ne cessa d'écrire pendant l'interrogatoire.

— Vous n'ignorez pas qu'on a retrouvé un cadavre dans la cave, hier?

— Non, monsieur.

— Savez-vous de qui il s'agit?

— Mr. Henry, je suppose, monsieur.

Il s'éclaircit la gorge.

— Cela nous a tous beaucoup choqués.

— Qu'est-ce qui vous laisse penser que c'était le corps de Mr. Henry Clayton?

— C'est ce que tout le monde dit, monsieur.

— Je vous ai demandé ce qui *vous* a fait penser à lui.

— Je ne saurais trop vous répondre... cela m'est passé par la tête.

— Vous avez entendu dire qu'on avait retrouvé un

cadavre et il vous est passé par la tête que c'était celui de Mr. Clayton?

— Oui, monsieur.

— Pourquoi?

Sans changer d'expression, Robbins répondit :

— C'était très étrange, sa disparition, et qu'on n'entende plus jamais parler de lui. Il était impossible que cela ne me vienne pas à l'esprit.

— Qui vous en a parlé?

— J'ai surpris une conversation entre deux agents.

— Et vous l'avez annoncé à votre femme?

— Nous avons tous deux entendu ce qu'ils disaient.

March était assis au bureau. Frank prenait des notes. Miss Silver tricotait, placide. Robbins, qui avait accepté de s'asseoir, non sans réticence, se tenait tout au bord de sa chaise, raide comme un piquet. Sa veste de majordome en lin contrastait fortement avec la pâleur de son visage et avec son épaisse chevelure noire aux abondantes mèches grises. « Drôle de gueule, songea March. Qu'est-ce qu'elle cache? »

Il le questionna :

— Avez-vous utilisé ces mots en vous adressant à votre épouse : « Il ne l'a pas volé » ?

— Pourquoi aurais-je dit cela?

— Votre femme l'a répété à Miss Elliot.

— Mrs. Robbins était bouleversée, monsieur. Elle connaissait Mr. Henry depuis qu'il était tout petit. J'ignore ce qu'elle a confié à Miss Elliot, mais, dans l'état où elle se trouvait, on pouvait s'attendre à n'importe quels propos... même hystériques.

March se pencha en avant.

— Vous n'avez pas franchement répondu à ma question, Robbins. Avez-vous utilisé cette expression : « Il ne l'a pas volé » ?

— Pour autant que je m'en souvienne, non, monsieur.

— Aviez-vous une raison, ou pensez-vous en avoir une, d'utiliser une telle expression s'agissant de Mr. Clayton?

— Pourquoi, monsieur? Je le connaissais depuis qu'il était gosse.

March recula sur son fauteuil, se renfrognant un peu.

— Je regrette de devoir aborder un sujet pénible, mais il me faut vous demander si vous considériez Mr. Clayton comme le responsable de certain malheur survenu dans votre famille.

— Je ne vois pas de quoi vous voulez parler, monsieur.

— J'ai peur de ne pouvoir me contenter de cette réponse. Vous avez connu des ennuis, n'est-ce pas, à cause de votre fille? Considériez-vous que Mr. Clayton en était responsable?

Le visage de l'homme ne changea pas à proprement parler. Il se durcit. Ses traits se creusèrent un peu plus.

— Nous n'avons jamais su qui était le responsable.

— Suspectiez-vous Mr. Clayton?

— Nous ne savions qui suspecter.

— Vous ne nierez pas qu'en janvier 41 vous avez appris que votre fille se trouvait à Londres et que vous lui avez rendu visite?

— Qui vous l'a dit, monsieur?

— Mr. Roger Pilgrim en avait informé Miss Silver.

Robbins se tourna vers le cliquetis des aiguilles.

— Je suppose donc, Miss, qu'il vous a appris que ma fille avait été tuée lors d'un bombardement aérien?

Miss Silver toussota.

— Il m'a confié que vous l'aviez vue à l'hôpital avant qu'elle ne meure.

— Ce n'était pas exactement un hôpital... plutôt une unité de premier secours, Miss.

— Mais vous l'avez vue.

— Oui, Miss.

March reprit :

— Vous a-t-elle dit que Mr. Clayton était le père de son enfant ?

Le sombre faciès conserva une expression sévère qui ne trahissait rien. Son regard se concentrait sur un point situé bien plus bas que les yeux de la personne à laquelle il parlait.

— Elle était mourante quand je suis arrivé, précisa-t-il. Elle ne m'a rien dit.

De nouveau, Miss Silver toussota.

— Le major Pilgrim m'a affirmé qu'elle avait pu vous parler.

Robbins tourna son regard baissé dans sa direction.

— Quelques mots tout au plus, Miss. « Je m'en vais », a-t-elle dit, avant de me demander de veiller sur l'enfant, ignorant qu'il avait succombé.

— Elle n'a pas mentionné le nom d'Henry Clayton ? insista March.

— Non, monsieur. Nous n'avions pas suffisamment de temps pour ce genre de choses.

— Entendez-vous par là que vous vous seriez attendu à ce qu'elle mentionne son nom si elle en avait eu le loisir ?

— Non, monsieur.

— Dans votre esprit, il n'existait aucune rancœur contre Mr. Clayton... rien qui permît de le soupçonner de s'être mal conduit avec votre fille ?

— Non, monsieur.

— Pourquoi alors avoir utilisé les mots répétés par Mrs. Robbins, « Il ne l'a pas volé » ?

— Je n'ai pas souvenir de les avoir prononcés. Ce n'est pas une expression dont je me servirais, monsieur.

— Très bien, dit March. Maintenant, essayez de repenser à la nuit de la disparition de Mr. Clayton. C'était peu de temps après la mort de votre fille et trois jours avant la date de son mariage. J'ai ici votre première déposition... j'aimerais la relire en votre compagnie. Je crois que vous pourriez nous aider à préciser un ou deux détails.

Il commença au moment de la conversation téléphonique qu'il avait surprise, côté Henry Clayton, avant d'en venir au dialogue qui avait suivi dans le hall.

— Mr. Clayton est sorti tel qu'il était habillé, assurant qu'il ne serait pas long, qu'il était inutile que vous l'attendiez, car il prendrait la clef de la porte d'entrée et remettrait la chaîne à son retour ?

— C'est exact.

— Vous dites ensuite vous être rendu à la cuisine pour prévenir votre épouse que vous monteriez vous coucher plus tard. Pour quelle raison ?

— J'avais l'intention d'attendre Mr. Henry.

— Pourquoi ?

— Il avait tendance à se montrer étourdi, monsieur. S'agissant de la fermeture de la porte, Mr. Pilgrim père était très pointilleux. J'ai averti Mrs. Robbins que je patienterais et je suis retourné dans le hall.

— Je vois. Bon, combien de temps estimez-vous vous être absenté ?

— Pas longtemps, monsieur.

— Concentrez-vous sur le passé, racontez-moi exactement ce que vous avez fait ou dit. Voyez si cela vous donne une idée du temps qu'a duré votre absence.

— J'ai traversé le hall et suivi le couloir en direction de la cuisine. Mrs. Robbins se trouvait dans l'arrière-cuisine. Je l'ai rejointe. Pour autant que je m'en souvienne, je lui ai annoncé que Miss Freyne et Mr. Henry s'étaient quelque peu disputés, d'après ce que j'en avais compris lorsqu'il parlait au téléphone, mais il était décidé à tout arranger. J'ai dit qu'il était allé la voir et elle m'a répondu qu'il était drôlement tard. Nous avons un peu abordé le sujet puis je suis revenu dans le hall.

— Pensez-vous vous être absenté cinq minutes ?
Il réfléchit.
— Plus que ça, monsieur.
— Dix minutes ?
— Pas autant. Entre cinq et dix, à mon avis.
— Et quand vous avez quitté le hall... Attendez, quelle sorte de serrure y a-t-il sur cette porte d'entrée ? Est-ce qu'elle se ferme toute seule quand on la tire ?
— Oui, monsieur.
— Donc Mr. Clayton n'aurait pas eu besoin de se servir de la clef pour refermer après être sorti ?
— Si, monsieur, il aurait dû s'en servir.
— Comment cela ?
— La vieille serrure était encore en bon état, monsieur. Celle-ci n'a été installée qu'ultérieurement.
March siffla.
— À quoi ressemblait-elle, cette clef ?
— Un modèle ancien, très gros.
— Bon, reprenons au moment où vous quittez le hall. La porte de devant était-elle alors fermée à clef ?
Robbins le fixa.
— Je suppose que oui, par Mr. Henry.
— Était-elle toujours fermée quand vous êtes revenu ? Avez-vous vérifié avant de mettre la chaîne ?
— Oui, elle était fermée.
— Et, à partir de ce moment, la chaîne est restée en place jusqu'à... quand avez-vous rouvert la porte ?
— Je n'ai pas pu le faire, monsieur. J'ai dû m'endormir dans mon fauteuil, car après avoir entendu sonner minuit, je me suis réveillé à six heures. La porte était fermée et la chaîne mise. J'ai attendu jusqu'à huit heures avant d'informer Mr. Pilgrim. Nous n'avons pu ouvrir la porte, puisque Mr. Henry avait emporté la clef. Il nous a fallu faire appel au serrurier, qui a posé une nouvelle serrure.
Miss Silver émit sa petite toux.
— Aviez-vous essayé d'ouvrir la porte avant d'aller parler à votre femme ?

— Non, Miss.

— Dès lors, comment savez-vous que Mr. Clayton avait refermé derrière lui ?

— Il avait pris la clef dans ce but.

— Mais vous ignoriez s'il s'en était servi, n'est-ce pas ? Vous avez dit qu'il avait tendance à se montrer étourdi. Il était préoccupé par sa visite à Miss Freyne, il a très bien pu emporter la clef et oublier de fermer... ou considérer que cela était inutile, puisqu'il n'avait pas l'intention de s'attarder. N'est-ce pas envisageable ?

Pour la première fois Robbins changea de position, reculant un peu sur sa chaise et posant les mains sur ses genoux. Son expression ne livrait rien. Sa main droite bougea sur l'étoffe de son pantalon. Frank se fit les réflexions suivantes : « Elle pense que quelqu'un est sorti derrière Clayton et lui a demandé de revenir. Auquel cas la porte n'était pas fermée à clef... Henry aurait oublié. C'est le seul moment où Henry aurait pu rentrer dans la maison sans être vu... pendant ces cinq à dix minutes qu'a duré l'absence de Robbins. À moins que ce ne soit lui qui l'ait appelé. Que ce ne soit lui qui l'ait assassiné. Si oui, il n'a jamais quitté le hall... mais pourquoi aurait-il laissé Henry gagner la rue pour le rappeler et le poignarder, voilà qui n'a aucun sens. Il ne pouvait savoir que Lesley regarderait par sa fenêtre. Je n'y comprends rien. Je me demande si Maudie a une réponse. »

Il entendit Robbins qui répondait : « Je l'ignore, Miss », et Miss Silver reprit :

— Robbins, personne n'ira prétendre que vous êtes sourd, mais j'ai remarqué que vous êtes un peu dur d'oreille. Si Mr. Clayton avait fermé cette porte à clef, vous n'auriez pas, je crois, entendu la clef tourner dans la serrure ?

Après une pause, il confirma :

— Non.

— Vous n'avez pas l'habitude d'entendre ce bruit, donc cela ne vous aurait pas surpris. En fait, vous n'auriez pas pu savoir... vous ignoriez... si Mr. Clayton avait fermé la porte à clef.

Il demeura silencieux un peu plus longtemps.

— C'est exact, concéda-t-il encore.

Les questions se poursuivirent, sans rien apporter de nouveau.

Tout à la fin, Miss Silver en posa une qui semblait hors de propos.

— Vous avez participé à la dernière guerre, n'est-ce pas ? Étiez-vous en France, ou avez-vous servi en Orient ?

— J'étais dans la Territoriale[1], Miss, répondit-il, surpris. En Inde.

Elle inclina la tête.

— Je m'en souviens... des régiments de la Territoriale y ont été envoyés. Vous y êtes resté pendant toute la durée du conflit, je suppose ?

— Oui, Miss. Mr. Pilgrim a attendu mon retour et j'ai retrouvé ma place.

Au moment où Robbins s'apprêtait à se retirer, March le rappela.

— Cet objet vous rappelle-t-il quelque chose ?

Il était en train de sortir une clef du papier d'emballage qui l'enveloppait. Il la posa sur une feuille blanche — c'était une belle pièce, peu banale, magnifiquement ouvragée, avec trois lobes décorés chacun d'un coquillage.

Robbins la considéra d'un air sinistre.

— Oui, monsieur, admit-il.

— La vieille clef de la porte d'entrée ?

---

1. *Territorial Army* : corps de réservistes volontaires formé de civils qui suivent un entraînement militaire pendant leur temps libre et sont appelés en renfort en cas de guerre ou de crise grave. *(N.d.T.)*

— Oui.

Et d'ajouter, après un temps :

— Puis-je vous demander où on l'a retrouvée, monsieur ?

March le regarda bien en face.

— À votre avis ?

— Nous pourrions tous nous amuser à deviner, j'imagine, mais ce n'est pas un sujet qui se prête aux devinettes.

— Non... tout à fait d'accord, Robbins. On l'a retrouvée dans la poche de Mr. Clayton.

23

La première fois que Judy et Frank Abbott se rencontrèrent dans la maison, ils se trouvaient tous deux dans le couloir du premier. Ils se regardèrent un moment sans parler, immobiles, puis il annonça d'un ton ironique :

— March désire interroger Miss Janetta. Je lui ai conseillé de l'en faire avertir au préalable. Dans Dickens, on trouve une vieille lady qui expire en murmurant : « Des rideaux de couleur rose pour les médecins », si je ne me trompe. C'était peut-être une de ses ancêtres.

— Miss Janetta n'est pas mourante, répondit Judy d'un air réservé.

Mais soudain, elle frémit :

— Ne parlez pas de gens qui meurent... je ne le supporte pas.

— Bon, elle n'en est pas là, vous venez de le dire.

Il lui passa un bras autour des épaules et la conduisit jusqu'à la grande chambre inoccupée dont il referma la porte. Puis il l'enlaça et l'embrassa à plusieurs reprises.

— Vous n'êtes pas trop fière de vous... pas vrai ? dit-il d'une voix étrangement peu assurée.

— C'était horrible...

— Mon amie, je vous avais prévenue, mais vous avez tenu à venir.

Il l'embrassa encore, mais elle le repoussa.

— Frank... qui est-ce ? Est-ce qu'ils le savent ?

— Pas encore. Écoutez, Judy, je veux que vous partiez.

— C'est impossible.

— Mais bien sûr que si ! Vous pouvez travailler ici mais je ne veux pas que vous y passiez la nuit. Je vais arranger ça avec Lesley Freyne... elle vous logera.

— Penny s'y trouve déjà, dit-elle, c'est tout ce qui compte.

— Vous aussi vous comptez pour moi. Je vais m'en occuper.

— Non... je n'irai pas. Ma chambre est voisine de celle de Miss Silver et je peux fermer ma porte à clef. En outre, qui aurait l'intention de m'assassiner ?

Elle fut saisie d'un autre frisson.

— Ne me regardez pas comme ça. Je n'irai pas.

— Je crois que vous êtes stupide ! lança-t-il. Si Jerome a une de ses crises, vous vous préparez une drôle de nuit. J'ai appris que cela s'était produit il y a deux jours.

— Mais pas la nuit dernière.

— Peut-être qu'on lui avait donné quelque chose pour qu'il se tienne tranquille.

— C'était déjà le cas l'autre nuit, mais cela n'a eu aucun effet.

Il la regarda attentivement.

— Qu'est-ce qui est censé l'avoir mis dans cet état ?

— La visite de Miss Freyne.

La voix de Judy était dépourvue d'expression.

— Il a une crise après avoir vu Lesley mais il ne réagit ni à la chute de Roger par la fenêtre ni à la découverte du corps d'Henry. Est-ce que ça ne vous paraît pas bizarre ?

— Très bizarre.

Il l'embrassa une dernière fois, légèrement, et se retourna vers la porte.

— Faudrait pas que je lambine. Ce n'est pas toujours drôle d'être dans la police. Allez demander à Miss Janetta quand elle sera prête à voir March. Et il vaut mieux qu'elle ne prétende pas être malade ou une histoire de ce genre, parce qu'il a l'intention de l'interroger et Daly ne s'y opposera pas.

Il patienta, et cela fut assez long, mais elle finit par venir lui annoncer que Miss Janetta recevrait le commissaire March d'ici à une vingtaine de minutes. Elle espérait que sa visite serait aussi brève que possible, car elle se sentait terriblement affligée.

Frank Abbott retourna dans le bureau, où il tomba sur Lesley Freyne. Elle lui tendit la main et lui sourit avec chaleur, et il se dit, comme chaque fois, que c'était une femme vraiment sympathique et qu'il était dommage qu'elle ne se soit pas mariée et qu'elle n'ait pas eu une ribambelle d'enfants, au lieu de s'occuper des évacués. Bien sûr, ceux-ci n'allaient pas s'en plaindre.

Il regagna sa place, prit son calepin et nota une interminable série de questions et de réponses. Devant certaines, il aurait eu tendance à s'inquiéter pour elle, pourtant elle demeura digne et ne donna aucunement l'impression de perdre pied, même si la question la blessait. March se montra aussi prévenant que possible, mais il ne pouvait échapper à son devoir : découvrir pourquoi Henry Clayton avait été assassiné en faisait partie.

— Miss Freyne, vous comprendrez qu'il me faut vous poser des questions auxquelles il vous sera peut-être pénible de répondre. Dans les dépositions prises après la disparition de Clayton, on évoque une dispute qui a eu lieu l'après-midi. Pouvez-me me dire sur quoi elle portait ?

— Je crains que non. Il s'agit d'une affaire privée.

— Bon nombre d'affaires privées doivent être dévoilées dans le cas d'un meurtre. Quand vous avez fait votre déposition, vous n'aviez pas la moindre raison de supposer que Clayton était mort. Aujourd'hui, il en va autrement. Le corps trouvé dans les caves hier a été identifié. C'est celui d'Henry Clayton. Son nom est inscrit sur une patte de son manteau et Jerome Pilgrim a reconnu sa chevalière. Il n'y a aucun doute qu'il a été assassiné. Il semblerait que, pour un motif ou un autre, il soit retourné vers la maison après l'avoir quittée et qu'on l'ait poignardé près du monte-charge qui dessert les caves. L'arme a sans doute été choisie parmi l'un des trophées de la salle à manger, puis remise à sa place. L'examen a révélé des traces de sang près du manche d'un des poignards. On en a trouvé également sur le sol, non loin du monte-charge. Dans ces circonstances, vous admettrez que je me vois contraint d'insister. Tout ce qui a pu provoquer une dispute entre vous et Clayton est susceptible de nous éclairer sur le mobile du crime.

— Je ne le crois pas.

— Vous n'êtes peut-être pas bon juge en la matière. Ne voulez-vous pas changer d'avis?

Elle secoua la tête.

— Ce ne serait pas juste. Cela risquerait de mettre une personne innocente dans l'embarras.

— Est-ce à dire que votre querelle a éclaté à cause d'une femme?

— Il ne s'agissait pas à proprement parler d'une querelle. Cela ne vous aiderait en rien d'en connaître la raison. Nous avions deux points de vue différents à propos de quelque chose... voilà tout.

— Ne pouvez-vous vous montrer plus explicite? Il est inutile de citer des noms.

Elle sembla réfléchir. Enfin, elle se décida.

— Oui, c'est possible. Au cours de la conversation,

nous avons évoqué certaine situation... j'avais mon opinion, celle d'Henry était différente.

— Quelle était cette situation ?

— Celle d'une femme non mariée qui a un enfant. Selon moi, l'enfant devait être prioritaire et ses deux parents faire abstraction de tout le reste.

— Et Clayton ?

— Il n'était pas d'accord. Il admettait, bien sûr, que l'homme avait une responsabilité financière, mais rien de plus. Beaucoup d'hommes auraient réagi de même. Nous ne nous sommes pas du tout disputés.

March l'observa.

— Discutiez-vous de Mabel Robbins ?

Une rougeur fugace apparut sur son visage.

— Non, bien sûr que non.

— Pourquoi préciser « bien sûr » ? Vous l'avez sans doute connue, cette fille.

— Effectivement. Elle était charmante et très jolie.

— Il aurait donc été naturel que vous pensiez à elle... non ?

— Il s'agissait d'une autre personne... une histoire lue dans la presse...

— Sans doute, pourtant, vous auriez pu penser à Mabel Robbins. Cela aurait été normal, ne trouvez-vous pas ?

— Mr. March, me croyez-vous vraiment capable de vous dire ce qui m'est passé par la tête il y a trois ans ?

— Je pense que si vous aviez évoqué Mabel Robbins, vous ne l'auriez pas oubliée. Allons, Miss Freyne... vous répugnez à parler de cette dispute parce que vous refusez d'impliquer une personne innocente. Pouvez-vous m'assurer que celle-ci n'avait aucun rapport avec la famille Robbins ?

Elle répondit sans perdre son sang-froid.

— Non. Il vaut mieux que je vous en parle. Je pensais à Mrs. Robbins. Je me suis toujours sentie désolée pour elle... je ne voulais pas dire quoi que ce soit qui risquât de rappeler la douloureuse expérience de Mabel. Mais, je vous en prie, ne vous méprenez pas. Le cas que nous évoquions avec Henry n'avait rien à voir avec les Robbins. Cependant, je n'ignorais pas que si j'en parlais, les Robbins seraient concernés... comme c'est le cas aujourd'hui.

Il lui lança un regard dur.

— Miss Freyne... saviez-vous que Mabel Robbins était morte ?

— Oui... par Mr. Pilgrim. Il avait précisé que les Robbins ne voulaient pas qu'on en parle. J'ai respecté leur décision.

— Mais vous étiez au courant. Le saviez-vous quand vous vous êtes disputée avec Clayton ?

— Non, je ne crois pas. Il me semble que Mr. Pilgrim m'en a parlé plus tard.

— Vous n'en êtes pas certaine ?

— Si, je suis sûre que cela s'est passé ultérieurement.

— Connaissiez-vous l'identité du père de l'enfant de Mabel Robbins ?

— Non.

— Mr. Pilgrim ne vous en a pas soufflé mot ?

Il y eut une longue pause.

— Si, admit-elle enfin.

— A-t-il laissé entendre qu'il craignait que Clayton ne fût le père ?

— Oui.

— Vous a-t-il donné une raison de le penser ?

Elle devint très pâle, mais sa voix ne flancha pas, même si elle avait considérablement baissé.

— Il m'a dit le tenir de Robbins.

24

Quand March entra, après avoir frappé à la porte de Miss Janetta, il fut accueilli par Lona Day. Il comprit qu'une petite mise en scène avait préludé à sa visite et que son personnage était déjà catalogué : il était le policier inévitablement mal dégrossi faisant irruption dans la chambre d'une dame malade. Les rideaux, en partie tirés, étaient décorés de roses et de myosotis. Des stores de lin assortis, à demi baissés, filtraient la froide lumière du jour et lui donnaient un éclat rosé.

Tout d'abord, il ne distingua rien. Miss Day le guida au milieu d'un fouillis de meubles, jusqu'au lit, où elle lui offrit un siège. Au bout d'une minute, il y vit plus clair et il discerna Miss Janetta, étendue sur une literie rose, une couverture brodée remontée jusqu'à la ceinture. Elle trouva la force de se mettre sur son séant. Elle était vêtue d'une liseuse surchargée de dentelles et pas un cheveu de ses boucles si savamment agencées ne dépassait. Elle portait une charlotte comportant pour le moins trente centimètres de dentelle et coquettement décorée d'un bouton de rose et d'un bouquet de myosotis. Ses mains s'ornaient de quelques bagues de prix. Il songea qu'elle ressemblait plus à une bergère en porcelaine de Saxe qu'à une malade endeuillée.

Il lui sembla entendre sa voix au travers d'une sorte de buée rose.

— Veuillez me pardonner si je vous ai fait attendre. Cela a été un tel choc. Je ne suis pas aussi forte que ma sœur. Vous n'avez rien contre la présence de mon infirmière ?

— Je préférerais vous parler en tête à tête, Miss Pilgrim.

Elle laissa échapper un soupir.

— Voyez-vous... je ne me sens pas vraiment... j'ai peur de devoir vous demander de ne pas la congédier. Lona, ma chère... mes sels...

Miss Day lui adressa un regard plein de sympathie.

— Je crois qu'il vaudrait mieux m'autoriser à rester, renchérit-elle.

Il céda. S'il insistait, elle allait sans doute se trouver mal et il lui faudrait tout reprendre de zéro.

Après lui avoir donné son flacon de sels, Miss Day avait eu le tact de se retirer près de la fenêtre. Miss Janetta prit les devants :

— Dites-moi simplement ce que vous désirez savoir et je vous répondrai de mon mieux. Mais je dois économiser mes forces... vous voudrez bien en tenir compte, n'est-ce pas ?

— Je serai aussi bref que possible. Pourriez-vous me renseigner sur le sentiment général de la famille quand on évoquait la vente de la propriété... la première fois qu'on en a parlé ?

Comme par miracle, toute langueur abandonna Miss Janetta. C'est avec une **énergie** surprenante qu'elle répondit.

— C'est mon frère qui a commencé. Je ne comprends pas comment il a pu imaginer une chose pareille. Jamais je n'ai été aussi bouleversée de ma vie. Pousser Roger à sacrifier notre patrimoine ! À quoi pensaient-ils donc ! Nous étions tous horrifiés.

— À qui faites-vous allusion par ce *nous* ?

La coiffure bouclée fut légèrement secouée.

— Chacun de nous... toute la famille. Par exemple, ma sœur en aurait eu le cœur brisé. Elle ne vit que pour le jardin et... certes, je ne vous demande pas de comprendre, mais il y a toujours eu des Pilgrim à Pilgrim's Rest.

Il lui sourit, compatissant.

— Oui, c'est très triste de voir ces vieilles demeures passer entre les mains d'étrangers. Mais je crois savoir que Mr. Pilgrim avait cependant l'intention de vendre.

Miss Janetta soupira lourdement.

— Il était très, très décidé. C'était une tête de mule. S'il n'était pas mort peu après, nous nous serions tous retrouvés à la rue.

Miss Day s'était éloignée de la fenêtre.

— Ne croyez-vous pas que vous parlez un peu trop, ma chère ? s'enquit-elle d'une voix apaisante.

Cela ne pouvait pas plus mal tomber. Elle fut sévèrement rabrouée.

— À mon avis, vous feriez mieux d'aller voir si Jerome ne manque de rien. Vous reviendrez plus tard.

March se sentit quelque peu désolé pour Miss Day, mais elle devait avoir l'habitude. Quelle existence !

Elle s'éclipsa et il reprit :

— La vente a été évitée à cause de la mort de votre frère ?

Elle poussa un nouveau et douloureux soupir.

— Oui. Ce fut providentiel. Bien sûr, il y a eu ce terrible accident, mais il n'était pas en bonne santé et cela lui aura épargné la douleur d'assister à tous ces drames... Roger, et ce pauvre Jack... Henry, maintenant.

Un instant, elle se tapota les yeux avec un mouchoir bordé de dentelle.

March aurait parié ses derniers pence que c'était un geste totalement gratuit.

— Oui, dit-il. Roger était sur le point de vendre, n'est-ce pas? ajouta-t-il.

Une rougeur naturelle apparut sur les joues de Janetta.

— Et voyez ce qui est arrivé! s'exclama-t-elle.

— Ma chère Miss Pilgrim...

La chevelure bouclée fut vigoureusement secouée.

— Je suppose que vous ne croyez pas à ce genre de choses, moi si. Mon frère allait vendre, et il est mort. Roger voulait vendre, et il est mort. Il y a un quatrain à ce propos. Il est gravé au-dessus du manteau de la cheminée, dans le hall...

Partir en pèlerinage, Pèlerin, ne t'avise pas
Car loin de ton Havre, nul repos ne trouveras.
Demeure en ton Havre, ou tu connaîtras
Grand malheur juste avant le Trépas.

— Oui, je l'ai vu, fit sèchement March. Pourtant, Henry Clayton ne voulait pas vendre? Comment expliquez-vous sa mort?

L'éclat de ses yeux se ternit. Son regard devint flou.

— Mon frère essayait de vendre... cela ne lui a pas porté bonheur... vous ne savez pas qui sera le prochain. Vous aurez beau vous moquer de ces prédictions, je sais qu'elles sont vraies. Si Jerome tente de vendre, il lui arrivera quelque chose.

— Je ne le pense pas, dit March d'un ton sévère.

— Il doit toujours y avoir un Pilgrim à Pilgrim's Rest, insista Miss Janetta.

March ne put rien en tirer de plus. Elle évoqua le soir de la disparition d'Henry. Elle était très lasse, à la suite d'une longue réunion de famille, et avait regagné sa chambre à neuf heures et demie. Mais pas pour dormir... hélas! Elle était une martyre de l'insomnie.

— Vos fenêtres donnent sur la rue, Miss Pilgrim. Avez-vous entendu Clayton sortir?

Il apprit qu'elle n'avait rien remarqué.

— Je suis trop frileuse pour laisser mes fenêtres ouvertes. Le Dr Daly me le déconseille.

March fut persuadé que l'insomnie n'existait que dans son imagination. Dans cette pièce, toute personne éveillée aurait entendu la lourde porte de l'entrée se refermer.

Il descendit peu après et poursuivit ses interrogatoires.

Le cœur très lourd, Miss Columba avait cherché refuge dans le jardin. Son chagrin était immense et c'était un soulagement de semer un autre rang de petits pois sous le regard désapprobateur de Pell. Il déposait les siens dans un sillon qu'il recouvrait de terre. La regarder se servir de son index comme d'un plantoir pour creuser un seul trou par petit pois ravivait ses préventions les mieux ancrées. Le fait que ses plants à elle avaient plutôt un meilleur rendement que les siens était une cause de mécontentement qui le rongeait depuis belle lurette et renforçait son amertume quand il s'entretenait avec William de la « femme ». Le destin de la « femme » n'avait jamais été de jardiner... cela tombait sous le sens. C'était Adam que Dieu avait chargé de cultiver la terre, et non pas Ève, cette créature volage. Procréer et cuisiner — la femme n'était bonne qu'à ça. Porter des pantalons et faire un travail d'homme, c'était une insulte à la Providence, il n'y avait pas à discuter.

Accablée par le fardeau de sa douleur, Miss Columba n'en continuait pas moins à planter ses pois. Dans la maison, tous étaient désolés pour elle. Tous sauf Janetta qui ne se souciait jamais que d'elle-même. Même Robbins — non, elle n'en était pas certaine. Un personnage si sombre, si secret. Comme une plante qui pousse tout en racines. Elle se souvenait d'un pommier, du temps qu'elle était petite fille. Un arbre qui n'avait jamais fleuri ou donné de fruits. Son père l'avait déplanté. Deux mètres de racines entremêlées. Sombres... secrètes. Qui s'enfonçaient profondément. Tous deux l'avaient replanté en posant une dalle de pierre sous les racines. Et le pommier s'était magnifiquement épanoui.

La voix de Pell lui parvint entre les grommellements indistincts qui ponctuaient son travail.

— Vous savez, cette petite-fille que j'ai ?

Miss Columba fit un trou avec le doigt et y laissa tomber un pois.

— Laquelle ?

— Maggie. Vous la verriez avec son uniforme ! C'est pas naturel, ça, je vous le dis, moi !

— Elle est en permission ?

Pell se racla la gorge.

— Quelle bonne blague ! Elle se prend pour un caporal... avec ses deux galons sur le bras ! Une insulte à la Providence, pouvez m'croire !

Miss Columba sema un autre pois.

— Maggie est une brave fille.

— Du passé, tout ça. Me parlez pas de ce qu'elle est devenue. Elle se barbouille de rouge à lèvres !

— Toutes les filles font ça.

Il eut un rire triomphal.

— Comme Jézabel ! Et comment elle a fini ? Répondez-moi un peu !

Miss Columba fit deux autres trous, y laissa tomber deux pois et finit par dire :

— Maggie est une brave fille.

C'était très réconfortant. Pell était indifférent à son chagrin. Même si toute la famille se retrouvait au cimetière, il resterait le même bonhomme acariâtre et discutailleur qu'il avait toujours été. Cette permanence lui permettait de rester dans le monde qu'elle connaissait, un monde de petits désagréments naturels — les vents de nord-est, les gelées de mai, la grêle, la sécheresse, les pucerons, les larves de taupin, Pell. Tout cela, c'était du solide. Le meurtre n'avait rien de naturel. Dans le meurtre, il y avait une dimension impossible à appréhender. Qui relevait du cauchemar et de la folie. Quelque chose de malsain. Une violence sourde. L'acte de tuer. N'y pense pas. Plante tes petits pois. Il leur poussera des racines et ils perceront la terre. Ils fleuriront. Écloront Dépériront. Remets de l'engrais. Du bon engrais naturel. Le meurtre n'a rien de naturel. N'y pense plus. Pense à Pell. Pense à Maggie.

Elle planta un autre pois.

— J'aimerais voir Maggie, dit-elle. Demandez-lui de venir.

25

Après le déjeuner, March entreprit de faire le point. Miss Silver occupait le petit siège si pratique qui n'entravait pas le mouvement des coudes — les accoudoirs peuvent s'avérer très gênants quand on tricote. Frank Abbott était nonchalamment assis sur un bras d'un des grands fauteuils recouverts de cuir. Il donnait l'impression de n'avoir jamais rien fait dans la vie, se contentant d'exister avec superbe dans un monde désœuvré, mais, à droite de March, une pile de feuillets tapés à la machine prouvait le contraire.

— Eh bien, Abbott, j'ai relu toutes vos notes. Je ne sais ce que vous en pensez, mais moi, je crois qu'il faut chercher du côté de Robbins.

Frank hocha la tête.

— Des preuves ne seraient pas superflues.

— Oui, mais je ne vois pas comment les trouver. En attendant, j'aimerais reprendre toutes les autres hypothèses. Il n'est pas exclu que nous découvrions quelque chose. Un détail vous aura peut-être frappé, ou Miss Silver?

Elle terminait la manche droite du pull destiné à Ethel Burkett et semblait complètement absorbée par les côtes du poignet. March en conçut une certaine impatience. Il lui accordait sa confiance, sans lésiner, lui permettant d'avoir accès à des informations qu'il aurait pu lui refuser sans qu'elle fût en droit de se plaindre, et il estimait qu'une réponse de sa part aurait été la moindre des choses. Rien n'indiquait qu'elle allait réagir. Elle aurait pu être dans la pièce voisine. N'avoir jamais entendu parler d'Henry Clayton. Vivre à Tombouctou. C'est tout juste s'il ne le lui souhaita pas. Il ramassa une feuille de papier ministre couverte de sa propre écriture.

— Je vais commencer par Robbins... une récapitulation détaillée. Il est indéniable, à mon avis, qu'il soupçonnait Clayton d'avoir séduit sa fille. Elle a pu le lui avouer avant de mourir, ou alors il ne s'agissait que de soupçon. Le témoignage de Miss Freyne est, sur ce point, capital. D'après elle, Mr. Pilgrim craignait qu'Henry Clayton ne fût le suborneur. Elle ajoute que Robbins le lui avait confié. Bref, nous avons un mobile. Tout le monde s'accorde à dire qu'il avait été très durement éprouvé, qu'il refusait qu'on prononce le nom de sa fille, ou qu'elle et son enfant soient enterrés au village — Mrs. Robbins semble l'avoir pris très mal. Son mari s'opposait même à ce qu'on annonce leur mort. Toutes choses qui prouvent qu'il se montrait particulièrement affecté, d'une manière presque anormale. Et puis, un mois après la fin tragique de Mabel et de son bébé au cours d'un raid aérien, Henry Clayton revient pour épouser une autre femme, détail qui, à mon avis, renforce son mobile. Quant à l'acte, si quelqu'un a eu l'occasion d'agir, c'est Robbins. Son récit des événements qui se sont déroulés après dix heures et demie, cette nuit-là, n'est confirmé que sur un seul point. Henry Clayton a effectivement quitté la maison. Miss Freyne l'a vu sortir dans la rue et se diriger vers chez elle. Selon elle, il était à mi-chemin entre la porte du passage vitré et la grille de la cour de l'écurie quand elle s'est détournée de sa fenêtre. J'évalue la distance à dix ou quinze mètres... je me laisse une marge parce qu'il y avait un clair de lune et qu'il marchait droit vers elle, deux facteurs qui peuvent l'avoir trompée. Quoi qu'il en soit, il était suffisamment près pour que Robbins puisse le rappeler depuis l'entrée du passage vitré ou le rattraper. Peu importe ce qui s'est exactement passé, je crois pouvoir affirmer que Clayton est revenu dans la maison. Quel prétexte a utilisé Robbins, nous n'en savons rien, mais il est indubitable que Clayton a fait demi-tour. Robbins s'était peut-être déjà emparé du poignard. Il l'a peut-être poignardé sur-le-champ, dans le passage ou dans le hall, à moins que, sous un prétexte quelconque, il ne l'ait entraîné dans la salle à manger ou dans le couloir menant au monte-charge. Nous l'ignorerons toujours, sauf s'il nous le dit. S'il avait tout prémédité, il est certain qu'il aurait agi dans l'endroit le plus éloigné. Cependant, la préméditation n'est pas certaine. Il a pu brusquement éprouver le besoin de crever l'abcès au sujet de sa fille. La vision de Clayton se rendant chez Miss Freyne aura été la goutte qui a fait déborder le vase. Accuser de but en blanc Clayton d'avoir déshonoré sa fille aurait suffi à le faire revenir sur ses pas. Il n'aurait pas voulu de témoin. La salle à manger s'avérait très pratique, d'autant plus qu'elle est située de l'autre côté de la maison par rapport aux chambres de Mr. Pilgrim et des tantes. Une fois dans la salle à manger, il avait tout un assortiment de poignards à portée de la main. Je crois que les choses se sont déroulées ainsi.

Frank lissa son impeccable chevelure.

— Remarque intéressante, à propos de la disposition des chambres, mais elle pourrait aussi s'appliquer à d'autres que Robbins. Non pas que je ne sois pas d'accord avec vous, n'est-ce pas. Si le meurtre était prémédité, on aurait de toute façon choisi d'utiliser la salle à manger, car elle dispose d'une porte qui donne sur le couloir dallé, juste en face du monte-charge. Si nous ne retenons pas la préméditation, c'était encore la pièce la plus tranquille au cas où une dispute aurait éclaté. Voyez-vous, la chambre de Judy Elliot, au-dessus, était vide. Henry occupait la chambre qui est actuellement celle de Miss Silver. On trouve ensuite une chambre inoccupée et celle de Lona Day. Celle de Jerome est de l'autre côté, très à l'écart par rapport à la salle à manger. Lona est la seule qui aurait pu entendre quelque chose, et il est peu probable qu'elle en ait eu l'occasion, à cause de l'épaisseur des murs et des parquets.

March approuva de la tête.

— Voilà pour Henry Clayton. Quant à Mr. Pilgrim... j'ai discuté avec le palefrenier, William, et il affirme qu'il y avait une épine sous la selle. Une longue épine noire provenant d'un arbre de la cour. Mais nous n'avons aucunement la preuve, et ne l'aurons jamais, que la mort ne fut pas accidentelle. Si elle ne l'était pas, Robbins pourrait être tenu pour responsable, comme chacun dans la maison. Le mobile ? Mr. Pilgrim allait vendre. Après quoi, on aurait débarrassé les caves et découvert le corps de Clayton. Son meurtrier ne pouvait laisser faire.

— Exact, confirma Frank Abbott.

Miss Silver ne leva pas les yeux de son ouvrage.

March fronça les sourcils et poursuivit.

— Venons-en à la mort de Roger Pilgrim. Si c'est un assassinat, le mobile est identique. Tant qu'on n'avait pas trouvé le corps de Clayton, n'importe quel jury réuni par un coroner aurait conclu à un accident. En leur for intérieur, ses membres auraient plutôt pensé à un suicide, sans toutefois l'invoquer, de peur de chagriner la famille.

Frank Abbott eut un rire bref.

— Qui a dit que nous n'étions pas un peuple sentimental ?

Miss Silver émit une petite toux réprobatrice.

— Refuser de faire de la peine quand ce n'est pas

nécessaire peut difficilement être considéré comme un acte répréhensible.

March reprit la parole.

— La découverte du cadavre de Clayton rend fort vraisemblable le meurtre de Roger. Or, excepté Mr Pilgrim, qui n'avait absolument aucune raison de tuer son neveu, les habitants de la maison étaient les mêmes que lors de la disparition de Clayton. Ce qui signifie qu'il se trouvait sans doute quelqu'un parmi eux qui était déjà l'auteur d'un premier meurtre et avait un mobile extrêmement fort pour le couvrir en commettant un second. Voyons maintenant la mort de Roger. Miss Elliot a surpris Robbins dans l'escalier de derrière, après six heures mais avant sept heures moins le quart. Elle estime que c'était avant six heures et demie, sans en être certaine. Elle l'a donc vu monter, mais pas redescendre. Robbins, lui, affirme qu'il était six heures passées, qu'il n'est pas resté dans sa chambre plus de cinq minutes et qu'il est redescendu par l'escalier de l'autre aile — ce qui semble étrange, car cela n'est pas du tout le chemin le plus direct. Selon lui, Miss Freyne et Roger se trouvaient dans la mansarde quand il est retourné en bas. Miss Freyne dit s'être retirée à six heures et quart. Et voilà le point important... il aurait très bien pu attendre qu'elle s'en aille, puis entrer et précipiter Roger par la fenêtre, dont le rebord est très bas. Il venait de l'apercevoir, de sa propre chambre, debout à cet endroit. S'il avait l'intention de le supprimer, l'occasion était idéale. Tout cela fait beaucoup de présomptions contre Robbins. Considérez aussi l'effondrement du plafond. Rien ne lui était plus facile que d'y déverser de l'eau depuis l'étage supérieur — lui et sa femme en disposaient entièrement. Quant à cet incendie... c'est lui qui a apporté le plateau de boissons dans la pièce qui a brûlé. D'après Roger, on avait mis de la drogue dans son verre. J'imagine que Jerome prend des somnifères.

Robbins a pu en subtiliser un ou deux et il ne lui restait plus qu'à revenir mettre le feu aux paperasses et fermer la porte à clef. Le couloir qui permet d'aller de la chambre qui a brûlé au monte-charge est celui qu'il emprunte habituellement pour se rendre de la cuisine à la salle à manger... sa présence n'avait donc rien d'inhabituel.

Il posa la feuille qu'il lisait et en prit une autre.

Miss Silver avait commencé à rabattre ses mailles.

— Très bien, nous avons envisagé le cas de Robbins. Qu'en est-il des autres ? demanda Frank Abbott.

26

March se rembrunit.

— Je ne sais trop, dit-il. Ce qui cloche, c'est le mobile. Miss Freyne est la seule, hormis Robbins, dont on peut penser qu'elle en aurait eu un.

— Oh, non... cela ne lui ressemble pas du tout! se récria Frank Abbott.

— Je suis d'accord. Mais nous ne devons pas l'exclure. Voyez-vous, je crois qu'il est évident que sa dispute avec Clayton était très sérieuse. Je ne suis pas en train de dire qu'elle a caché la vérité... pas du tout. Cependant, même à supposer que cette dispute ait son origine dans l'évocation d'un cas abstrait, j'estime impossible qu'ils en soient venus à émettre des avis opposés sans songer à Mabel Robbins, ce qui signifierait que la discussion aurait été passionnée et véhémente. Certes, nous ignorons si Miss Freyne suspectait déjà Clayton d'avoir été l'amant de la fille, pourtant, à voir son comportement, je l'ai pensé. Il m'a semblé que lorsque Mr. Pilgrim le lui a annoncé, plus tard, elle n'était pas tellement surprise.

Frank hocha la tête.

— Henry était un chaud lapin... il ne pouvait manquer d'être suspect. Mais vous perdez votre temps avec Lesley. Elle est une des rares personnes au monde qui soient, par nature, incapables de tuer. Cependant, poursuivez.

— Pourtant, matériellement parlant, elle aurait pu le faire. Sauf qu'elle aurait dû élaborer un plan... peut-être, en suivant l'inspiration du moment, après son coup de téléphone. Elle regarde par la fenêtre, le voit approcher et part à sa rencontre. Ils retournent ensemble à Pilgrim's Rest. Une fois dans la salle à manger, elle le poignarde. Elle a pu venir avec une arme ou en décrocher une sur les trophées. Les deux hypothèses sont envisageables.

Le regard de Frank était glacial et il semblait totalement indifférent. Miss Silver le connaissait assez pour se douter qu'il était en colère. Elle rabattit sa dernière maille et posa ses mains sur le pull-over. Elle en avait fini et elle s'accorda un petit sourire satisfait.

Frank répondit d'un ton négligent.

— Et quand suggérez-vous qu'elle ait pu fermer la porte à clef? Et comment a-t-elle quitté la maison après l'avoir fermée? La clef était dans la poche d'Henry. Si Robbins n'y est pour rien, je considère qu'il nous faut le croire, à savoir que la porte était bouclée et la chaîne mise dans les dix minutes qui ont suivi le départ d'Henry.

March confirma de la tête.

— C'est bien ça le point faible. Robbins aurait dû la faire sortir, ou du moins refermer derrière elle.

Il sourit.

— Écoutez, je ne suis pas vraiment en train d'accuser Miss Freyne... je partage votre analyse de sa personnalité. Considérons maintenant le reste de la maisonnée. Miss Columba. Même mobile que pour les autres membres de la famille, même attachement à la maison et au jardin, mais, au dire de tous, une affection toute particulière pour ses neveux. Je suis incapable de l'imaginer en train d'en assassiner deux d'entre eux. Pour ce qui est d'Henry Clayton, il est difficile de lui trouver un mobile quelconque. Considération qui s'applique aussi à Miss Janetta. C'est une personne futile et égoïste, qui n'a pas l'intégrité morale de sa sœur. Elle m'a avoué que la mort de son frère avait été « providentielle », car elle l'empêchait de se séparer de la propriété. Mais je ne vois vraiment pas pourquoi elle aurait souhaité la mort d'Henry Clayton. Je me souviens de l'avoir rencontré lors de ma première visite ici et j'admets volontiers qu'il était du genre à faire chavirer le cœur des vieilles filles.

Frank se mit à rire.

— Le type même du beau gars aux yeux bleus! Il avait un certain aplomb, vous savez... capable de voler un cheval alors que vous n'osez pas regarder par-dessus la haie et de filer avec en faisant le fier. Mais cela lui arrivait trop souvent.

March se remit à consulter sa liste.

— Jerome. Bon, la seule question que je me pose est de savoir s'il est sujet à des crises de démence. Si oui, il aurait pu passer à l'acte. Je pense que physiquement il n'est guère diminué. Cela ne demande pas beaucoup de force de poignarder un homme avec un couteau à la lame effilée, de tirer son corps sur quelques mètres ou de pousser par une fenêtre au rebord très bas quelqu'un qui ne se doute de rien. Aucune personne l'ayant connu dans son état normal ne l'aurait suspecté de tels gestes. Mais le pauvre gars a été sérieusement blessé à la tête et Daly m'a confié qu'il est victime d'attaques nerveuses, selon ses propres termes. Elles se produisent la nuit, après un effort ou une émotion excessive, mais lui-même n'en a jamais été témoin, il ne peut que se fier au dire de l'infirmière. D'après ce qu'il sait, rien ne permet d'envisager des coups de folie. Selon elle, il souffre de cauchemars particulièrement éprouvants, se réveille dans un état de désarroi et d'hébétude extrêmes, mais ne manifeste aucune violence.

— Effectivement, intervint Miss Silver.

Quelque peu surpris par une affirmation si tranchée, il se tourna vers elle.

— Je l'ai entendu et vu lors d'une de ces crises, Randal. Ses cris sont on ne peut plus inquiétants. Cette nuit-là, ils m'ont fait penser à un homme sauvagement agressé et qui se défendrait de toutes ses forces. Il y a eu aussi un hurlement, au moins un. Je tiens à cette précision car j'ai l'impression que cela m'a réveillée. Ma chambre, comme vous le savez, est proche de la sienne. Je comprends maintenant pourquoi le reste de la famille dort dans l'autre aile.

— Judy Elliot était présente, elle aussi, ajouta Frank.

— Oui, nous sommes sorties ensemble dans le couloir. Le capitaine Pilgrim est alors apparu sur le seuil de sa chambre. Sa veste de pyjama était ouverte et il se retenait aux montants de la porte, l'air abasourdi et horrifié. Je me suis trouvée auprès de lui au moment même où Miss Day quittait sa chambre, qui fait face à la sienne. Il s'est montré très obéissant, calme et poli. Quand Miss Day lui a dit qu'il avait rêvé, une fois de plus, et m'avait dérangée, il a eu suffisamment de sang-froid pour s'en excuser.

March hocha la tête.

— Selon Miss Day, ces attaques ne surviennent que pendant son sommeil et il ne fait jamais preuve de violence, sauf lors de la première phase, quand il est persuadé qu'on l'attaque et qu'il répond. Dès qu'il se réveille, il se montre seulement hébété et mal à l'aise. À chacune de ses crises il hurle ou pousse des cris. Il semble dès lors impossible qu'il ait prémédité un meurtre tel que celui d'Henry Clayton, surtout si vous considérez qu'il a probablement eu lieu assez tôt dans la soirée, quand le reste de la maisonnée était soit éveillé soit à peine endormi. Miss Day, par exemple, dit qu'elle était en train de lire dans son lit, après minuit, et qu'elle n'a rien entendu. D'ailleurs, j'en viens maintenant à elle. Elle est ici depuis le début du mois d'octobre 40. Elle devait s'occuper de Miss Janetta qui était grippée et elle est restée pour prendre soin de Jerome, sorti de l'hôpital le 20 de ce même mois. Henry Clayton est arrivé à Noël. Elle affirme n'avoir jamais été en relations avec un membre de la famille avant son engagement. Clayton n'était rien de plus qu'une connaissance. Elle l'a trouvé charmant, mais, bien sûr, elle n'a guère eu l'occasion de le fréquenter, car il ne venait que pour les week-ends et passait l'essentiel de son temps avec Miss Freyne. La nuit de sa disparition, quand elle a quitté Jerome, il était environ dix heures et quart et il écoutait la TSF. Elle a pris un bain, est revenue dans sa propre chambre vers onze heures et a lu jusqu'à minuit. Elle n'a pas entendu la porte de devant se refermer, elle n'a rien remarqué du tout. S'agissant de Clayton, elle ne semble pas avoir l'ombre d'un mobile et, si elle ne l'a pas tué, elle n'a pas tué Roger. Le meurtre de Roger était vraisemblablement destiné à empêcher la vente de la propriété et donc la découverte du crime précédent. Pour ma part, je ne peux imaginer plus d'un meurtrier.

— Je suis d'accord, acquiesça Frank Abbott.

March poursuivit.

— J'ai gardé Mrs. Robbins pour la fin. Vous l'avez vue et avez lu sa déposition. Il me semble impossible de la soupçonner. J'ai surtout été frappé par la dévotion qu'elle portait à « Mr. Henry ». C'est assez émouvant, ma foi, pauvre femme. Je crois qu'il est évident qu'elle a eu plus que des doutes sur le rôle de Clayton dans le malheur qui a frappé sa fille. Et écoutez ce qu'elle dit.

Il ramassa une autre feuille devant lui et la lut.

— Déposition de Mrs. Robbins... « Elle ne m'a jamais avoué son nom... elle ne m'a jamais rien confié, elle est partie et s'est cachée. Pourtant, si c'était Mr. Henry le responsable, je ne lui en voudrais pas. Devant lui, chaque femme croyait être la seule qui comptait. Elle a mal agi et est partie se cacher. Mais Mr. Henry aurait pu faire oublier sa bonne éducation à n'importe quelle fille. » Si vous vous souvenez, c'est à ce moment qu'elle a éclaté en sanglots, et on n'en a plus rien tiré. Pour le reste, elle dit que Robbins l'a prévenue que Mr. Henry était parti voir Miss Lesley, qu'elle a regagné son lit et dormi jusqu'au matin. Elle n'a rien entendu et ne s'est même pas aperçue que son mari n'était pas remonté. Elle avait eu beaucoup de travail toute la journée, était morte de fatigue et a dormi comme une bûche.

Il reposa la feuille et rassembla toutes les notes.

— Voilà où nous en sommes. Nous avons de sérieuses présomptions contre Robbins et rien contre les autres.

Miss Silver regardait la porte. Elle se leva soudain et s'en approcha. Elle ouvrait sur un couloir qui tournait presque aussitôt vers la partie arrière du hall. Elle marcha jusqu'au coin et jeta un coup d'œil alentour. Elle n'aperçut personne. Vers la gauche, un escalier conduisait à l'étage des chambres. Certaines portes donnaient sur le couloir, d'autres sur le hall. Elle regagna le bureau et fut accueillie par des regards étonnés et une question de March.

— Que se passe-t-il?

Elle retourna s'asseoir et ramassa le pull-over qu'elle venait d'achever avant de répondre.

— J'ai cru voir la porte bouger, dit-elle.

27

C'est à ce moment que Frank Abbott commença à deviner que sa présence n'était plus souhaitée. Pendant tout le temps qu'ils avaient passé tous les trois dans le bureau, il s'était douté que l'attitude de Miss Silver dissimulait quelque chose. Il ne parvenait pas à le définir, mais leur conversation ne se déroulait pas comme elle aurait dû — il n'aurait su mieux l'expliquer. Si elle était d'accord avec les conclusions de March, pourquoi ne pas y avoir souscrit en citant avec son talent habituel feu Lord Tennyson ou une maxime de son cru ? Dans le cas contraire, elle aurait su le lui faire comprendre, poliment mais avec fermeté. Pourquoi, pour reprendre les mots du poème qui portait son prénom, Maud se montrait-elle « fautivement irréprochable, glacialement attentive, magnifiquement absente[1] » ?

Soudain, il comprit. « Pas devant les enfants », cette formule aurait pu résumer sa position. Elle refusait de se montrer d'un avis différent de celui de Randal March ou de donner l'impression de le critiquer dans le secteur dont il avait la charge, devant un officier subalterne de Scotland Yard. Maudie avait reçu une

---

1. Citation tirée de *Maud,* de Lord Tennyson. *(N.d.T.)*

excellente éducation. Elle avait passé une grande partie de sa vie adulte à apprendre à la jeunesse l'art de se bien conduire. Elle aurait préféré mourir que de manquer de tact, surtout si, comme il le soupçonnait, elle n'avait pas vraiment d'arguments solides. Il se dit qu'il était peut-être temps pour l'officier subalterne de Scotland Yard de s'éclipser. Il pourrait toujours essayer d'avoir une petite conversation avec Judy.

— Je ne serai pas loin si vous avez besoin de moi, dit-il, et il quitta les lieux.

Demeurés seuls, ni March ni Miss Silver ne parlèrent tout d'abord. Il rangea ses papiers avant de lever les yeux pour l'interroger.

— Qu'y a-t-il?

Elle s'était approchée du feu et le considérait, la bretelle de son sac à ouvrage passée à son bras gauche. Au son de sa voix elle se tourna et dit:

— Avez-vous encore besoin de cette pièce, Randal? Si oui, il vaudrait mieux que je ranime le feu.

— Non... oui... je ne sais pas. Vous ne m'avez pas répondu. Qu'y a-t-il? vous ai-je demandé.

Elle ne bougea pas, l'observant avec une expression grave et pensive.

— Je suis mécontente de la tournure prise par les événements, Randal.

Il lui renvoya un regard très direct.

— Moi de même. Mais je me demande si nous pensons à la même chose. Je serais heureux de connaître votre point de vue.

— Je ne crois pas en avoir un, répondit-elle. Je vais être tout à fait franche avec vous maintenant que nous sommes seuls. La mort de Roger Pilgrim me pèse. Il avait dit à la police qu'il s'estimait en danger. Il m'a affirmé la même chose. Il est mort. Je lui avais conseillé d'adopter une attitude qui, je pense, lui aurait assuré une certaine protection. Je l'avais prié d'informer tout son monde qu'il ne désirait plus vendre. Au lieu de quoi, il a déclaré, dans des termes très vifs, que la vente était imminente.

— Qui était présent ?

— Personne ne manquait : Miss Columba, Miss Janetta, moi-même, Judy Elliot, Miss Day, le capitaine Jerome Pilgrim et Robbins. La scène s'est déroulée pendant le déjeuner.

— Car il y a eu une scène ?

— On peut le voir ainsi. Miss Janetta a éclaté. Si je me souviens bien, elle a affirmé qu'il n'en était pas question et qu'il y avait toujours eu des Pilgrim à Pilgrim's Rest. Il lui a répondu, sur un ton plutôt agressif, que sa décision était prise. Je ne sais plus s'il a dit « Peu m'importe ce que vous en pensez », mais c'est indéniablement l'impression que nous avons eue. Je crains que cela n'ait été un éclat très malvenu de sa part.

— Miss Freyne n'était pas là ?

— Non.

— Mais Robbins, si ?

— Oui.

— Comment a-t-il réagi ? L'avez-vous remarqué ?

— Oui... il a paru horrifié. Cela n'a rien de surprenant, après trente ans de maison.

Il émit un son qui n'exprimait ni approbation ni désaccord.

— Est-ce que Roger et Miss Janetta étaient seuls impliqués dans cette dispute ?

— Oui. Les autres, selon moi, étaient choqués, mais ils n'ont pas protesté.

— Miss Janetta, songea-t-il à voix haute, c'est absurde...

Miss Silver se tut quelques secondes. Elle alla poser une bûche sur le feu puis se tourna et lui demanda gravement :

— Voulez-vous faire quelque chose pour moi ?

— Si c'est possible...

— J'aimerais que l'on fouille la chambre de Miss Janetta.

— Vous êtes sérieuse ?

— Tout à fait, Randal.

Il la regarda avec autant d'étonnement que de consternation.

— C'est la fausse piste assurée ! Qu'espérez-vous que nous trouvions ?

— Des petites boulettes... en capsules, peut-être, ou sous forme de pilules... ou à l'état brut, auquel cas elles auraient une apparence verdâtre.

Cette fois, la surprise l'emporta sur la consternation.

— Ma chère Miss Silver !

Elle toussota légèrement.

— Du *Cannabis indica,* Randal.

— C'est du chanvre indien, reprit-il, ébahi. Du haschisch. Mais où diable voulez-vous...

Elle toussota une nouvelle fois.

— Je peux me tromper, mais je ne voudrais pas que vous me reprochiez de garder des informations pour moi. Je n'ai pas de preuve, sinon mes pressentiments, et vous êtes en droit de ne pas en tenir compte.

— Cela serait beaucoup plus facile si je savais de quoi vous parlez, répliqua-t-il.

— Des crises de Jerome Pilgrim, Randal. On m'en avait informée avant mon arrivée. Elles sont censées survenir à la suite d'un effort ou d'une forte émotion. Après la crise dont j'ai été témoin, Miss Day, qui était très ébranlée, a déclaré que la présence de Miss Freyne en était la cause. Elle s'est plainte d'avoir à affronter une situation délicate et d'être dans une position difficile, car toute la famille aime beaucoup Miss Freyne. Elle paraissait vraiment désorientée. Si elle a dit vrai, il est certain que cela n'est pas facile pour elle. Par la suite, je me suis discrètement renseignée et j'ai appris que trois fois, déjà, une crise avait succédé à une visite de Miss Freyne.

— Accusez-vous Lesley Freyne de droguer Jerome ? demanda March avec brusquerie.

— Oh non, il ne s'agit pas de cela... pas du tout. Trop d'heures s'écoulent entre sa visite et la crise. Il n'est pas possible d'établir ce rapport tel que vous le suggérez.

— Qu'est-ce qui vous fait penser qu'on l'a drogué ? Et pourquoi du haschisch ?

Elle répondit à la seconde question.

— À cause de ces cauchemars douloureux qui le plongent dans le désarroi. Le *Cannabis indica* est une drogue interdite, vous ne l'ignorez pas. Il n'est pas inscrit dans la pharmacopée britannique, mais on peut éventuellement le prescrire à l'étranger. Une de mes amies s'en est vu recommander, parmi d'autres remèdes, quand elle était en Inde. La quantité était infime, microscopique, oui... mais il a provoqué des cauchemars absolument épouvantables. J'ai entendu parler d'autres cas semblables. Quand j'ai vu le capitaine Pilgrim sur le seuil de sa chambre, j'ai eu l'impression très nette qu'il avait été drogué.

— Pourquoi voudrait-on le droguer ?

— Pour le séparer de Miss Freyne. Ce serait une première raison. On peut en trouver d'autres. La personne qui a tué Henry Clayton pourrait estimer très utile d'avoir un bouc émissaire. Si, dans une maison qui héberge un malade sujet à de violentes crises nerveuses, on se trouve confronté à un cas de mort violente, présent ou passé, il n'est guère difficile de diriger les soupçons vers lui. Il y a trois ans, les deux jeunes filles employées ici refusaient de dormir dans la maison... Gloria Pell n'y dort pas. La raison qu'elle avance est la nature dangereuse des attaques dont est victime le capitaine Pilgrim. Cela ne pourrait-il profiter au meurtrier, Randal ?

Il la considéra d'un air dubitatif.

— Mais... Miss Janetta... comment aurait-elle pu se procurer du haschisch ?

— C'est bien sûr la première chose que je me suis demandée. Si on utilise du *Cannabis indica,* qui, parmi les habitants de la maison, pourrait en posséder ? Personne ne semble en mesure d'avoir accès aux réseaux de distribution de drogue dans ce pays. Depuis très longtemps, le trafic est tellement surveillé et si lourdement puni que le risque, sauf pour un toxicomane qui doit absolument s'en fournir, et se moque de ce qu'il lui en coûtera, est très dissuasif. Dans cette maison, on ne peut soupçonner personne d'être un drogué. Il faut donc se tourner vers des contacts antérieurs qui auraient pu en acheter quelque part à l'étranger. Miss Day a voyagé en Inde, Robbins y a passé près de cinq ans pendant et immédiatement après la dernière guerre, et Miss Janetta était en vacances d'hiver au Caire en 1938-1939. Chacun d'eux aurait eu la possibilité, j'imagine, de s'en procurer. Quelle aurait été leur motivation, à cette époque-là, je n'en ai aucune idée, mais, en Inde et en Égypte, on trouve du *Cannabis indica.* Je ne veux pas pousser ma réflexion plus loin.

— Miss Day... dit March, songeur. En matière de drogue, poursuivit-il, on penserait d'abord à une infirmière. Mais pourquoi droguerait-elle son patient ?

Miss Silver toussota.

— Il y a plusieurs réponses, Randal. Elle pourrait vouloir continuer à profiter d'une place très intéressante. Comprenez-moi bien, je n'accuse pas Miss Day.

Les sourcils de March se rapprochèrent, signe de perplexité.

— Tenteriez-vous d'établir un rapport entre le fait que l'on drogue Jerome Pilgrim et les morts d'Henry Clayton et de Roger Pilgrim ?

Elle répondit très sobrement.

— Rien ne le laisse penser, n'est-ce pas ? En fait, nous n'avons pas la moindre preuve. Nous ne disposons que d'une hypothèse que je vous demande

d'explorer. Cela peut vous mener dans une impasse...
je n'irai pas jusqu'à prétendre que c'est impossible.
Mais je crois que vous serez d'accord avec moi pour
estimer que lorsqu'un crime de sang a été commis il
faut tenir compte du moindre détail qui sort de l'ordinaire. Qu'il s'avère n'avoir aucun rapport avec le
meurtre n'est pas une raison de le négliger.

— Non, certes non.

Miss Silver revint vers le bureau et y demeura,
petite silhouette démodée habillée de cachemire vert
olive.

— Si le capitaine Pilgrim était drogué, fit-elle
remarquer, ce serait un fait anormal, n'est-ce pas?
Mais qu'on cesse brusquement de lui donner de la
drogue le serait tout autant.

— Que voulez-vous dire?

— Il n'a subi aucune crise depuis la découverte du
corps d'Henry Clayton.

— Ma chère Miss Silver, où cela nous mène-t-il?
Nous l'avons découvert hier seulement.

Elle toussota.

— J'aurais dû remonter plus en arrière. Il n'y a pas
eu de crise depuis la mort de Roger Pilgrim.

Elle posa une main sur le bureau et se pencha vers
lui.

— Randal, pas une seule depuis que la police a
pénétré dans la maison.

Il sourit.

— Rien pendant deux nuits. Serait-ce si anormal?

Ce n'était pas la bonne réponse. Il se sentit renvoyé
à ses jours d'école.

— Vous n'êtes pas concentré sur votre sujet, Randal! lui lança-t-elle sèchement. Il a bien été précisé
que ces crises étaient provoquées par une émotion ou
par un effort excessif. Considérez donc les événements de ces deux derniers jours : la mort violente
d'une personne, la découverte du cadavre d'un homme

assassiné, la nécessité qui incombe maintenant au capitaine Pilgrim d'assumer son rôle de chef de famille. À votre avis, n'était-ce pas amplement suffisant pour déclencher des crises ? Mais rien ne s'est produit. À en croire son entourage, le capitaine Pilgrim s'est physiquement dépensé au-delà de toute prudence. Il a insisté pour aller personnellement informer Miss Freyne. Leur entrevue pouvait difficilement être plus dramatique, et pourtant, il n'y a eu aucune conséquence négative. Vous me répondrez qu'un malade des nerfs peut, sous l'effet d'un choc, sortir de sa torpeur et se transfigurer. C'est une explication possible. Mais il y en a une autre. La présence de la police dans la maison, le fait que tout et chacun soit soigneusement surveillé aurait pu alarmer la personne qui utilise la drogue et la contraindre à ne plus courir de risques.

— La personne ? demanda March.

— C'est ce que j'ai dit, Randal.

— Oui, mais homme ou femme ?

— Ce n'est pas à moi de le dire.

Il prit un ton grave :

— Vous en avez beaucoup dit. Par exemple, vous expliquez pourquoi on droguait Jerome. Vous avez remarqué que les crises semblaient avoir un lien avec Miss Freyne. Vous avez suggéré que quelqu'un voulait qu'on en déduise que ses visites avaient un effet déstabilisateur sur lui. Vous avez estimé qu'on pouvait chercher à les séparer. Avez-vous une raison de supposer qu'il existe quelque chose entre elle et Jerome ?

— De l'amitié et un affection profonde... de sa part à lui, je pense, une affection très forte.

— Le croyez-vous amoureux d'elle ?

— Je ne saurais l'affirmer. Je ne les ai vus ensemble qu'une fois. Il semblait un tout autre homme.

— Et qui chercherait à les séparer ? Ses tantes... son infirmière... Vous savez, s'il ne s'agissait que de cette sorte de jalousie, cela n'aurait sans doute aucun rapport avec le meurtre.

Elle inclina la tête.

— Certes.

— Les tantes sont peut-être possessives. Miss Columba, en particulier, lui est à l'évidence très dévouée. L'infirmière peut vouloir s'accrocher à son emploi, à moins qu'elle ne soit amoureuse... et peut-être ne faut-il voir dans tout cela que les manigances d'une femme jalouse. Mais pourquoi Miss Janetta? Il me semble qu'elle a moins de raisons d'agir que quiconque.

Il la considéra d'un air interrogateur.

Elle ne souffla mot. Quand il comprit qu'il n'obtiendrait pas de réponse, il repoussa sa chaise.

— Bien, il faut que je file. Je dois prendre connaissance des deux rapports d'autopsie. Ensuite... eh bien, je pense revenir avec un mandat d'arrestation pour Robbins. Je laisserai Abbott et un des hommes sur place... l'inspecteur, cela serait mieux. Ils pourront commencer à fouiller, comme vous le souhaitez. Je suppose qu'il serait bon d'amener Miss Janetta à s'installer dans la chambre de sa sœur pendant qu'on procède. Je crois qu'il nous faut agir dans le cadre d'un travail de routine... cela créera moins de désagréments...

Il s'interrompit et lui lança un regard perçant.

— Quoi qu'il en soit, j'aimerais beaucoup savoir pourquoi vous m'avez demandé de fouiller cette chambre en particulier. Pourquoi pas celle de Jerome... la salle de bains... ou celle de Miss Day?

Miss Silver toussota, quelque peu guindée.

— Parce que je m'en suis déjà chargée.

28

Miss Silver quitta le bureau et monta dans sa chambre. La porte donnant sur l'escalier de derrière n'était pas fermée. Elle entendit un bruit de pas, des voix, dont celle de Gloria. Elle se retourna et prêta l'oreille. Deux filles se tenaient devant la porte ouverte de la salle de bains — Gloria, les joues roses, qui bavardait, et une jeune femme à l'air sensé, en kaki, un galon de caporal sur la manche.

Miss Silver toussota pour attirer leur attention.

— Est-ce votre sœur, Gloria ? J'aimerais la connaître.

Gloria fit venir sa sœur et la lui présenta.

— Elle était avec Miss Columba, dans le jardin, et elle a besoin de se refaire une beauté. Miss Collie trouve qu'elle a grandi et qu'on ne les laisse pas mourir de faim dans les ATS[1]. Elle dit qu'elle n'a jamais eu si bonne mine. Mais grand-père, l'uniforme, il en fait toute une histoire.

Maggie sourit, gentiment et sans montrer aucune nervosité. Ses cheveux, beaucoup plus sombres que ceux de Gloria, étaient impeccablement coiffés. Elle

---

1. *Auxiliary Territorial Service* : section féminine de l'armée. *(N.d.T.)*

avait des traits peu marqués, la peau blanche et épaisse, de doux yeux noisette.

— Il est vieux, dit-elle... il ne faut pas s'attendre à le voir changer.

Miss Silver l'observa et prit sa décision.

— Je me demandais si vous pourriez m'accorder quelques minutes, demanda-t-elle. Est-ce que Gloria rentre avec vous ? Disposez-vous d'un quart d'heure pendant qu'elle prépare ses affaires... si cela ne vous fait pas rater votre bus ?

Maggie secoua la tête.

— Oh, non, il n'y a pas de problème... nous ne sommes pas pressées. Nous couperons à travers champs pour aller voir ma tante, Mrs. Collis, à Crow Farm.

Elle donnait une impression de calme et d'assurance, ce qui plut à Miss Silver. Elle l'emmena dans sa chambre et referma la porte.

— Asseyez-vous, Maggie. Vous vous demandez pourquoi je veux vous parler, j'imagine. Vous savez, bien sûr, ce qui est arrivé.

— C'est vraiment horrible ! s'exclama la jeune fille. Mr. Henry et Mr. Roger, morts tous les deux. j'ai du mal à y croire !

— Vous travailliez ici à l'époque où Mr. Clayton a disparu, n'est-ce pas ?

— Je n'y dormais pas.

— Non... je le sais. Tout cela est particulièrement choquant. Et il est nécessaire de découvrir la vérité. Mais je pense que vous pourriez nous aider.

— Je crains de ne rien savoir du tout.

Miss Silver toussota doucement.

— Ce n'est pas si sûr. Je voulais vous demander si quelqu'un a envoyé un paquet de linge au nettoyage juste après la disparition de Mr. Clayton.

— Comment donc l'avez-vous appris ?

— J'en ai envisagé la possibilité. Pourriez-vous me donner le nom de cette personne ?

— Miss Netta.

— Saviez-vous ce que contenait ce paquet ?

— Miss Netta, voyez-vous, quand il s'agit de ses affaires, elle est spéciale... elle les envoie au nettoyage pour un rien. Il y avait deux robes — une qu'elle portait l'après-midi, bleue, avec une sorte de moucheture mauve, et une qu'elle avait mise un soir, d'un bleu différent, avec des parements gris.

— Étaient-elles très sales ?

— Non. C'est moi qui ai fait le paquet et, à mon avis, elles étaient pratiquement propres. Par contre, une de ses robes de chambre était dans un état lamentable, car Miss Day avait renversé du chocolat dessus. Enfin, c'est ce qu'affirmait Miss Netta, mais Miss Day ne semblait pas apprécier et j'ai dans l'idée que la version de Miss Netta n'était pas la bonne. Elle est comme ça, vous savez... s'il arrive quelque chose, c'est la faute des autres, jamais la sienne. Je pense donc qu'elle avait dû renverser le chocolat toute seule, surtout que les vêtements de Miss Day n'avaient pas été épargnés non plus.

— Et quand est-ce arrivé ?

Maggie Pell réfléchit. C'était une fille sérieuse et simple qui se donnait beaucoup de mal pour être précise.

— Ce devait être le matin, parce que c'est à ce moment qu'elle prend sa tasse de chocolat. Bien sûr, elle en boit aussi le soir. Et Miss Day le prépare sur un réchaud à alcool dans la salle de bains et le lui apporte — juste avant de dormir et à son réveil. Du moins était-ce ainsi à mon époque, mais je ne pense pas que ça ait changé.

Miss Silver toussota.

— De sorte que le chocolat aurait pu être renversé tôt le matin ou tard la veille ?

Maggie secoua négativement la tête.

— Je ne crois pas, parce que je me souviens que

Miss Netta a dit que Miss Day lui avait fait enfiler sa robe de chambre, vu qu'il faisait froid ce matin-là. C'est vrai. Je me rappelle que le temps était à la neige quand je suis arrivée et que je les ai trouvées bouleversées à cause de la disparition de Mr. Henry.

— Vous êtes certaine qu'on était le matin?

— Oui... à cause des réflexions de Miss Netta parce que Miss Day l'avait obligée à passer sa robe de chambre. Elle était très contrariée... elle ne l'aurait pas tachée si Miss Day n'était pas intervenue. J'avoue que le résultat était catastrophique. Voyez-vous, ce n'est pas seulement sa tasse qu'elle avait renversée, mais tout le pot.

— Ah bon, un pot? Et pourquoi donc?

Maggie parut perplexe.

— J'imagine que Miss Day elle aussi voulait en boire. Le pot était en morceaux. Miss Netta, ce qu'elle était contrariée! Et elle mettait tout sur le dos de Miss Day. Mais, plus tard, elle m'a dit... Miss Day, pas Miss Netta... elle m'a dit : « Rendez-vous compte, Maggie, c'est elle qui l'a renversé, et ma robe de chambre chinoise est fichue, tout le devant est taché. »

— À quoi ressemblait-elle, cette robe de chambre?

Le visage de Maggie s'illumina.

— Oh, elle était magnifique... avec beaucoup d'oiseaux et de fleurs, et des libellules, sur fond de satin noir. Faite en Chine, selon elle. Une dame qu'elle avait connue en Inde la lui avait offerte.

— Elle semble vraiment très belle... trop, en fait, pour être utilisée chaque jour comme robe de chambre.

— Mais non... elle ressemblait plutôt à une de ces robes d'intérieur. Elle la portait pour le dîner, quand il faisait froid. Elle était jolie et chaude, avec une très belle doublure en soie.

— Donc elle ne s'en servait pas comme robe de chambre?

— Non, non.

— Pourriez-vous vous rappeler si elle la portait au dîner, la nuit de la disparition de Mr. Clayton ?

Maggie sembla hésiter.

— Ben... je ne crois pas. Non. Elle avait une robe verte... d'un vert plutôt brillant.

— En êtes-vous sûre ?

— Oui, maintenant, oui.

Miss Silver la dévisagea.

— Est-ce que Miss Day a expliqué pour quelle raison elle portait ce magnifique vêtement chinois pour apporter son chocolat matinal à Miss Janetta ?

Maggie la fixa dans les yeux.

— Oh, oui. Parce qu'il faisait si froid ce matin-là. Il neigeait. Ce vêtement, il était joli et chaud, mais, après, il n'a plus jamais été pareil.

— L'a-t-elle envoyé à la blanchisserie ?

La jeune fille secoua de nouveau la tête.

— Non. Je lui ai demandé si elle voulait que je le mette dans le paquet, mais elle a refusé. Elle l'avait fait tremper tout de suite après et le plus gros était parti, mais le satin était devenu rêche et les couleurs avaient déteint... là où il y avait des broderies, vous savez... et elle avait peur qu'il ne soit plus jamais le même. C'est d'ailleurs ce qui est arrivé... les traces n'avaient pas disparu. Les taches de chocolat, c'est terrible pour les enlever... c'est gras. J'ai toujours pensé que c'était vraiment dommage de l'avoir mis dans l'eau, parce que la robe de chambre de Miss Netta, on nous l'a rendue comme neuve. Mais, bien sûr, une fois que vous avez lavé un vêtement, le blanchisseur ne peut plus rien y faire.

Miss Silver fut de son avis. De manière plutôt distraite, elle voulut savoir si quelqu'un d'autre dans la maison avait envoyé des effets au nettoyage à cette époque — Mr. Jerome, Mr. Roger, Robbins ou Mrs. Robbins.

— Oh, non ! répondit aussitôt Maggie.

Elle avait préparé elle-même le paquet et rien d'autre n'avait été confié à la blanchisserie. Aucun vêtement n'avait été oublié. Quant à Mrs. Robbins, elle n'aimait pas les blanchisseurs... une fois passés dans leurs mains, les vêtements n'étaient plus les mêmes, disait-elle.

— Si besoin était, elle s'en occupait personnellement, ou Mr. Robbins. Elle disait que si avec de l'eau, du savon et de la benzine on n'était pas parvenu à enlever une tache, ce n'était pas un blanchisseur qui y réussirait. J'avoue qu'elle était très efficace.

— Mrs. Robbins s'occupait de sa lessive ?

Maggie Pell confirma vigoureusement de la tête.

— Oui... ses affaires et celles de Mr. Robbins. Une de ses sœurs était couturière et elle lui avait tout appris. Les costumes de Mr. Robbins, elle les rendait comme neufs.

29

Il allait être bientôt trois heures et quart. Après avoir interrogé Jerome Pilgrim, March remonta dans sa voiture et retourna à Ledlington, laissant Frank Abbott et un inspecteur diriger la fouille des chambres.

Cet après-midi-là, le moindre indice aurait son importance — même le plus infime. Quand il s'agit de meurtre, il n'est guère facile de reconnaître les petits détails importants. Quelques grains de poussière, l'empreinte d'un doigt humide, une tache de sang, un bout de papier déchiré — ce sont autant d'éléments qui peuvent décider de la vie d'un homme. Pour l'assassin, il s'agit de marcher sur des œufs. Nettoyer la poussière de ses chaussures, faire disparaître de ses vêtements toute trace qui pourrait s'avérer compromettante. Ne rien toucher, ne rien manipuler. Et s'il doit utiliser des gants de peur d'être trahi par la transpiration, il lui faut aussi dissimuler ses pensées et surveiller ses propos — afficher un regard impénétrable et marcher avec aisance sur le fil du rasoir. Ce qui pour les autres semble n'être que des faits insignifiants, qu'il faudra trier patiemment à force d'interrogations et de suppositions, représente pour lui une menace perpétuelle — les dents du piège qui peuvent à tout moment se fermer et le saisir. Il est impératif, l'air de rien, d'avoir l'œil sur chacun, de ne négliger aucun élément matériel. Alors même que ses pensées sont aberrantes, sa manière de regarder, de parler ou de se comporter doit être si normale qu'elle ne le distingue pas de son environnement habituel et ne le trahit d'aucune façon, même pour l'œil le plus perspicace.

Alors que Miss Silver se tenait devant sa porte ouverte, regardant Maggie Pell traverser le couloir en direction de l'escalier donnant sur l'arrière, Jerome Pilgrim surgit. Il était pâle et hagard, mais elle devina chez lui une résolution nouvelle, comme si le choc des derniers événements l'avait raffermi, lui avait insufflé l'énergie dont il manquait. Il portait un manteau et un cache-nez. Passant devant elle, il lui annonça qu'il se rendait au jardin. Miss Silver l'en félicita et fit observer que le temps avait quelque chose de printanier mais qu'il fraîchirait dès que le soleil se coucherait.

Il lui répondit avec une amorce de sourire :

— Lona m'aura retrouvé bien avant. Si elle ne devait pas s'occuper de ma tante Janetta, elle serait déjà à me houspiller.

Miss Silver demanda poliment si Miss Janetta allait mieux, à quoi il répondit qu'elle était dans un état de prostration totale, avant de poursuivre son chemin. Miss Silver estima que plus la prostration serait totale, plus le capitaine Pilgrim en tirerait profit. Il avait besoin de s'affranchir de certaines contraintes et elle n'était pas mécontente de voir qu'il agissait en ce sens. Elle espéra que Miss Janetta continuerait à accaparer l'essentiel du temps de Miss Day.

Traversant le hall, Jerome aperçut Robbins devant la porte de devant, une main prête à soulever le loquet. Au bruit de la canne sur le sol, il pivota, recula et demanda, d'un ton froid et distant :

— Est-ce en fonction de vos instructions, monsieur, que la police s'apprête à fouiller la maison ?

— Effectivement, répondit Jerome.

— Ont-ils donc votre autorisation ? insista Robbins.
— Oui.

Puis, comme se reprochant d'avoir été trop brutal, il se retourna et ajouta :

— Plus vite ils en auront fini et plus vite ils nous laisseront tranquilles. Ils ont demandé mon consentement, mais, si j'avais refusé, ils auraient obtenu un mandat de perquisition.

— Qu'espèrent-ils trouver, monsieur ?

— Je l'ignore. En attendant que j'y retourne, je leur ai conseillé de commencer par ma chambre.

Il pénétra dans le petit salon.

— On dirait que quelqu'un attend à la porte. Ne feriez-vous pas mieux d'aller voir ?

D'où il se trouvait, il entendit le bruit du loquet. Un courant d'air froid entra, puis il perçut la voix de Lesley Freyne qui s'adressait à Robbins. Il s'empressa de regagner le hall et l'appela.

— Entrez donc, Les !

Un instant, elle eut l'impression que Robbins avait l'air d'être... quel était le mot exact ? Elle fut agacée de ne pas le trouver. Puis, après qu'il eut fait volte-face pour s'en retourner silencieusement à travers le hall, alors que Jerome l'introduisait dans le petit salon, cela lui revint. Absent... oui... comme s'il se tenait très loin, inaccessible. Ce fut très fugace.

Après avoir refermé la porte, Jerome ôta son manteau et son cache-nez. Ils s'approchèrent du feu de cheminée et prirent place sur le grand canapé dévolu habituellement à Miss Janetta.

— La police fouille la maison, dit-il. Tante Collie est au jardin, tante Netta dans sa chambre. Mais vous n'avez pas envie de les voir, n'est-ce pas ? Je me trompe ?

Elle lui offrit son grand sourire chaleureux.

— Je me sens tout à fait à l'aise ainsi.

Il lui lança un regard qui ne manqua pas de la surprendre.

— C'est votre compagnie, Les, qui rend ce moment agréable.

— Ah bon ? fit-elle d'une voix un peu triste.

— Oui. Vous êtes une femme sereine, encerclée par l'été...

— L'été de la Saint-Martin, je le crains...

— « Attendre l'été de la Saint-Martin, les jours sereins » ? Nous sommes loin de novembre, ma chère. Pour ma part, je nous crois encore au mois de juillet.

— J'ai quarante-trois ans, Jerome.

— Moi aussi, peu s'en faut. C'est un âge vénérable, mais le pire est à venir. Vous n'avez aucun cheveu gris, alors que moi...

Brusquement, il abandonna son ton badin.

— Les... ne laissons personne nous séparer.

— Je m'y efforcerai, dans la mesure du possible.

— Je ne sais trop comment l'expliquer... dit-il. J'ai l'impression d'avoir succombé à un rêve, mais je me suis réveillé. Je voudrais que vous m'aidiez à ne pas y succomber de nouveau. Vous le pouvez. Quand toute cette horrible histoire sera terminée, je veux retourner à une vie normale. Lona a été très bonne, mais je crois qu'il est temps qu'elle s'en aille. Tante Netta n'a pas besoin d'elle, pas plus que moi. Il n'y a vraiment aucune raison pour que je vive comme un malade. Avec le temps, je crois pouvoir retrouver une activité. Il y aura tant de choses dont il faudra s'occuper...

Il s'interrompit.

— Un jour ou l'autre, je me remettrai à écrire. J'ai l'impression d'avoir emmagasiné bon nombre d'idées. Elles commencent à s'impatienter, elles veulent prendre forme.

— Je m'en réjouis. J'ai toujours pensé que...

— Pensez-vous à moi, Les ? la coupa-t-il.

— Mais bien sûr.

— Que suis-je pour vous ?

— Un ami, dit-elle d'une voix sourde.

Il se détourna quelque peu.

— Nous étions amis... de grands amis, du moins le pensais-je. Et puis, Henry est arrivé et, pour vous, il a représenté plus qu'un ami.

Elle leva ses yeux bruns et sincères vers son visage à demi tourné.

— Il ne m'a jamais aimée... jamais.

— Mais alors, pourquoi...

— Je tiens à vous en parler, dit-elle. Cela fait si longtemps... oui, j'y tiens. Vous savez quel genre d'homme il était... il vous donnait l'impression que vous étiez la seule personne au monde qui comptait pour lui. Je ne pense pas qu'il agissait délibérément... enfin, pas trop. Vous souvenez-vous, quand nous étions enfants ? Si nous désirions quelque chose, on demandait toujours à Henry d'aller réclamer. Il lui suffisait de sourire et tout le monde cédait. Peu importe qui... Mr. Pilgrim, les tantes, mon père et ma mère, Mrs. Robbins... cela ne lui a pas rendu service. J'aurais dû être prévenue, pourtant, quand il m'a souri, j'ai dit oui.

— L'avez-vous aimé, Les ?

Ses mots étaient presque inaudibles

Elle aussi prit un ton confidentiel.

— Pas du fond du cœur, non. J'ai été séduite, flattée et... je me sentais si seule, si seule. L'homme que j'aimais ne s'intéressait pas à moi et...

Sa voix se brisa.

— ... j'étais lasse de ne pas être heureuse, de vivre en solitaire. Je désirais un foyer, une vie qui m'appartienne, des enfants. Aussi, quand Henry m'a souri, j'ai cédé. Sauf qu'un jour il s'est passé quelque chose et je n'ai pas pu franchir le pas. La mésaventure de Mabel Robbins m'est restée en travers de la gorge.

Il la regarda, interloqué.

— C'était lui ?

— Oh, oui. Cela est apparu alors que nous évoquions une affaire dont parlaient les journaux. Non pas qu'il me l'ait avoué... mais j'ai deviné. Cela peut paraître stupide, mais, brusquement, j'ai compris que Mabel n'était pas seule en cause. Il y avait quelque chose en lui... c'était dans sa nature, il lui fallait obtenir tout ce qu'il désirait, et peu importait à qui il avait affaire. Des filles comme Mabel, il y en aurait toujours, et elles ne compteraient jamais plus qu'elle n'avait compté pour lui... pas plus que moi. Henry ne s'intéressait qu'à sa propre personne, et en cela, il n'était pas près de changer. J'ai senti que je ne pouvais pas l'épouser. J'avais l'intention de le lui dire, ce soir-là... mais il n'est pas venu...

Jerome lui répondit sans oser la regarder.

— Vous en aimiez un autre?
— Énormément.
— Mais alors, pourquoi... ma chère... pourquoi...
— Je vous l'ai dit.

Il l'observa à la dérobée, fit mine de tendre la main et se reprit. Il y eut un silence.

— Qui était-ce? demanda-t-il enfin.

Les joues de Lesley s'empourprèrent. Du coup, elle sembla plus jeune, sans défense. Elle lui répondit, trébuchant sur les mots :

— Avez-vous... le droit... de me poser la question?

Enfin, il la regarda, retrouvant la Lesley de sa jeunesse, au point que si elle rougissait, si ses cils noirs étaient humides, cela pouvait s'expliquer par le fait que lui et Henry l'avaient impitoyablement et cruellement tourmentée. Lui et Henry, il n'y avait eu personne d'autre. Il y avait toujours eu lui, Henry et Les.

— C'est à vous de me le dire. Les, je vous ai toujours aimée, ajouta-t-il.

— Vous ne me l'avez jamais dit...
— Vous aviez tant d'argent... et moi si peu.

Il eut un petit rire dur.

— Cent livres par an et ma brillante intelligence... qui devait me procurer la fortune ! J'allais écrire un best-seller ou faire un tabac avec une pièce de théâtre. Quand je réapparaîtrais, je jetterais mon succès à la figure de votre père et lui lancerais : « Et maintenant, monsieur ? » Il m'avait signifié de me tenir à distance, voyez-vous.

— Non !

— Oh que si ! « Amours absurdes d'adolescents, cher ami. Ma fille est une héritière. Vous n'apprécieriez pas qu'on dise que vous courez après son argent... n'est-ce pas ? » Avant de m'assurer qu'il m'aimait bien, certes, mais qu'il avait d'autres projets pour sa fille.

Vingt ans plus tard, sa voix trahissait encore l'humiliation subie par le jeune homme qu'il avait été. Lesley imagina la scène comme si elle y était : son père, maladroit et sans tact, ambitieux pour sa fille, incapable de savoir ce qui ferait son bonheur ; Jerome, très fier, disparaissant, vexé, pour faire fortune. Et maintenant elle pleurait ces vingt années gâchées.

— C'est pour cela que vous avez cessé de venir nous voir ? dit-elle.

— Oui. Le succès foudroyant n'est pas venu, mais pendant longtemps j'y ai cru. J'ai pris soin de ne pas revenir... il n'était pas question qu'on me lance une seconde fois à la tête que je n'en voulais qu'à votre argent. Et puis votre père est mort...

— Et alors ?

Il leva la main et la laissa retomber sur son genou.

— La boucle était bouclée. À cette époque, je connaissais ma valeur en tant qu'écrivain. Si vous n'êtes pas un imbécile et que vous êtes capable de vous regarder en face, vous ne vous tromperez pas sur vous-même. J'étais un bon écrivain de second ordre et je ne serais jamais autre chose. Je pourrais gagner cinq ou six cents livres par an mais ne serais jamais en mesure d'aller trouver votre père pour lui dire que je voulais vous épouser. Dès lors, j'ai refusé de profiter de sa disparition pour vous en parler. Cela semble un peu présomptueux, mais je suppose que mon foutu orgueil a eu le dernier mot. Aussi vous ai-je vue encore moins. « À quoi bon me faire du mal ? » me disais-je. Vous savez, je n'ai jamais cru... non, jamais, que j'avais la moindre chance.

— Vous l'avez laissée passer...
— J'imagine. Et maintenant... c'est trop tard...
— Croyez-vous... Jerome ?
— Je suis dans un état lamentable...

La rougeur qui lui avait donné l'air d'une jeune fille avait disparu. Elle était très pâle quand elle tendit les mains vers lui et lui demanda :

— M'aimez-vous encore ? C'est la seule chose qui importe... votre amour...

Il lui prit les mains et les serra à lui faire mal.

— Les...

C'était son nom et c'était un sanglot.

30

Après avoir quitté Miss Silver, Maggie Pell s'engagea dans l'escalier qui donnait sur l'arrière. Parvenue à l'endroit où il faisait un coude, elle entendit des pas lourds qui montaient. Elle se réfugia dans la salle de bains et vit Judy Elliot accompagnée d'un grand jeune homme blond en civil et d'un inspecteur de police. Une fois en haut, ils empruntèrent le couloir et disparurent. Le bruit de leurs pas mourut, elle entendit ouvrir et refermer une porte. Judy Elliot ne revint pas

Maggie attendit un moment. Une de ses mèches tombait. Elle ôta sa casquette et fit en sorte que rien ne dépassât. S'il y avait une chose qui la rendait maniaque, c'était bien sa coiffure. Gloria pouvait se promener les cheveux au vent, ce n'était pas son style à elle. Aussi lisses que du satin, c'est ainsi qu'elle les aimait. Elle estimait qu'on n'aurait pas dû permettre à certaines filles en uniforme de se montrer avec une coiffure qui partait dans tous les sens.

Une fois satisfaite, elle finit de descendre l'escalier et se dirigea vers la cuisine. À son arrivée, Mrs. Robbins était occupée, mais elle ne pouvait partir sans passer la voir. Elle devait être à la cuisine ou dans la loge du personnel, à côté. Elle entra d'abord dans la cuisine. Il n'y avait personne, mais la porte de l'arrière-cuisine était entrouverte et, dans le fond, elle entendit des voix — celles des Robbins. Maggie aurait préféré la trouver seule, mais on n'a pas toujours le choix.

Elle était au milieu de la cuisine quand elle se rendit compte que le couple se disputait. Rien que de très ordinaire, en fin de compte. Maggie était d'avis que Mrs. Robbins avait été très mal inspirée de se marier et si c'était pour un tel résultat, autant rester célibataire. Faire des concessions était une chose, mais qu'un homme s'impose à vous au point de vous faire abdiquer toute personnalité, c'était insupportable, surtout si vous aviez conscience de votre valeur.

À l'évidence, Robbins était en train de l'accabler de reproches.

— La police est dans la maison! Mr. Jerome leur a donné l'autorisation de fouiller! Du temps de Mr. Pilgrim, ils n'auraient même pas franchi le seuil! Je crois savoir qu'ils sont dans la chambre de Mr. Jerome pour l'instant. « Je leur ai donné l'autorisation, dit-il, et ils peuvent commencer par ma chambre. » Lui, le maître des lieux!

Maggie se sentit tout aussi horrifiée que Robbins. Cela expliquait donc la présence de la police dans les étages. Voir s'étaler le récit d'un meurtre à la une de la presse, on l'acceptait volontiers, mais quand on en arrivait à fouiller toutes les chambres d'une maison telle que Pilgrim's Rest, cela vous ouvrait les yeux, oh que oui! Elle se demanda s'ils oseraient entrer dans toutes les chambres et, si oui, que dirait Miss Netta? Elle entendit Mrs. Robbins émettre un bruit tenant du reniflement et du sanglot. Et puis de nouveau son mari, très en colère.

— À quoi bon? C'est fini, je te l'ai dit!
— Ne parle pas comme ça!
— Je parlerai comme je l'entends, et tu vas m'écouter! J'ai deux mots à te dire : tu vas cesser de pleurer et de gémir à cause d'un mort qui est très bien là où il est!

Son cri aigu lui coupa la parole.
— *Alfred!*
— Laisse tomber tes Alfred! Il a déshonoré ta fille, oui ou non? Il est mort et grand bien lui fasse. Qu'il ne s'en prenne qu'à lui-même. Et toi qui continues à pleurnicher. « Ce pauvre Mr. Henry! »
— Alfred...
Ce fut un hoquet de peur.
Maggie aussi était effrayée. Elle aurait voulu être ailleurs. N'être jamais venue. Mais elle était incapable de s'en aller. Elle entendit Mrs. Robbins se mettre à sangloter amèrement. Puis un coup et un cri de douleur. Elle avança d'un pas ou deux. Il lui était impossible de ne pas réagir devant une femme qu'on traitait de la sorte.
Mais voilà qu'au moment où elle atteignait la porte de l'arrière-cuisine, la voix de Robbins la força à s'immobiliser. Il ne parlait plus aussi fort, mais c'était encore pire.
— La ferme! dit-il. Tais-toi, tu as compris? Je ne veux plus t'entendre! Je t'ai dit que la police me soupçonne et ton comportement ne peut que les conforter dans leur idée. « Pourquoi fait-elle tant d'histoires? se demandent-ils. Est-ce que quelqu'un qui n'aurait rien à se reprocher ferait toutes ces histoires? » Voilà ce qu'ils disent. « C'est à cause de lui... » C'est ce qu'ils penseront. « Et elle, elle sait qui a fait le coup. Et comment le saurait-elle si ce n'était pas son mari? C'est donc lui le meurtrier... » Voilà ce qu'ils vont en conclure. Tu veux qu'on me passe la corde au cou? Tu te comportes exactement comme si tu le voulais. Je te dis qu'ils croient que c'est moi qui ai tué ton maudit Mr. Henry. Je les ai entendus parler dans le bureau, ils en sont persuadés... c'est moi!
Mrs. Robbins cria sauvagement.
— C'était toi? demanda-t-elle. *C'était toi?*
Maggie sentit de la sueur perler à ses tempes. Elle n'aurait pu faire un pas de plus pour sauver sa vie.

Elle entendit Gloria qui l'appelait depuis le couloir.
— Mag... où es-tu ? Maggie !
Elle fit volte-face et s'enfuit en courant de la cuisine.

31

Arrivée en haut de l'escalier, Judy Elliot prit le couloir à droite, précédant Frank Abbott et l'inspecteur vers la porte de la chambre de Jerome Pilgrim. Elle l'ouvrit et les laissa entrer et, ce faisant, elle eut grand soin de les ignorer totalement, comme s'ils étaient porteurs de quelque maladie contagieuse. Elle recula, de peur qu'ils ne l'effleurent au passage.

Il est déplaisant pour un jeune homme amoureux de subir pareil affront. Frank Abbott, tout naturellement, avait une haute opinion de lui-même et les filles qu'il rencontrait à l'occasion, avec lesquelles il flirtait et dansait, n'avaient en rien contribué à la rabaisser. Le comportement de Judy était on ne peut plus exaspérant, car il revenait à dire ceci : « C'est une bien sale besogne de fouiller la chambre des gens et vous êtes un triste personnage de l'accepter. »

Mais, au moment où cette idée le frappa, la colère froide qu'il en éprouva effaça la blessure d'amour-propre : quand il passa devant elle, on aurait pu croire non seulement qu'elle n'était pas là mais qu'il ne l'avait même jamais connue. Il avait un travail à faire, un point c'est tout.

Judy referma la porte avec un sang-froid louable. Elle s'était retenue de la claquer à toute volée, mais elle se souvint qu'elle n'était que la femme de ménage et elle sut se maîtriser. Quand elle fit demi-tour, elle tomba sur Lona Day qui traversait le couloir, en provenance de sa chambre.

— Que se passe-t-il, Judy ?

Sa voix était inquiète, son visage anxieux.

Judy avait le feu aux joues et l'œil mauvais.

— Ils fouillent la maison.

— Oh... c'est extrêmement déplaisant.

— Horrible, oui !

— Mais pourquoi ? Que cherchent-ils ? Qu'espèrent-ils trouver ?

— Je n'en ai pas la moindre idée.

Un enfant de trois ans aurait remarqué qu'elle était en colère et qu'il lui importait peu de se calmer. Miss Day l'observa, songeuse, et dit :

— J'imagine qu'ils ont leur idée. Où sont-ils maintenant ?

— Chez le capitaine Pilgrim.

— Mon Dieu... mais il devrait se reposer...

Les épaules de Judy se contractèrent.

— Il est en bas. C'est lui qui m'a dit de les conduire.

— Oh, mon Dieu, répéta Miss Day, sur le ton de l'impuissance. Mais ils n'iront pas déranger Miss Janetta ?

— Elle est censée demeurer dans la chambre de Miss Columba pendant qu'ils fouilleront la sienne.

Judy commençait à bouillir de rage. Deux hommes en train de mettre leur nez dans les effets personnels d'une lady... de vider ses tiroirs ! Révoltant !

— Mais ce n'est pas Dieu *possible* ! s'écria Lona Day.

Il fallut un bon moment à Judy pour se libérer. Lona se montrait particulièrement efficace dans son rôle d'infirmière, pragmatique, indépendante et disponible sur-le-champ, mais parfois elle avait une façon à elle de vous retenir et de s'accrocher à vous. Judy n'appréciait guère ce genre de personnes, cependant, sauf à se montrer grossier, il est très difficile de s'en débarrasser et il n'était pas dans son caractère de réagir ainsi.

Lona lui tenait la jambe depuis un moment, lui expliquant combien elle était sensible à tout ce qui pouvait avoir un rapport avec le crime ou la police — du moins est-ce ainsi que Judy le formula plus tard —, quand elle trouva enfin assez de ressources pour lui répondre :

— Bien, mais vous n'êtes pas la seule dans ce cas. Et nous avons toutes les deux du travail. Vous feriez mieux d'aller prévenir Miss Janetta qu'on va venir fouiller sa chambre.

Si elle avait cru choquer Miss Day, elle en fut pour ses frais. Elle n'obtint qu'un profond soupir et un regard qui implorait sa compréhension.

— Ma foi, je ne sais trop ce qu'elle va penser. Je ne refuserais pas de changer mon emploi contre le vôtre, croyez-moi.

Judy descendit l'escalier donnant sur l'arrière et alla récupérer dans le placard de la salle de bains tout son attirail de femme de ménage. Quand la police en avait eu terminé avec la chambre de Roger Pilgrim, elle l'avait balayée, juste avant l'heure du déjeuner. Elle se dit qu'il ne serait pas mauvais de se débarrasser de son trop-plein d'émotions en astiquant le parquet. Cela lui permettrait de rester à l'écart de la fouille, car la chambre de Roger se trouvait dans l'aile opposée, et plus elle se tiendrait loin de Frank Abbott mieux elle se sentirait. Elle s'agenouilla et se mit à frotter énergiquement.

Un peu après qu'elle se fut mise à la tâche, Alfred Robbins quitta la cuisine avec l'intention de regagner sa chambre. Il était pâle, comme vidé intérieurement, mais n'avait rien perdu de ses manières policées. Il venait de poser le pied sur la première marche quand il entendit la porte du jardin s'ouvrir au bout du petit couloir qui, après un coude, débouchait au bas de l'escalier. Miss Columba surgit, l'image même de la femme qui porte un fardeau trop lourd pour elle. Elle s'assit sur le banc installé devant la porte sous une rangée de crochets et l'appela, comme il s'en était douté.

— Il va falloir que vous m'ôtiez mes bottes. Je n'y arriverai pas seule.

Dès qu'il avait entendu le bruit de la porte, il avait deviné ce qui se passerait. Il dut afficher un masque de circonstance et faire demi-tour. Mais, quand il la rejoignit, elle n'était plus du tout pressée. Elle restait assise, quelque peu tassée, les épaules contre les manteaux et les imperméables suspendus aux crochets. Il attendit, dominant le sentiment d'impatience qui le gagnait.

— Seigneur, finit-elle par dire. Ce que je suis fatiguée !

Puis, après une pause :

— Quoi qu'on en pense, ce n'est pas si mal d'être un légume, comme certains. Ne pas avoir plus de sentiments qu'un chou. C'est d'être sensible qui vous sape le moral. Vaut mieux pas en avoir, des sentiments.

Robbins fixait le sol. « *Bien d'accord !* » hurlait-il en son for intérieur. Il se savait sur le point d'éclater. Comprenant qu'il ne parviendrait plus à se contenir, il mit un genou à terre et lança :

— Il vaudrait mieux retirer vos bottes !

Mais il ne servait à rien de presser Miss Columba. Il aurait dû le savoir... elle prenait toujours son temps. Elle était comme ça, Miss Collie... les choses se faisaient à son rythme, et peu importait ce que vous éprouviez.

Elle resta à le regarder et il dut se retenir de crier.

Enfin, à sa manière tranquille, elle lui demanda :

— Cela fait combien de temps que vous êtes chez nous... Alfred ?

Elle utilisait très rarement son prénom.
— Trente ans.
— Ce n'est pas rien.

Il y eut un nouveau silence.

— Dommage que nous ne puissions pas revenir en arrière. Mais c'est impossible.

Elle avança un pied.

— Allez... enlevez-moi ces bottes ! Elles pèsent une tonne.

Quand elle eut enfilé ses chaussons, rangés sous le banc, il se dit qu'il allait pouvoir s'éclipser, mais ce n'était pas son jour. L'espagnolette d'une des fenêtres du petit salon était bloquée. Judy Elliot n'avait pas réussi à la faire tourner. Il valait mieux qu'il aille s'en occuper tout de suite, avant qu'on n'oublie.

Il fit de son mieux pour se défiler.

— Mr. Jerome s'y trouve actuellement avec Miss Lesley.

Il ne serait jamais venu à l'esprit de Miss Columba que ces deux-là, dans le petit salon, avaient des choses à se dire et que sa présence risquait de les importuner. Après tout, Lesley et Jerome se connaissaient depuis quarante ans et ils avaient eu tout le temps de se confier leurs petits secrets. Elle entra donc sans frapper, mais peut-être aurait-elle changé d'avis si ses pas ne l'avaient pas trahie, car, même en chaussons, elle fit suffisamment de bruit pour laisser à Lesley le temps de retirer la main que Jerome était en train d'embrasser et de se poster près de l'âtre, où elle resta à contempler les flammes, espérant que ses reflets dissimuleraient la rougeur de son visage. Elle nageait dans un tel bonheur qu'elle avait l'impression que tout son être en était illuminé et que cela ne pouvait échapper à personne. Malgré tout, pour l'heure, elle n'était pas prête à le partager. Cela ne regardait personne d'autre que Jerome et elle — non, pas encore, pas maintenant, surtout pas au moment où ils étaient confrontés à ce drame épouvantable.

Comme Robbins s'approchait de la fenêtre, Miss Columba, après avoir amicalement salué Lesley d'un bref hochement de tête, se mit à reprocher à Jerome de ne pas se reposer dans sa chambre.

Lesley s'était reprise.

— Je dois retourner m'occuper des enfants. Je n'étais venue que pour quelques minutes et Jerome m'a retenue.

Elle ne le regarda pas, mais elle l'entendit se remettre debout.

— Ma chambre est pleine de policiers, tante Collie. J'ai du mal à croire que je pourrais me reposer.

— Des policiers ? Dans ta chambre ?

— Tu leur en as donné l'autorisation, n'est-ce pas ? Et j'ai fait de même.

Elle ne bougea pas, l'air renfrogné, avec son pantalon de velours taché de boue, son grand pull marin qui soulignait sa corpulence. Lesley remarqua que ses mains courtaudes tremblaient. Mais, très rapidement, elles se glissèrent dans les poches de son pantalon qui contenaient un couteau pliant, des bouts de ficelle goudronnée, des étiquettes anciennes, des neuves aussi.

Si ses mains avaient tremblé, c'est d'une voix ferme et bourrue qu'elle reprit :

— Qu'est-ce qu'ils veulent ? Qu'est-ce qu'ils s'imaginent trouver ?

— Je l'ignore.

L'espagnolette était bloquée et Robbins ne parvenait pas à la faire fonctionner. Il entendit Jerome qui gagnait le hall en claudiquant pour reconduire Lesley. Il l'accompagna le long du couloir jusqu'à la porte vitrée qui donnait sur la rue. S'il avait été moins préoccupé, il se serait posé des questions, mais il n'avait qu'une envie : en terminer avec ce stupide problème d'espagnolette et remonter à l'étage pour s'entretenir avec Mr. Jerome, en tête à tête si possible, et s'expliquer franchement avec lui. Il n'en pouvait plus. Si Miss Collie se retirait, il aurait l'occasion de parler à Mr. Jerome quand il reviendrait. Mais Miss Collie ne partait pas. Elle s'incrustait, avec ses vêtements couverts de terre, les mains dans les poches, attendant qu'il en ait terminé avec l'espagnolette. Le meurtre rôdait dans la maison, le Jour du Jugement approchait — l'heure qui verrait lever les secrets de tous les cœurs, et Miss Collie se tenait là, dans l'attente qu'il répare la poignée de la fenêtre ! Il tenta de la tourner avec l'énergie du désespoir, et elle répondit enfin. Miss Collie lui conseilla alors d'y mettre une goutte d'huile pour en rendre le maniement plus facile.

Quand il traversa le hall, il vit que la grande porte était ouverte. Mr. Jerome et Miss Lesley continuaient à converser dans le passage vitré. S'il se hâtait, il aurait une chance de dire un mot à Mr. Jerome avant qu'il ne monte.

Las, quand il revint avec l'huile, la porte était fermée. Miss Collie n'avait pas changé de place, les mains dans les poches, l'air soucieux.

Pourtant, elle ne le libéra pas. Pourquoi ne pas en profiter pour huiler les autres poignées et s'assurer de leur fonctionnement ? Il s'avéra que l'une d'entre elles était aussi difficile à tourner que la première. Il dut demeurer sur place et la dégripper tandis qu'elle avait l'œil sur lui. C'était étrange, sa façon de vous observer comme s'il n'y avait personne. Cela ne signifiait rien, Miss Collie était ainsi. Mais cela lui donna à penser. Les secrets de tous les cœurs — il n'avait pas franchement apprécié quand il avait entendu lire cette phrase. Les pensées intimes d'un homme lui appartenaient en propre. Mais l'attitude de Miss Collie ne signifiait rien, c'était sa manière d'être.

L'horloge du petit salon, un objet émaillé, à dominante rose, avec des angelots dorés, indiquait quatre heures moins le quart quand il put enfin se libérer et gagner les étages. À ce moment-là, Frank Abbott et l'inspecteur se trouvaient au dernier, occupés à fouiller sa propre chambre. L'enquête devait établir qu'il vint frapper à la porte de la chambre de Mr. Jerome Pilgrim mais ne put s'entretenir avec celui-ci. Il se rendit ensuite dans la pièce mansardée d'où était tombé Roger Pilgrim, deux jours plus tôt très exactement.

Entre quatre heures moins dix et quatre heures moins cinq, il fit une chute de la même fenêtre et connut une fin identique.

32

Frank Abbott et l'inspecteur de Ledlington entendirent un cri, immédiatement suivi par le bruit d'un corps qui s'écrasait. Ils avaient sorti les tiroirs de la commode se trouvant dans la chambre des Robbins et les avaient empilés les uns sur les autres, entre eux et la fenêtre. L'inspecteur s'érafla le tibia contre le tiroir du haut de la pile et le renversa. Il leur fallut les déplacer pour atteindre la fenêtre dont ils durent ensuite ouvrir les croisées.

À ce moment, Judy Elliot regardait par la fenêtre de l'étage du dessous, les yeux fixés sur le corps d'Alfred Robbins, étendu parmi les iris, là où on avait retrouvé Roger Pilgrim. Pell était penché sur lui.

— Ça, il est mort, pas de doute, dit-il.

— Ne le touchez pas! cria Abbott. Ne touchez à rien! Nous descendons.

Il recula et se précipita vers la porte.

Mais elle était fermée à clef. Le regard de Frank resta fixé sur la serrure tandis que son collègue ne le quittait pas des yeux. Il n'y avait pas de clef à l'intérieur.

L'inspecteur de Ledlington se pencha pour regarder par le trou de la serrure.

— Elle y est, de l'autre côté. C'est bizarre. Elle

était à l'intérieur quand nous sommes entrés... j'en mettrais ma main au feu.

Frank acquiesça de la tête.

— Je le crois aussi, mais je ne le jurerais pas. Vous n'avez pas entendu la porte s'ouvrir, n'est-ce pas ?

L'inspecteur se redressa.

— Nous n'aurions pas... si cela s'était passé au moment où nous déplacions ces papiers.

Le contenu du tiroir du bas était éparpillé sur le sol — vieux papiers, coupures de presse jaunies — provenant du *Pioneer* et de *Civil and Military* —, journaux indiens, rappelant l'actualité d'il y avait trente ans, lors de la Première Guerre, rien de postérieur à 1918. Le tout faisait une sorte de vague matelas pour les chemises de l'occupant de la pièce. Et, dessus, là où Frank l'avait jeté, un portefeuille de cuir marron.

Frank lui accorda son attention tandis que l'inspecteur prenait son élan pour donner un coup de pied à la porte. Il entendit la serrure craquer au moment où il se penchait pour prendre l'objet, le tenant délicatement au travers du mouchoir qu'il avait laissé tomber près de lui. S'il s'agissait bien de ce qu'il croyait, il n'y avait rien de mystérieux à la mort d'Alfred Robbins. La plupart des hommes préféraient sauter d'une fenêtre que se balancer au bout d'une corde.

Il noua les coins du mouchoir et suivit l'inspecteur dans l'escalier tortueux.

Pell ne s'était pas trompé : Robbins était mort. Mais il fallait l'établir officiellement, faire un rapport et ouvrir un dossier. La procédure habituelle. L'inspecteur de Ledlington utilisa le téléphone de Pilgrim's Rest pour donner ses instructions. N'importe qui passant dans le couloir ou se tenant à l'autre bout du hall aurait pu l'entendre parler dans le bureau. Une voix très ferme, un peu grinçante, mais qui s'en tenait aux faits, comme s'il ne s'était agi que d'un travail de routine.

— Est-ce que le commissaire est là?... Oui, passez-le-moi... Smith à l'appareil, monsieur. Nous avons un autre mort... Oui, le majordome, Robbins... suicide... Oui, par la même fenêtre que le major Pilgrim... Non, rien n'a été touché, l'inspecteur Abbott et moi-même étions dans la pièce voisine quand c'est arrivé... Vous allez venir?... Très bien, monsieur.

Dans notre XXe siècle, le meurtre se plie à l'étiquette comme un monarque. Toutes les entrées et sorties sont soigneusement établies. Le médecin légiste, le photographe, le spécialiste des empreintes font leur révérence et jouent leur rôle.

Randal March joua le sien. Une fois de plus, il s'installa dans le bureau pour entendre les rapports et poser des questions. Pour commencer, il écouta les deux inspecteurs, Smith le premier.

— Nous avions fini de fouiller la chambre du capitaine Pilgrim. Rien de suspect. Nous sommes ensuite montés dans la chambre mansardée, où nous aurions dû commencer si le capitaine Pilgrim ne nous avait pas demandé de nous intéresser d'abord à la sienne afin qu'il puisse y retourner... vu son état, cela nous a paru raisonnable.

— Depuis combien de temps vous y trouviez-vous au moment de la chute? s'enquit March.

L'inspecteur se tourna vers Frank Abbott :

— Dix minutes?

Frank hocha la tête.

— À peu près.

Smith poursuivit.

— Nous avions sorti les tiroirs de la commode. Celui du bas était rempli de vieux journaux et de coupures de presse, ce qui pourrait expliquer pourquoi nous n'avons pas entendu quand il nous a enfermés.

— Enfermés! s'exclama March.

— Oui, monsieur. Nous sommes certains que la clef était à l'intérieur quand nous sommes entrés. Il a dû s'approcher, ouvrir sans bruit, découvrir ce que nous faisions et passer la main pour attraper la clef. Puis il a refermé, nous a bouclés à l'intérieur, s'est rendu dans la pièce voisine et s'est jeté dans le vide. Il savait que son compte était bon mais il a eu le cran d'ouvrir la porte et de s'emparer de la clef comme ça.

Frank Abbott intervint du ton détaché qui lui était habituel.

— J'imagine que, lorsqu'il nous a vus, il a compris qu'il était coincé. Je ne crois pas que son suicide était prémédité, ou il ne se serait pas approché si près de nous. Il était mort de peur... au point de ne pouvoir s'empêcher de venir voir ce qui se passait et alors, il aura compris qu'il était fait. Je ne pense pas qu'il avait prévu de fermer la porte à clef. Cela a été un réflexe, pour lui donner le temps d'accomplir son geste. Après ce qu'il a dû voir, il y était contraint, d'une façon ou d'une autre.

— Qu'a-t-il vu ? demanda March, tranchant.

Frank Abbott était en train de dénouer les coins d'un mouchoir. Quand il en eut terminé, il se pencha au-dessus du bureau et posa précautionneusement le carré de tissu sur le sous-main. On découvrit alors un portefeuille d'homme, en cuir marron, avec les initiales HC gravées à l'or fin.

— HC, répéta March à voix haute.

— Henry Clayton, précisa Frank Abbott... le portefeuille disparu.

— Un portefeuille avait disparu ?

— Oui, Roger en avait parlé à Miss Silver. Le vieux Mr. Pilgrim avait remis cinquante livres à Henry en cadeau de mariage. En liquide, ici même, et Henry avait sorti son portefeuille afin d'y mettre l'argent — un portefeuille en cuir marron avec ses initiales. Roger était présent, ainsi que Robbins.

— Où l'avez-vous trouvé ?

Smith prit le relais.

— Derrière les tiroirs de la commode. Vous savez que dans une commode de bonne facture les tiroirs glissent jusqu'au fond mais celle-ci avait fait son temps et la partie arrière du tiroir du bas était en miettes... rongée par les vers. Le portefeuille s'était coincé dans le cadre de la commode, derrière le fond du tiroir.

March l'observa, posé sur le mouchoir déplié.

— D'accord, mais pourquoi l'a-t-il conservé ?

Il leva brusquement les yeux et crut voir un vague point d'interrogation dans les yeux bleu clair de Frank Abbott. Sans trop savoir pourquoi, cela le mit mal à l'aise.

Mais Smith avait une explication.

— C'est bien les meurtriers, ça. Extraordinaire, tout ce qu'ils gardent. Ce Robbins... cela fait combien de temps que Mr. Clayton a été tué... trois ans, n'est-ce pas ? Et Robbins, qui passe une bonne partie de son temps à entrer et sortir d'une cuisine où il y a toujours une bonne flambée, tout ce qu'il avait à faire était de balancer le portefeuille dans le fourneau, un soir que sa femme était montée se coucher. Mais non, il le garde, cet imbécile, et le planque dans son tiroir avec tous ces vieux journaux. Il ne les lisait sans doute jamais et ne s'est pas rendu compte que le portefeuille avait disparu. Mais, quand il l'a vu, bien en évidence sur le contenu du tiroir que nous venions de fouiller, il a compris qu'il était fichu. Qu'un seul membre de la famille puisse le reconnaître sous serment... et tous ceux qui sont encore en vie le pouvaient... c'était la corde assurée pour lui, pas vrai ?

— Il est vide, j'imagine, dit March.

— Il semblerait, répondit Abbott. J'ai pensé qu'il valait mieux chercher des empreintes avant de l'ouvrir.

Il reçut un bref hochement de tête d'assentiment.

— C'était dans quel état, derrière les tiroirs ?

demanda soudainement March. S'il y avait des vers, on devrait trouver de la poussière.

— Je ne vous le fais pas dire. Vous auriez vu nos mains! renchérit Smith. Pas seulement de la poussière de bois... des toiles d'araignées et tout le reste. Sans doute à cause du manque de personnel dans une maison si grande. Normalement, tous ces tiroirs devraient être nettoyés à fond chaque printemps, ainsi que le cadre de la commode, mais on voyait que rien n'avait été fait depuis des années.

— Alors, pourquoi le portefeuille est-il si propre?

— Peut-être qu'il n'était pas depuis longtemps là où nous l'avons trouvé... j'aurais tendance à le croire. Voyez-vous, il y avait ces journaux, et les chemises dessus. Il ouvrait et refermait le tiroir chaque fois qu'il lui en fallait une. À force, le portefeuille a pu être poussé vers l'arrière. Et disons qu'un jour, quand sa femme rangeait son linge, il aura glissé par-dessus le côté cassé du tiroir, tout au fond.

— Y avait-il de la poussière dessus?

March regarda Frank Abbott qui lui répondit en secouant la tête.

— Propre comme un sou neuf.
— Cela faisait donc peu de temps qu'il était là.
— Oui.

March renoua les coins du mouchoir.

— Bon, c'est tout ce que nous pouvons savoir avant que Redding ait étudié les empreintes. Smith, il vaudrait mieux lui remettre le portefeuille sur-le-champ... Ah, encore une chose. Combien de temps s'est-il écoulé entre le cri et la chute et votre sortie de la pièce?

— C'est difficile à préciser... deux, peut-être trois minutes. Qu'en pensez-vous, Abbott?

Frank hocha la tête.

— Nous étions dos à la porte, à mi-chemin de celle-ci et de la fenêtre.

— Mais n'importe qui ouvrant la porte aurait aperçu le portefeuille ?

— Certainement. C'est grand, pour une pièce mansardée, et rien ne gêne la vue. Nous étions tous les deux agenouillés. J'avais posé le portefeuille sur un mouchoir et m'apprêtais à le nouer et Smith était à moitié entré dans la commode débarrassée de ses tiroirs, en train d'en palper les recoins. Nous avons dû nous mettre debout, et la pile des tiroirs encombrait le passage... Smith s'est éraflé le tibia et a fait tomber un tiroir. Il nous a fallu aller à la fenêtre et l'ouvrir. Judy Elliot se penchait à celle de l'étage du dessous et Pell était près du corps. Nous lui avons parlé et c'est après seulement que nous nous sommes aperçus que nous étions enfermés. J'ai ramassé le portefeuille, noué le mouchoir et Smith a cassé la serrure d'un coup de pied. Trois bonnes minutes, dirais-je.

— Oui, sans doute. Et vous n'avez aucune idée du moment où on aurait fermé la porte à clef ?

— Pas la moindre... mais très probablement pendant que nous déplacions les journaux.

— Oui. Bon. Avez-vous fini la fouille de la chambre ?

— Oui, en vous attendant. Smith est resté avec le cadavre pendant que je continuais là-haut. J'ai pensé que Mrs. Robbins voudrait monter. On enfonçait jusqu'aux chevilles dans tout ce qui traînait par terre.

— Vous avez trouvé autre chose ?

Frank tendit une enveloppe renflée.

— Ça... au fond du tiroir de la table de toilette. Pas l'enveloppe, c'est pour protéger...

Par le rabat ouvert, on distinguait une petite boîte en carton ressemblant à une boîte d'allumettes.

— Elle contient des boulettes verdâtres, comme celles que vous nous aviez demandé de chercher.

— Bref, il ne manque rien ! s'écria March plutôt sombre. Très bien, Redding doit s'en occuper. Et ensuite, ça partira au labo... mais on dirait que Miss Silver avait joliment deviné.

— Croyez-vous qu'il ne s'agisse que d'intuition? demanda Frank. Mon supérieur la soupçonne... je ne dirais pas de pratiquer la magie noire, car il a véritablement un respect inhabituel pour sa personne, mais, parfois, je crois qu'il ne serait pas surpris de la voir s'envoler par la fenêtre sur un balai.

March s'autorisa un petit rire.

— Ça m'est arrivé à moi aussi! Le fait est qu'elle parvient à très bien connaître les gens... elle les étudie de l'intérieur alors que nous ne distinguons que l'extérieur, un simple vernis, parce que au moment où nous intervenons, tout le monde met un masque. Nous ne voyons pas les gens tels qu'ils sont... contrairement à elle. D'ailleurs, où est-elle?

Frank leva une main.

— Avec Mrs. Robbins. La détective s'est muée en ange consolateur! Et elle y excelle aussi bien. « L'âge ne peut la flétrir ni l'accoutumance épuiser son infinie variété[1]. »

March cette fois s'accorda un sourire.

— Et je me demande qui de Cléopâtre ou de Miss Silver serait la plus surprise par la comparaison... Très bien, Smith, donnez ce portefeuille et cette enveloppe à Redding et faites-les-moi parvenir quand il aura fini. Je ne pense pas qu'il reste quelque chose à l'intérieur, mais allez savoir. Et priez aussi Miss Elliot de venir. Je vais l'interroger.

Frank s'appuya contre le manteau de la cheminée. Qu'on s'attendît à ce qu'il reste était on ne peut plus clair et il n'avait aucune intention de se retirer. Il était ici pour son travail et il était décidé à le mener à bien.

---

1. Shakespeare, *Antoine et Cléopâtre,* II, 2. (*Œuvres complètes,* t. II, la Pléiade, 2002, traduction de Jean-Michel Déprats et Gisèle Venet.) *(N.d.T.)*

Il conclut, rapidement et non sans amertume, que si Judy n'appréciait pas elle devrait s'y faire.

L'intervention de Randal March mit un terme à ces plaisantes pensées.

— Pourquoi Robbins a-t-il laissé ce portefeuille dans un endroit où vous étiez obligés de le trouver ? Il savait qu'on fouillait. Vous étiez... combien de temps êtes-vous restés dans la chambre de Jerome Pilgrim ?

— Vingt minutes pour le moins... peut-être plus.

— Alors, pourquoi Robbins n'est-il pas monté dans sa chambre pour se débarrasser de cet objet qui l'accusait ?

— Eh bien... il a pu ne pas le trouver et ne pas avoir l'idée de chercher au bon endroit. Ou croire que quelqu'un l'avait pris... sa femme par exemple. J'ai entendu dire qu'elle a pleuré toutes les larmes de son corps sur Henry Clayton. Je crois qu'il l'aurait suspectée en premier, et qu'il aurait espéré qu'elle l'avait détruit. Je pense enfin qu'il préférait ne pas faire de vagues. À votre avis ?

— Je ne sais pas... ça se pourrait...

— Quant au fait de monter à l'étage pendant que nous étions dans la chambre de Jerome, il a essayé, mais Miss Columba l'a harponné et lui a demandé de s'occuper de poignées de fenêtres dans le petit salon. Jerome s'y trouvait avec Lesley Freyne, entre quatre heures moins vingt et quatre heures moins dix, dirais-je. Lesley est partie, Jerome a regagné sa chambre, où nous venions d'en terminer, et Robbins a achevé son travail dans le salon. Puis il est monté et a frappé à la porte de Jerome. Lona Day a ouvert et lui a demandé la raison de sa présence. Il voulait s'entretenir avec Mr. Jerome. Elle a répondu que c'était impossible, qu'il devait se reposer, ce qu'il était en train de faire. Bref, l'infirmière qui défend son malade et pas question de l'approcher ou il faudra me passer sur le corps. J'ignore ce qu'il voulait dire à Jerome, mais c'est resté un secret. Alors Robbins a gagné son étage, nous a enfermés et s'est jeté par la fenêtre de la pièce voisine.

— Dommage que Jerome ne lui ait pas parlé, regretta March.

— Oui. La TSF passait de la musique douce et elle voulait qu'il se repose. Bien sûr, il a entendu frapper mais je ne crois pas qu'il y ait fait très attention. Elle est allée à la porte, puis dans sa propre chambre. Elle a fait des allers et retours pour lui apporter son thé. Elle désirait qu'il le prenne à quatre heures, puis se détende jusqu'à l'heure du dîner.

33

La porte s'ouvrit et Judy entra. Elle avait ôté sa blouse et portait une jupe et un chandail bleu marine. Ses mains étaient d'une propreté impeccable. On distinguait de petites taches sombres sous ses yeux. Elle évita de regarder Frank, mais il eut une manière insistante et glacée de la fixer qui ne dut pas la laisser insensible. Elle n'aurait pu pâlir, car son teint était très blanc. Elle ne baissa pas la tête.

March se montra très gentil avec elle. Il la fit asseoir et lui dit :

— Je crains que tout cela ne soit guère agréable. Je ne vous retiendrai pas longtemps. Je crois que vous avez entendu Robbins quand il a crié et a chuté?

— Oui, se contenta-t-elle de répondre.

— Où vous trouviez-vous, Miss Elliot?

— Dans la chambre du major Pilgrim.

Elle rosit un peu.

— Celle qu'il utilisait. La police m'avait dit que je pouvais la nettoyer, ce que je faisais.

— Bon, vous l'avez entendu. N'était-ce qu'un cri? Pas de mots?

— Je ne sais pas, dit-elle.

Elle était devenue très pâle.

— Cela peut paraître idiot, mais... je n'en sais rien du tout. Ç'a été un tel choc.

Son regard restait fixé sur le visage du policier.

— Si vous me demandez si j'ai entendu des paroles, je vous répondrai par la négative.

Il considéra qu'elle se montrait consciencieuse et intelligente.

— Qu'avez-vous fait?

— Je me suis précipitée vers la fenêtre pour l'ouvrir. J'ai aperçu quelqu'un étendu sur les pavés et j'ai été prise de vertige. Après, je me souviens que j'étais agenouillée sur le parquet, près de la fenêtre, et que Pell traversait le jardin en courant. « Qui est-ce ? » lui ai-je crié, mais je ne sais pas pourquoi, parce que je l'avais reconnu, à cause de sa veste en lin. « C'est Robbins ! » m'a répondu Pell. Je lui ai demandé s'il était mort et il m'a lancé : « Tout ce qu'il y a de mort ! »

— Qu'avez-vous fait ensuite?

— L'inspecteur Abbott et l'inspecteur Smith ont crié depuis l'étage du dessus et j'ai couru vers le petit salon pour prévenir Miss Columba.

— Était-elle seule?

— Oui.

— Où se trouvaient les autres?

— Miss Janetta était dans son lit. Quand je suis arrivée en haut de l'escalier, Miss Day est sortie de la chambre du capitaine Jerome. Je suppose que je paraissais bouleversée, parce qu'elle est venue à ma rencontre dans le couloir pour me demander s'il se passait quelque chose. Je l'ai informée des événements et elle m'a dit avoir cru entendre un cri, mais la TSF fonctionnait et elle n'en était pas sûre.

— Merci, Miss Elliot.

March prit ensuite la déposition de Pell.

Le vieil homme entra d'un pas lourd. Son visage carré, marqué par le passage du temps, était surmonté d'une abondante toison grise. Ses cheveux, qui avaient été aussi roux que ceux de Gloria, étaient encore tout aussi épais et bouclés. Il s'était nettoyé les mains en les essuyant sur son pantalon de velours. Ses petits yeux vert-noisette pétillaient à l'idée d'affronter les autorités. « Moi, la loi, j'l'ai toujours respectée, alors elle m'fait pas peur », voilà comment on aurait pu traduire son état d'esprit. Il se planta résolument devant le bureau et, l'œil toujours aussi vif, regarda le commissaire bien en face. Que March s'adressât à lui franchement n'allait en rien le changer, pas plus que s'il avait cherché à l'intimider. Il était honnête, dans son bon droit et il les connaissait, ces policiers.

Il se trouvait de l'autre côté du jardin, en train de désherber. Il avait entendu crier, ainsi que le bruit du corps. Le temps qu'il se retourne, et Robbins était étendu sur les pavés. Il s'était précipité.

— Et voilà que Miss Elliot passe la tête par la fenêtre de la chambre de Mr. Roger et me lance : « Est-ce qu'il est mort ? » Alors moi je réponds : « Tout ce qu'il y a de mort ! » Après, ça a été le tour des inspecteurs de se montrer à la fenêtre de la chambre de Robbins, pour me hurler de toucher à rien, ce que j'avais fait, sauf pour vérifier s'il vivait encore ou non.

— Vous n'avez remarqué personne aux autres fenêtres ?

— Il n'y avait personne et d'ailleurs j'aurais pas pu l'voir, au cas où. Je courais, n'est-ce pas, et je regardais le cadavre, d'accord ? Vous regardez pas les fenêtres quand vous avez un cadavre à vos pieds sur le pavé.

Il n'avait rien d'autre à ajouter.

— Oui, j'imagine, conclut March avant de le laisser partir.

Il vit ensuite Lona Day, grave, préoccupée, mais pas au point de voir s'altérer son teint ou son maquillage délicat. Alors que Judy avait offert un visage dont la pâleur ne lui allait pas du tout, Miss Day était discrètement poudrée. Elle n'avait pas abusé du rouge à lèvres, mais on voyait qu'elle venait de s'en remettre. Une robe simple et noire avec un col blanc sévère donnait l'impression qu'elle portait un uniforme, qui lui seyait particulièrement bien. Son attitude voulait témoigner de sa sympathie pour la famille et montrer qu'elle partageait son angoisse. March se souvint que lors de leur entretien précédent il l'avait trouvée intelligente et capable de s'exprimer avec précision.

— Où étiez-vous au moment de la chute, Miss Day ?

— Ma foi, monsieur le commissaire, je ne sais trop quoi vous dire. Voyez-vous, le capitaine Pilgrim avait allumé la TSF et je faisais la navette entre sa chambre, la mienne et la salle de bains, et je n'ai pas prêté attention à l'heure. Vous savez ce que c'est quand on est très occupé. Il devait être quatre heures moins le quart, disons, quand je suis sortie de la chambre du capitaine Pilgrim et que j'ai vu Robbins.

— Quand vous dites l'avoir vu, qu'entendez-vous par là exactement ?

Ses yeux, qui tiraient sur le vert, se posèrent sur lui. Il se prit à songer qu'ils étaient d'une couleur peu courante, qui ne manquait pas de charme.

— Il a frappé à la porte, répondit-elle aussitôt, et j'ai ouvert.

— Qu'a-t-il dit ?

— « J'aimerais parler avec Mr. Jerome. »

— Et qu'avez-vous répondu ?

— D'attendre que le capitaine se soit reposé. Il s'était déjà beaucoup trop agité, à mon goût, et je ne voulais pas qu'il voie quiconque avant d'avoir vraiment récupéré. En fait, j'avais hâte d'aller lui chercher son thé.

— Est-ce dans vos habitudes ?

Elle secoua la tête.

— Non. Très souvent, il descend ou se le fait

apporter dans sa chambre. Miss Elliot ou Robbins s'en chargeaient, sinon, je le faisais. Il n'y a pas de règle particulière. Mais il m'arrivait de lui préparer un thé... les infirmières en ont l'habitude, vous savez. Je dispose d'un réchaud à alcool dans la salle de bains et je garde toujours une provision de thé, de chocolat et de lait en poudre, avec des biscuits, dans un placard. Miss Janetta aime boire un chocolat avant de s'endormir et à son réveil, et je m'en occupe.

— Bien, vous étiez sur le point de préparer le thé du capitaine Pilgrim. Est-ce que Robbins a dit quelque chose d'autre ?

— Oui, « Je veux le voir en tête à tête », à quoi j'ai répondu : « Il vous faudra patienter. Personne ne lui parlera avant qu'il ne soit reposé. » Il est parti et je l'ai entendu emprunter l'escalier. Je suppose qu'il se rendait dans sa chambre.

— Êtes-vous revenue dans la chambre du capitaine Pilgrim ?

— Une minute, pas plus. Je lui ai dit que j'allais lui apporter son thé. Je suis entrée dans la salle de bains et j'ai mis la bouilloire sur le feu.

— Et où vous trouviez-vous au moment de la chute, Miss Day ?

— Eh bien, je n'en sais rien, parce que je ne l'ai pas entendue.

— Vous n'avez pas entendu le cri, ni le bruit du corps ?

— Non.

— Comment l'expliquez-vous ?

— La fenêtre de la salle de bains donne sur le côté de la maison, et la plomberie est ancienne. Je venais de faire couler de l'eau pour remplir la bouilloire et les tuyaux sont très bruyants. Mais, bien sûr, je ne sais pas si je me trouvais dans la salle de bains au moment de la chute. J'aurais pu être dans ma chambre, dont les fenêtres donnent sur le devant.

— Mais celles du capitaine Pilgrim ouvrent sur la cour du jardin.

— Deux, oui. C'est une chambre d'angle. Une autre fenêtre donne sur le côté de la maison.

— Selon vous, pourquoi le capitaine Pilgrim n'a-t-il rien entendu ?

— Sa TSF était allumée. Mais je pense qu'il a entendu, parce que, quand j'y suis retournée... après, n'est-ce pas... il m'a dit : « Que s'est-il passé ? Quelqu'un a crié ? » J'ai donc estimé préférable de le lui dire.

— Comment l'avez-vous appris, Miss Day ?

— Par Judy Elliot. Je l'ai croisée dans le couloir et elle paraissait si choquée que je me suis approchée pour lui demander si quelque chose n'allait pas.

March se tourna vers Frank Abbott.

— Vous avez noté la déposition de Miss Elliot. N'a-t-elle pas dit que Miss Day croyait avoir entendu un cri ?

— Si, monsieur.

— C'est exact, Miss Day ?

— Oh, oui, c'est ce que je lui ai dit. Mais, voyez-vous, je n'en suis pas certaine... je ne pourrais le jurer, vraiment pas. Et plus j'y réfléchissais, plus je me disais : « Bon, ce n'est peut-être que ton imagination », parce que, franchement, je n'y ai pas repensé avant que Judy ne m'apprenne qu'il y avait eu un autre accident.

Elle regarda March d'un air suppliant.

— Je vois, dit le commissaire. Miss Day, demanda-t-il soudain, vous est-il arrivé de soupçonner Robbins de faire usage de drogues ?

Elle le considéra, quelque peu effrayée. Le mot s'inscrivit dans son esprit — elle était effrayée, pas surprise.

— Mon Dieu ! s'exclama-t-elle. Oh, cela m'ennuie d'avoir à vous répondre, ajouta-t-elle.

— Je crois qu'il le faut. Je ne vous demande pas s'il prenait une... ou plusieurs drogues. J'aimerais savoir s'il vous est arrivé de le soupçonner d'en prendre.

Quand elle lui répondit, ce fut d'une voix apparemment soulagée.

— Ma foi, oui.

— Pensiez-vous à une drogue en particulier ? Si oui, qu'est-ce qui a éveillé vos soupçons ?

Elle parut désorientée.

— Il m'avait parlé de haschisch. Le *Cannabis indica,* vous savez, sauf qu'il utilisait le terme indien, *bhang*. Il avait vécu en Inde.

— Vous aussi, me semble-t-il ?

— Oui... c'est ce qui l'avait amené à m'en parler.

— Qu'a-t-il dit ?

— Il voulait savoir si j'en avais déjà consommé. Selon lui, son usage vous procurait des rêves merveilleux. Bien sûr, je l'ai prévenu des dangers qu'il courait, ajoutant que c'était un produit interdit dans notre pays.

— Quelle a été sa réaction ?

Miss Day frissonna légèrement.

— Il m'a regardée d'une manière assez bizarre, m'affirmant qu'il ne fallait pas croire qu'il en utilisait. Mais, parfois, c'était réconfortant de savoir qu'on disposait d'un produit qui vous permettait de dormir. Je me suis sentie désolée pour lui, parce que je n'ignorais pas que lui et sa femme avaient des ennuis à cause de leur fille. Je me suis donc contentée de le mettre en garde une nouvelle fois, avec le plus grand sérieux. Je ne l'ai répété à personne.

— Quand a eu lieu cette conversation ?

— Oh, cela fait longtemps... peu après mon arrivée, il y a trois ans.

— Avant ou après la disparition d'Henry Clayton ?

Elle prit le temps de réfléchir.

— Après, il me semble, dit-elle. Mais très peu de temps après.

— Miss Day, vous est-il arrivé de voir Robbins alors qu'il était sous l'influence du haschisch ?

De nouveau, elle réfléchit longuement. Elle finit par répondre, hésitante :

— Il avait parfois un comportement plutôt étrange. Je ne saurais affirmer que c'était à cause d'une drogue.

— Quel est l'effet du haschisch ?

Elle continua à hésiter.

— C'est un... narcotique...

— Mais qui favorise l'activité onirique ?

— Oui, je le crois.

— Peut-il, parfois, agir comme un excitant ?

— Je l'ai entendu dire... mais je ne suis pas vraiment experte en ce domaine.

— S'il provoque des rêves agréables, ne pourrait-il aussi être à l'origine de cauchemars ?

— Je suppose.

— Ne l'avez-vous jamais entendu dire ?

— Eh bien... si...

— Miss Day, n'avez-vous jamais envisagé que les crises du capitaine Jerome Pilgrim puissent être provoquées par l'administration d'une drogue telle que le haschisch ?

Elle se récria aussitôt.

— Ne dites pas cela ! C'est horrible !

— Ne l'avez-vous jamais envisagé ? D'après mes informations, il en montrait tous les symptômes — sommeil lourd, dont il était tiré par d'effroyables cauchemars avant de sombrer dans une hébétude rien moins que normale. C'est bien cela, n'est-ce pas ?

— Oui, mais... c'est horrible... c'est cruel !

— N'avez-vous rien soupçonné de la sorte ?

Elle semblait considérablement affligée.

— Non... pas avant sa dernière crise. Il est vrai

qu'à mon arrivée j'ai pensé que cela pouvait être dû au calmant qu'on lui donnait à l'occasion. Je me suis demandé s'il le supportait bien et le Dr Daly en a changé. Par la suite, les crises ont momentanément disparu. Mais, lors de la dernière, je me suis interrogée, j'ai eu un doute... non, ce n'était pas aussi tranché... je ne parvenais pas vraiment à l'envisager... je ne voyais aucun mobile... oui, pourquoi ? Mon Dieu, j'espère de tout cœur que ce n'est pas vrai !

— Robbins aurait-il eu l'occasion de lui administrer ce genre de drogue ? Vous venez de dire que, parfois, le capitaine Pilgrim prenait son thé dans sa chambre. Faisait-il de même pour son dîner ?

— Oui, toujours... sauf s'il descendait.

— Je suppose qu'on aurait pu mettre la drogue dans n'importe quel plat très épicé ?

Les yeux de Lona étaient emplis de larmes. Elle sortit un mouchoir pour les sécher.

— Oh oui, je crois que oui.

Elle continua à se tamponner les yeux.

— Excusez-moi, mais cela me semble tellement cruel. Je ne parviens pas à y croire !

— Quoi qu'il en soit, fit March sèchement, nous ne parviendrons jamais à le prouver. Maintenant, nous verrons si les crises cessent.

Elle grimaça un sourire et dit :

— Ce serait merveilleux !

March ne la retint pas.

34

Alors qu'elle montait l'escalier principal, Lona Day rencontra Miss Silver qui descendait. Elle s'arrêta pour s'inquiéter de l'état de Mrs. Robbins et exprima sa joie de la savoir couchée et endormie.

— Judy est auprès d'elle.

— C'est très gentil, dit Lona Day. Mais Judy est gentille, n'est-ce pas?

Elle s'attarda, comme si elle avait envie de continuer à parler, mais, ne recevant aucun encouragement dans ce sens, car Miss Silver demeurait silencieuse, elle porta la main à sa tête et dit :

— Quelle journée! J'ai l'impression qu'il s'est écoulé toute une année depuis ce matin. J'espère que Miss Netta se repose, elle aussi... cela lui fera du bien. C'est si triste qu'elle et sa sœur ne puissent pas s'entraider. Bien, je dois retourner m'occuper de mon véritable malade, le capitaine Pilgrim. Ces policiers ne vont pas tarder à venir le voir. Certes, il est formidable, mais je ne peux m'empêcher d'être inquiète pour lui.

Quel dommage que Frank Abbott ne fût pas là, car il aurait entendu Miss Silver lancer une de ses maximes! Après un toussotement, elle fit remarquer que l'anxiété créait une atmosphère fort peu propice à la guérison. Sur ce, elle poursuivit son chemin.

Lona Day trouva son malade en train de téléphoner du poste de sa chambre. Il s'exprimait avec chaleur. Au moment où elle entrait, il dit :

— Oui... alors à tout à l'heure. J'appellerai dès qu'ils seront partis.

Il raccrocha et, quand il se tourna, il croisa un regard gentiment chargé de reproches.

— Vous savez que vous ne devriez pas... vraiment pas.

— Et pourquoi pas ? Si vous croyez qu'on se repose en restant immobile à ne rien faire alors que la maison est sens dessus dessous, eh bien, c'est que votre formation laisse à désirer. Je ne suis plus vraiment malade, maintenant.

Il vit des larmes apparaître dans ses yeux.

— C'est juste que... vous allez penser que c'est stupide de ma part, mais vous avez fait tant de progrès... je ne veux pas que vous rechutiez. Il ne faut pas essayer de courir avant de pouvoir marcher, voilà.

Les yeux verts mouillés de larmes croisèrent les siens.

— Cela signifie-t-il que vous ne voulez plus de moi ?

Cela faisait trois ans et demi que Jerome Pilgrim était souffrant, mais, auparavant, pendant près de vingt ans il avait été un homme de belle prestance, qui ne manquait pas de charme. Il savait reconnaître un terrain émotionnel dangereux. Il lui répondit d'une voix amicale, très calme.

— Ma chère Lona, vous êtes une trop bonne infirmière pour dire une chose pareille. Vous ne désirez pas que je reste malade, afin de pouvoir continuer à vous occuper de moi, n'est-ce pas ? Perdre un malade ne signifie pas nécessairement perdre un ami.

— C'est ce qu'ils disent tous, l'entendit-il souffler entre ses dents.

Puis, avec plus d'entrain :

— Vous savez bien ce que je voulais dire ! Vous ne pouvez pas penser cela !

Il sourit.

— Vous avez raison.

— N'envisagez plus jamais rien de la sorte. Personne au monde ne désire plus que moi vous voir recouvrer la santé. Vous savez, au début, j'estimais que vous n'y parviendriez pas. Mais une infirmière ne doit pas laisser transparaître de tels sentiments et, quand votre état a commencé à s'améliorer, j'en ai été vraiment heureuse. Et puis, les choses ne se sont pas passées aussi vite que je l'espérais, mais je n'ai pas perdu espoir.

Jerome eut le sentiment désagréable que l'émotion ne retombait pas du tout. Il fit un nouvel effort.

— Nous devons tous nous montrer très reconnaissants. Savez-vous où se trouve le commissaire ? Je ne l'ai pas encore vu et j'aimerais le faire. Je crois qu'à son arrivée vous lui avez dit que je me reposais.

Il sourit.

— Ce genre de chose est inutile, voyez-vous. Je suis prêt à le rencontrer quand il le souhaite.

Il se demanda pendant quelques secondes si elle allait se fâcher. Elle rougit et, dans le regard qu'elle lui lança, il y avait une nuance de colère. Soudain, elle lui tourna le dos et quitta la pièce, le laissant songeur et amusé devant le caractère imprévisible des femmes. Le moment était vraiment bien choisi pour lui faire une scène ! Comme s'il fallait encore en rajouter ! Il supposa qu'ils étaient tous tendus et que la moindre contrariété suffisait à leur mettre les nerfs à vif. Seule Lesley était égale à elle-même — sereine, forte, adorable et aimante. Penser à elle était comme une bouffée d'air frais au fond d'un cachot, comme une gorgée d'eau froide pour un homme assoiffé. Les quelques mots qu'ils avaient échangés au téléphone l'avaient mis en contact avec un monde sain, normal, où l'espoir existait. Dès qu'il aurait vu les policiers, elle viendrait le retrouver et ils partageraient un moment de tranquillité.

Il se laissa aller contre le dossier de son fauteuil, songeant à leur avenir commun.

35

Quand elle entra dans le bureau, Miss Silver n'avait pas franchement l'air satisfait. March était occupé à consulter des papiers et Frank Abbott, à l'autre bout de la table, transcrivait les notes qu'il avait prises en sténo. Les deux hommes levèrent la tête. Frank repoussa sa chaise.

— Je vous en prie, ne vous dérangez pas pour moi.

Ces paroles s'adressaient aux deux hommes.

— Si vous avez quelques minutes à me consacrer... dit-elle ensuite à March.

Elle s'assit, les mains croisées sur son giron. Le fait qu'elle n'eût pas pris son ouvrage donnait à cet instant une certaine solennité.

— J'étais avec Mrs. Robbins, Randal.

— Vous a-t-elle parlé d'une manière ou d'une autre ?

— Beaucoup, pauvre femme. Je crains que sa vie n'ait pas été très heureuse.

Si March se sentait impatient, il connaissait trop bien sa Miss Silver pour tenter de la presser. Elle avait sa façon à elle de distiller ses informations et si, ce faisant, elle exprimait des opinions et des déductions personnelles, il n'était pas rare qu'elles ouvrent des horizons nouveaux. Aussi se contenta-t-il de garder un silence attentif, et il en fut récompensé.

— Elle n'a cessé de répéter que Robbins s'était montré un mari très dur envers elle. Elle lui reproche d'avoir été responsable de la disparition de sa fille et plus particulièrement d'avoir caché sa mort. Selon ses propres termes : « Elle est décédée lors d'un bombardement aérien, ça n'avait rien de honteux, il aurait dû la ramener pour l'enterrer ici — elle et son pauvre petit bébé que je n'ai jamais eu l'occasion de voir. » En outre, il ne lui a pas dit qu'il avait des nouvelles de sa fille ou qu'il allait lui rendre visite, mais, à son retour, il lui a annoncé que Mabel et le bébé étaient morts. Il était dans un de ses mauvais jours et, dans ce cas, c'était inutile de discuter. J'en ai profité pour lui demander si elle savait s'il utilisait de la drogue et elle m'a avoué qu'il avait rapporté certain produit des Indes... il lui arrivait d'en prendre et son comportement devenait très bizarre pendant plusieurs jours. Mais il en avait très peu utilisé cette dernière année. Elle pensait que l'infirmière l'avait mis en garde. J'ai voulu savoir s'il en avait parlé à Miss Day, elle a confirmé et a répété que celle-ci avait fait peur à son mari. « Savez-vous de quelle drogue il s'agissait ? » ai-je demandé ensuite. « Oui, a-t-elle dit, c'est un nom facile à se rappeler, *bang*. » Il voulait qu'elle essaye, après son retour, mais elle a toujours refusé.

March hocha la tête.

— Cela corrobore les déclarations de Miss Day. Elle a mentionné une conversation avec lui à propos du haschisch lors de son arrivée et précisé qu'elle lui avait recommandé de cesser d'en prendre. Ce que je n'arrive pas à comprendre, c'est pour quelle raison Robbins aurait drogué Jerome Pilgrim... en admettant que vous ayez raison et que Jerome ait été drogué.

Miss Silver toussota.

— Je suis persuadée qu'il était drogué même si je ne crois pas que nous pourrons un jour le prouver.

— Bien, poursuivit March, ce n'est pas nécessaire.

Pour moi, l'affaire est close. S'agissant de la mort d'Henry Clayton, Robbins est responsable, meurtre avec préméditation. Quant à lui, il s'est suicidé. Pour ce qui est de Roger Pilgrim, la mort sera déclarée accidentelle — et personne ne saura jamais exactement ce qui est arrivé, mais cela ne nous empêchera pas d'avoir notre petite idée. Personnellement, je ne crois pas que Roger ait été assassiné. C'est possible, mais ce n'est pas l'hypothèse que je retiens. Je crois qu'il souffrait d'un délire de la persécution et que ses nerfs ont lâché. Cela n'a plus d'importance maintenant, sauf pour ses proches, et ils auront toujours le loisir de se réconforter en assurant qu'il a été pris de vertige, j'espère d'ailleurs que le jury ira dans ce sens. Il est indéniable que Robbins a tué Henry Clayton et s'est supprimé quand il a appris qu'il était suspect et que la police disposait d'une preuve susceptible de l'impliquer dans ce crime. Le portefeuille a tout déclenché... aucun doute. Au fait, je viens de le récupérer. Redding l'a examiné pour les empreintes. Je pense qu'il est vide mais, puisque nous avons le droit de le toucher maintenant, je vais vérifier.

L'objet était toujours dans son mouchoir, mais celui-ci n'était pas noué. March l'ouvrit sur le sous-main. Il y avait deux grandes poches et deux petites. Le cuir était de bonne qualité, pas du tout usé. Le portefeuille était certainement neuf — un cadeau de mariage, sans doute, acheté trois ans auparavant. Les quatre compartiments ne contenaient rien, non plus que la grande poche qui faisait toute la longueur du portefeuille ouvert. March le laissa retomber.

— Aucune empreinte, précisa-t-il.

Miss Silver se raidit quelque peu.

— Mais il était propre, Randal.

Il fronça les sourcils.

— Je ne vous suis pas bien.

— On l'a retrouvé tout au fond de la commode, là

où de la poussière s'était accumulée. Or il était net. Combien de temps croyez-vous qu'il ait pu demeurer propre dans un endroit aussi poussiéreux ?

— Pas longtemps. Mais cette notion de temps n'a pas d'importance. Nous avons conclu qu'il se trouvait quelque part tout au fond de la commode, parmi les papiers du bas du tiroir, et que Mrs. Robbins l'a poussé par-dessus le rebord cassé de ce même tiroir quand elle a rangé les chemises de son mari.

Miss Silver toussota.

— Vous n'avez pas répondu à ma question, Randal. Je vous la répète : en combien de temps le portefeuille se serait-il couvert de poussière ?

Frank Abbott avait cessé d'écrire. Le stylo à la main, il observait Miss Silver.

— Je l'ignore, dit March.

Miss Silver toussota de nouveau.

— Bien évidemment, vous n'avez pas l'habitude de faire le ménage dans votre chambre. N'importe quelle femme pourra vous assurer que la poussière se dépose très rapidement sur une surface. Si le portefeuille s'était trouvé à l'endroit où on l'a récupéré ne serait-ce qu'une heure ou deux, je pense qu'il en aurait été couvert. S'il y avait été pendant vingt-quatre heures, cela ne fait aucun doute. Or il y a cinq jours maintenant que Mrs. Robbins a ouvert ce tiroir pour y ranger les affaires de son mari.

March ne répondit pas tout de suite.

— Cela ne prouve rien, vous savez. Robbins a pu lui-même ouvrir ce tiroir.

— Pour y prendre une chemise, ce qui n'aurait pas fait basculer le portefeuille par-dessus le rebord endommagé du tiroir. Cela n'a pu se produire qu'en y rangeant des chemises.

— Qu'en déduisez-vous ?

Elle le regarda bien en face.

— Rien du tout, Randal. Je considère comme indubitable que le portefeuille d'Henry Clayton a été délibérément placé à l'endroit où il a été retrouvé... il y a quelques heures seulement.

Le froncement de sourcils de March s'accentua.

— Ce serait Robbins qui l'aurait caché?

— Non, ce n'est pas ce que je veux dire. Pourquoi aurait-il pris un tel risque? Il avait l'occasion de le brûler dans le fourneau de la cuisine, de le réduire en miettes et de le jeter à l'égout, pour ne citer que deux possibilités qui viendraient à l'esprit d'un homme de son intelligence.

— Vous m'avez fait perdre pied, j'en ai peur. L'affaire est tout à fait limpide. Robbins a gardé le portefeuille, Dieu sait pourquoi, mais si les criminels se débarrassaient toujours de tous les indices compromettants, bon nombre d'entre eux seraient encore libres. Il l'a donc conservé et, comprenant que la maison allait être fouillée, il l'a dissimulé dans l'endroit qui lui a paru le plus sûr.

Miss Silver toussota d'une manière qui en disait long. À croire qu'il venait de lui **montrer** une addition contenant une erreur qui sautait **aux** yeux. La comparaison était de Frank Abbott et il se réjouissait déjà de l'explication qu'elle allait lui donner.

— Je n'en crois rien, Randal. Vous oubliez que Robbins a été employé de maison pendant plus de trente ans. Au temps où on disposait d'un personnel suffisant, son travail consistait à superviser quotidiennement le travail des autres et à inspecter beaucoup de pièces contenant des meubles disposant de tiroirs, comme les deux bureaux que nous trouvons ici même, le secrétaire du petit salon, le grand buffet de la salle à manger. À n'importe quel moment, notamment lors du ménage de printemps, tous ces tiroirs étaient ôtés et les cadres entièrement dépoussiérés. Pour une personne habituée à ce rituel, il était exclu que la police agisse avec moins de méticulosité. Il m'est impossible de croire que Robbins ait placé le portefeuille à l'endroit où on l'a découvert.

— Qui, alors ?

— Quelqu'un qui désirait qu'on le retrouve précisément à cet endroit.

March s'appuya au dossier de son fauteuil.

— L'accusation contre Robbins se tient parfaitement et vous êtes en train d'essayer de l'ignorer.

Elle toussota.

— Je vous donne mes conclusions, à partir des faits. Peut-être ai-je tort. Considérez donc les faits, et tirez-en vos propres conclusions. La nouvelle que la maison serait fouillée a été connue avant trois heures et demie...

March l'interrompit.

— Oui, d'accord, mais rien ne prouve que Robbins l'a su à ce moment. J'ai parlé à Jerome Pilgrim pour lui annoncer mon désir de faire fouiller sa maison et obtenir sa permission. Il m'a demandé de commencer par sa chambre et j'ai fait appeler Miss Elliot. Je voulais qu'elle aille chercher les inspecteurs Abbott et Smith, ce qu'elle a fait. Est-ce qu'elle aurait croisé Robbins et l'aurait prévenu qu'une fouille générale allait avoir lieu ?

— Non, c'est le capitaine Pilgrim qui le lui a dit. Ils se sont rencontrés dans le hall, quand Miss Freyne est arrivée. Robbins s'est rendu dans la cuisine où il a eu une scène terrible avec sa femme. D'après elle, il était extrêmement contrarié à l'idée de cette fouille et furieux que le capitaine Pilgrim l'ait autorisée. Il considérait que c'était un déshonneur pour la maison. Il n'a pas cessé de revenir là-dessus, expliquant que la police le soupçonnait et qu'elle en était responsable, elle, étant donné qu'elle ne cessait de pleurnicher sur le sort de Mr. Henry.

— Enfin, ma chère Miss Silver...

— Un moment, Randal. Son épouse vous fournit la

255

preuve que Robbins était au courant de la fouille, que cela le contrariait au plus haut point, qu'il n'ignorait pas que la police le suspectait. S'il avait su que le portefeuille d'Henry Clayton se trouvait dans sa commode, ne se serait-il pas précipité dans sa chambre pour le faire disparaître avant le début de la fouille? Au lieu de quoi, il se rend dans la cuisine, où il passe pas mal de temps à dire tout le mal qu'il pense de cette fouille et de l'attitude de sa femme qui se désole de la mort d'Henry Clayton. Quand il quitte la cuisine, il tombe sur Miss Columba, qui l'envoie s'occuper des fenêtres du petit salon. Miss Freyne rentre chez elle et le capitaine Pilgrim dans sa chambre. Enfin, il gagne les étages, mais il ne se rend pas dans sa chambre. Soyez très attentif à ce détail, je vous prie. Il va frapper à la porte du capitaine Pilgrim et insiste pour lui parler. Miss Day le lui interdit et c'est à ce moment seulement qu'il monte dans sa chambre. Croyez-vous sincèrement qu'un homme aurait un tel comportement s'il savait qu'un objet compromettant, qui peut le faire pendre, est dissimulé dans un endroit où les policiers vont obligatoirement le découvrir?

36

Randal March jeta un coup d'œil en direction de Frank Abbott, dévisagea Miss Silver et abandonna ses dernières velléités de se comporter en fonctionnaire.

— Écoutez, dit-il, qu'est-ce que tout cela signifie ? Oui ou non, m'avez-vous caché quelque chose ? Bref, où voulez-vous en venir ?

Un regard de reproche croisa le sien.

— Franchement, Randal !

Il eut un petit rire sans joie.

— À quoi bon ce « franchement ! » ? Je vous ai posé une question et j'attends, tout à fait respectueux mais déterminé, une réponse. Disposez-vous d'une information que j'ignore ? Si oui j'exige de la connaître. D'après vous, cette affaire a déjà fait quatre victimes. Bien que je ne partage pas entièrement votre point de vue, vous admettrez que nous sommes dans une situation bien trop sérieuse et dangereuse pour nous permettre ce petit jeu. Si vous disposez d'un élément nouveau, je vous demande de me le communiquer.

Elle lui décocha son plus charmant sourire. Frank Abbott avait remarqué un jour qu'il était capable de faire fondre un iceberg ou d'apaiser une hyène.

— Mais naturellement, dit-elle, il ne me viendrait pas à l'idée de dissimuler des informations. J'allais vous en parler, mais je crains que vous n'y attachiez guère d'importance.

— Mais vous, si?

Elle s'accorda une très longue pause avant de répondre.

— Important... pas important? Ce ne sont que des mots, n'est-ce pas? Quand vous reconstituez un puzzle, une petite pièce peut être vitale pour retrouver le motif, et une grande pas du tout. Cela dépend de la disposition des autres éléments, ne croyez-vous pas?

« Elle sait quelque chose, se dit Frank. Je me demande quoi. Un détail qui ne va pas lui plaire... et elle le présente en douceur. »

March sourit.

— Je vous assure que je ne refuse aucune contribution, aussi minime soit-elle.

Elle se redressa, les mains toujours croisées sur son giron, l'air grave et concentré — telle l'institutrice qui soumet à sa classe un problème dont elle n'ignore pas la difficulté.

— J'ai deux informations à vous communiquer et une pièce à conviction à vous montrer. Peut-être vous souvenez-vous que Maggie Pell, la sœur aînée de Gloria, était employée ici à l'époque où Henry Clayton a disparu...

Elle s'interrompit, toussota et répéta ce qu'elle avait dit en variant les termes.

— ... à l'époque du meurtre d'Henry Clayton. Elle sert dans les ATS et est actuellement au village, en permission. Aujourd'hui, elle a rendu visite à Miss Columba, après le déjeuner, et j'en ai profité pour avoir une conversation avec elle.

— Et de quoi avez-vous parlé?

— Il m'est venu à l'esprit que la personne qui a poignardé Henry Clayton et dissimulé son cadavre aurait eu du mal à ne pas se tacher, peut-être même que ses vêtements étaient à ce point couverts de sang qu'il avait été nécessaire de les nettoyer ou de les détruire. Je pensais que Maggie saurait se souvenir de la disparition d'un ou de plusieurs vêtements et qu'elle pourrait se rappeler si on avait envoyé un paquet de linge à la blanchisserie. Je l'ai questionnée et elle m'a confié des choses plutôt intéressantes. Enfin, son histoire m'a paru intéressante, et elle devrait ne pas vous laisser indifférent. Au lendemain de la nuit que nous savons maintenant avoir été fatale à Henry Clayton, alors que Miss Janetta Pilgrim s'apprêtait à prendre sa tasse de chocolat matinale, il se trouve que non seulement la tasse mais le pot entier ont été renversés. La robe de chambre violette qu'elle portait en fut considérablement salie. Comme d'habitude, son chocolat lui avait été servi au lit par Miss Day, qui le prépare dans la salle de bains où elle dispose d'un réchaud à alcool. Miss Day était vêtue d'une robe d'intérieur chinoise magnifiquement brodée qui lui servait à l'occasion de robe de chambre. Elle aussi a été inondée de chocolat. Miss Janetta était très remontée, reprochant à son infirmière ce geste malencontreux, mais celle-ci devait confier à Maggie que Miss Janetta était la seule à blâmer. Plus tard, ce jour-là, Miss Janetta lui a demandé de préparer un ballot de linge pour le blanchisseur. Il comprenait deux robes, non tachées mais qui avaient besoin d'être rafraîchies, et la robe de chambre violette couverte de chocolat. Quand Maggie a demandé à Miss Day si elle désirait qu'on y inclue sa robe chinoise, elle lui a répondu qu'elle l'avait mise à tremper et que le plus gros des taches avait disparu. Miss Day, cependant, craignait que le vêtement ne retrouve jamais son lustre.

Elle cessa de parler et March laissa passer quelques secondes avant d'intervenir.

— Et qu'en concluez-vous ?

Miss Silver répondit aussitôt, sûre d'elle :

— Que les vêtements de deux personnes habitant cette maison étaient particulièrement sales, et que l'un a été envoyé à la blanchisserie tandis que l'autre était lavé sur place. Que répandre du chocolat est un excellent moyen de dissimuler une tache de sang, le meilleur selon moi. Que s'il se trouvait du sang sur l'un de ces vêtements, renverser ce chocolat a été un geste providentiel et a fourni une excuse parfaite pour faire nettoyer le premier et laver le second. Que cette façon adroite et rapide d'utiliser une boisson quotidienne démontre une intelligence hors du commun et une grande capacité à réagir. Randal, vous n'aviez pas tort de souligner que cette affaire pouvait s'avérer dangereuse.

March la considéra.

— Est-ce que vous accuseriez Miss Janetta d'avoir assassiné son neveu ? Ou Miss Day ? Parce qu'un pot de chocolat s'est renversé et que deux robes de chambre en ont fait les frais ? C'est fantastique !

Miss Silver demeura imperturbable.

— Je n'ai porté aucune accusation. Je ne considère que des faits et des probabilités. Oui ou non, estimez-vous vraisemblable que les vêtements du meurtrier d'Henry Clayton puissent être tachés de son sang ? On l'a poignardé. Il a fallu tirer son corps jusque dans le monte-charge, puis l'en sortir une fois parvenu au niveau du cellier. Le placer ensuite sur le chariot, avant de l'en descendre et de le faire entrer dans la malle où nous l'avons retrouvé. Après avoir utilisé son arme, le meurtrier l'aura nettoyée et remise à sa place. Croyez-vous tout cela possible sans qu'il ne tache ses vêtements ?

— Sans doute pas.

Elle approuva de la tête.

— Vous n'étiez pas disposé à accepter cette éventualité, mais vous avez fini par en convenir. Vous ne pouvez nier que, le lendemain du meurtre, deux vêtements tachés se trouvaient dans la maison. Il est vrai que l'on peut invoquer une excellente excuse pour l'expliquer, mais pouvez-vous imaginer rien de plus facile à utiliser? N'importe qui peut renverser un pot de chocolat. Une des deux femmes s'y est employée.

La voix du commissaire se durcit.

— Et combien de fois par jour, chaque jour de l'année, arrive-t-il que l'on renverse ou salisse quelque chose?

Miss Silver toussota.

— Mon cher Randal, vous justifiez le manque d'enthousiasme que j'éprouvais à soumettre ce détail à votre sagacité. Il ne cadre pas avec les théories que vous avez élaborées, et il est facile à écarter. Comme j'ai l'intention d'être parfaitement honnête, je vous informe que si le manteau de Robbins ou n'importe quel autre de ses vêtements avait été taché de sang, il n'aurait nullement été nécessaire de faire appel à un blanchisseur. C'est une erreur de croire qu'il est extrêmement délicat de se débarrasser de taches de sang. Si on laisse tremper le vêtement dans de l'eau froide avant que le sang n'ait séché, cela n'est pas trop difficile. Sur un tissu sombre, en laine, on ne remarquerait rien. Or, s'agissant du nettoyage et du repassage des vêtements, Mrs. Robbins a la réputation d'être une femme particulièrement habile en ce domaine. J'imagine mal que son époux, après trente ans de service domestique, n'ait rien appris de ces deux arts si utiles.

March sourit.

— Merci, dit-il.

Frank Abbott n'écrivait plus. Il se pencha en arrière pour mieux apprécier sa Miss Silver — sa parfaite honnêteté, son esprit juste et équitable, sa manière de ne pas appuyer, de ne pas enfoncer l'autre. Il remarqua le sourire qu'elle rendit à March.

— Je vous ai fourni une première information. Elle ne semble guère vous inspirer. En voici maintenant une seconde. Vous savez sans doute que j'occupe la chambre de feu Henry Clayton. Personne n'y a dormi depuis sa mort. Je me suis dit que, étant donné le manque de personnel, la pièce, bien que propre et rangée, n'avait peut-être pas été nettoyée de fond en comble. Une enquête discrète me l'a confirmé. La cheminée, par exemple, n'a pas été ramonée. En fait, dans les chambres, les seules cheminées dont on prend soin sont celles du capitaine Pilgrim et de Miss Janetta, car on y fait régulièrement du feu. Sachant cela, j'ai estimé qu'il valait la peine de passer la pièce au peigne fin.

— Nous avons inspecté toutes les affaires de Clayton, vous savez, intervint Frank.

Elle émit sa petite toux.

— Je n'en doute pas. Mais, à ce moment, on ignorait qu'il était mort et je pensais qu'on avait dû se contenter d'éplucher ses papiers personnels, dont la plus grande partie se trouvait à Londres.

Il confirma de la tête.

— Dans la maison, nous n'avons rien trouvé, à Londres non plus d'ailleurs. Son propriétaire nous a appris qu'il s'était débarrassé de pas mal de paperasse et de lettres juste avant de venir ici. La grande lessive au moment de se passer la corde au cou, j'imagine — l'adieu à sa vie de garçon. Bref, nous avons été bredouilles. Et vous ?

Miss Silver n'était pas femme à se laisser bousculer. Elle reprit le cours de son récit, s'adressant à March.

— Quand vous êtes retourné à Ledlington, cet après-midi, je me suis enfermée à clef dans ma chambre et j'ai commencé à chercher. Je m'étais munie d'une pelle et d'une balayette pour ne laisser aucune trace. Même quand les chambres sont très bien entretenues, si vous déplacez les étagères, tiroirs, éléments de bibliothèque et de buffets, vous serez surpris de la quantité de poussière et de détritus que l'on y trouve. Près de la cheminée, il y a une bibliothèque tout en hauteur. J'ai pris chaque livre et l'ai secoué en le tenant par le dos. Un ou deux bouts de papier sont tombés dans l'âtre. Comme je ne désirais pas qu'on me surprenne à vider la poussière de ma pelle, j'ai ouvert la fenêtre et je l'ai jetée par-là... pratique peu hygiénique que je déconseille mais que j'ai estimée justifiée en la circonstance. Bien sûr, je ne pouvais me débarrasser des bouts de papier de cette manière, aussi les avais-je laissés dans la cheminée, avec l'intention de les ramasser. L'un d'eux avait la taille d'une demi-page de carnet de notes pliée en deux. Quand je suis revenue de la fenêtre, il avait disparu. L'autre flottait et allait être aspiré par le fort courant d'air qui soufflait entre la fenêtre et le conduit de la cheminée. J'ai fermé la fenêtre. Le plus petit des papiers est retombé, mais pas la feuille pliée. En cherchant, je l'ai découverte coincée sur le rebord de brique qui tapisse le pourtour intérieur du conduit, hors de vue. J'ai réussi à la décrocher à l'aide de ma balayette, et une lettre est tombée avec elle. Les coins, ainsi qu'un côté, étaient carbonisés, mais elle était encore tout à fait lisible.

Les deux hommes se penchèrent en avant.

— Une lettre destinée à Henry ? demanda Frank.

— Je crois. J'ai dans l'idée qu'il a essayé de la détruire en la brûlant dans la cheminée. Si la fenêtre, à ce moment, était ouverte, l'appel d'air l'aura emportée vers le haut du conduit. Coincée contre la brique humide... car une cheminée inutilisée devient très humide... elle aura cessé de brûler. Son contenu est tout à fait lisible.

March tendit la main.

— Où est-elle ?

— Je vais la chercher.

Quand elle eut quitté la pièce, Frank Abbott lança un regard railleur à March.

— Elle n'avait pas l'intention de vous la montrer,

sinon, elle l'aurait apportée. Cela ne doit donc pas être une preuve évidente. Il y a sans doute un hic quelque part. Je me demande bien lequel.

March regarda dans le dos de l'inspecteur.

— Nous n'allons pas tarder à le savoir.

Mais Miss Silver ne revint pas aussi rapidement qu'ils l'espéraient. Quand elle réapparut, elle tenait, à la verticale, une feuille de papier ministre vierge pliée en deux. Posée à plat, elle se révéla contenir une page de carnet très décolorée par des traces de brûlé. Le coin en haut à gauche manquait. Le papier avait été blanc. Il était d'une qualité inférieure et, si on le pliait en deux, avait la taille d'une enveloppe ordinaire. C'est ce qu'on découvrait au premier regard. Mais, quand Frank s'approcha et se pencha par-dessus l'épaule de March, il se rendit compte que son impression était juste : quelque chose n'allait pas. Tout d'abord, pour autant qu'il y en ait eu une, on ne lisait aucune date. Elle aurait pu être notée dans le coin gauche, mais ce n'était pas sûr et cette partie avait disparu. Il manquait également un en-tête ou une adresse, et l'écriture au crayon semblait être celle d'un enfant de six ou sept ans — du moins les lettres, en capitales malhabiles, y ressemblaient-elles. Assez nettes mais difficiles à lire à cause du faible contraste entre le tracé au crayon et le papier bruni par le feu. En plaçant le sous-main de biais sous l'éclairage du plafonnier, March rendit le texte lisible : « Il faut que je te revoie une toute dernière fois pour te dire adieu. Tu me le dois. Dès que ce sera sans risque. J'attendrai. Il faut que je te revoie une dernière fois. Brûle ce mot. »

Après quelques secondes de silence, March déclara :

— Voyons voir, auriez-vous une théorie à propos de cette lettre... je suppose qu'on peut l'appeler ainsi ?

Miss Silver le prit calmement.

— Je préférerais entendre la vôtre.

Tout en faisant remarquer qu'Henry était, à n'en pas

douter, un coureur de jupons, Frank Abbott retourna s'asseoir. March, conscient de la colère qui montait en lui, et désireux de n'en rien laisser paraître, fixa le document d'un regard dur et le reposa.

— Il n'y a ni adresse ni signature, l'écriture est déguisée, il manque la date. Si Henry Clayton avait l'habitude d'occuper cette chambre, on peut supposer que la lettre lui était destinée et qu'il a voulu la brûler... comme on le lui demandait. Rien ne permet de connaître l'identité de l'expéditeur, non plus que la date de la rédaction. Clayton pouvait l'avoir en sa possession depuis des années, des mois, des semaines. Il peut l'avoir apportée de Londres. Il peut avoir mis de l'ordre dans ses affaires personnelles, ici, comme Abbott nous a expliqué qu'il l'avait déjà fait à Londres. Il allait se marier dans trois jours et peut-être ne voulait-il pas laisser traîner ce genre d'écrit.

Miss Silver toussota.

— « Brûle ce mot », est-il précisé, et nous avons la preuve qu'il y a eu tentative dans ce sens, dit-elle. L'idée qu'il le gardait depuis longtemps ne tient donc pas.

March regarda Frank.

— Vous connaissiez Clayton. Comment aurait-il réagi s'il avait eu entre les mains la lettre d'une femme qui lui demandait de la brûler... se serait-il montré scrupuleux ou négligent ?

Frank haussa un sourcil.

— Il n'est pas du tout aisé de répondre. Strictement entre nous, Henry n'était pas un type soigneux — tous ceux qui l'ont connu vous le confirmeraient. Une chose me surprend : la femme qui lui a écrit le savait, sinon, pourquoi avoir maquillé son écriture ? Ce n'était pas dans le but de le tromper. On peut seulement penser que, connaissant le côté négligent du personnage, elle a eu peur qu'il ne laisse traîner son mot. Écrire en majuscules n'est pas si aisé... elle ne l'a pas fait pour s'amuser. *Mais*... et l'objection n'est pas mince... si Henry avait reçu une lettre de cette nature trois jours avant son mariage, je pense qu'il l'aurait brûlée... du moins aurait-il essayé.

— Nous ignorons à quelle date elle est arrivée, fit March d'un ton las. Je demanderai aux experts de l'analyser, mais je ne crois pas qu'ils parviendront à un résultat avec ces majuscules. Quant aux empreintes, à voir l'état du papier et étant donné qu'il est resté trois ans dans une cheminée humide, mieux vaut ne pas espérer en trouver.

Miss Silver ne s'était pas assise.

— Voudriez-vous montrer cette lettre à Miss Day en ma présence? dit-elle.

Les sourcils de March se rapprochèrent.

— Miss Day?

— Miss Lona Day... qui, après qu'Henry Clayton eut été poignardé et son cadavre dissimulé au sous-sol pendant la nuit, a dû mettre à tremper sa robe chinoise dès le matin. Miss Day qui entrait et sortait de la chambre du capitaine Pilgrim et qui peut très facilement s'en être absentée au moment où Roger Pilgrim est tombé par la fenêtre du grenier. Entre la chambre de Miss Day et la mienne part un escalier qui monte à l'étage mansardé. Je vous recommande de vérifier le temps qu'il faudrait à une personne en possession de tous ses moyens pour se rendre rapidement à cet étage et en revenir. Souvenez-vous que Miss Freyne dit avoir aperçu Lona Day au bout du couloir après avoir quitté Roger Pilgrim, bien que celle-ci affirme ne pas l'avoir remarquée. Mais, dans le cas contraire, elle aurait compris que Roger était seul. Il lui suffisait de gravir ces quelques marches quatre à quatre et de les redescendre aussitôt. La fenêtre de la pièce mansardée était ouverte et son rebord est peu élevé. Il lui était facile de trouver un prétexte pour détourner son attention vers le jardin. Le pousser par la fenêtre ne lui aurait demandé aucune force physique particulière.

— Ma chère Miss Silver !

Elle demeura inébranlable.

— Hypothèse qui peut également s'appliquer au cas de Robbins, avec, néanmoins, un détail supplémentaire : il est venu frapper à la porte du capitaine Pilgrim et s'est entretenu avec Lona Day. Selon elle, il voulait parler au capitaine et elle lui aurait signifié qu'il se reposait. C'est fort probable. Mais, Randal, pourquoi Robbins voulait-il parler à Jerome Pilgrim ? À supposer qu'il soit le meurtrier, je ne me l'explique pas. S'il était coupable, il n'aurait eu qu'une idée en tête... gagner sa chambre avant que la police ne commence à la fouiller.

— La police avait déjà commencé son travail.

— Exact. Pourtant, il a perdu vingt minutes à se disputer avec sa femme, et il avait conscience d'être suspect. Si, à ce moment, il a tenté de rencontrer le capitaine Pilgrim, je crois pouvoir affirmer qu'il savait quelque chose et refusait de tenir sa langue plus longtemps. Supposez une minute qu'il ait eu une information à communiquer à propos de Miss Day... un élément qui l'impliquait dans la mort d'Henry Clayton. N'oubliez pas qu'il veillait dans le hall la nuit du meurtre, qu'il pensait que Clayton avait séduit sa fille et voilà qu'un mois à peine après la fin tragique de celle-ci, Henry Clayton se trouvait à Pilgrim's Rest, sur le point d'épouser une autre femme. S'il avait vu ou soupçonné quelque chose cette nuit-là, ne croyez-vous pas vraisemblable qu'il l'aurait gardé pour lui ? Mais, au moment dont nous parlons, cela était devenu trop dangereux. Il se doute que la police le tient à l'œil et il va voir son maître pour décharger sa conscience. Comme je l'ai déjà dit, nous ignorons ce qui s'est passé entre lui et Miss Day. Il a pu l'avertir qu'il lui était impossible de se taire plus longtemps. Je crois, pour ma part, qu'il a prononcé des paroles qui l'ont forcée à prendre une décision très risquée pour elle, afin de le réduire au silence.

Frank Abbott se pencha en avant.

— Seriez-vous en train de suggérer que c'est elle qui nous a enfermés ?

Elle répondit sans se démonter.

— Oui. Je suis incapable de trouver à Robbins une seule raison de l'avoir fait. Même si on l'avait surpris, il lui suffisait de se précipiter dans la pièce voisine et de sauter par la fenêtre. Mais, en admettant que ce soit lui qui ait jeté un coup d'œil à l'intérieur, il aurait compris que vous ne l'aviez pas vu. Au cas où il aurait été décidé à se supprimer, il en avait largement le temps. Je crois que ce n'était nullement son intention. Selon moi, il a emprunté l'escalier pour regagner sa chambre. Se rendant compte que la police l'y avait précédé, il est entré dans la pièce contiguë pour attendre qu'elle en finisse. C'est alors qu'il a connu le même sort que Roger Pilgrim.

March se pencha en arrière.

— Le prendrez-vous mal si je vous félicite d'avoir tant d'imagination ? Parce que, voyez-vous, cela est impossible. C'est d'une invention remarquable, mais je suis policier et je m'en tiens aux faits. Vous n'avez aucun argument sur lequel vous appuyer... vraiment aucun. Qui plus est, vous ne l'ignorez pas. Dans toute cette brillante démonstration, une seule chose est avérée, aussi minime soit-elle : Robbins est allé frapper à la porte de Jerome Pilgrim et a demandé à lui parler. Comme vous l'avez remarqué, nous ignorons pourquoi, mais, pour ma part, je n'ai pas l'intention de m'intéresser à ce qui se passe dans la tête d'un meurtrier sur le point de se supprimer. Peut-être a-t-il brusquement éprouvé le besoin de se confesser, pour essayer de s'en tirer... je n'en sais rien et, franchement, peu m'importe. Il avait un mobile suffisant pour assassiner Clayton, il a eu une occasion en or et la nuit entière pour tout remettre en ordre après son crime. Si vous considérez qu'il lui arrivait de consommer du haschisch, une drogue susceptible de provoquer des troubles mentaux et parfois même de conduire au meurtre, et, pour couronner le tout, que le portefeuille de Clayton était dissimulé dans sa chambre, je crois que vous aurez beaucoup de mal à trouver un jury qui ne le condamne pas, ou quelqu'un qui émette des réserves sur ce verdict.

Miss Silver se tenait debout, effleurant du bout des doigts le bord du bureau. Elle sourit, affable, et dit :

— Ah, oui... le portefeuille. J'avais quelque chose à vous apprendre à ce sujet. Très intéressant, ma foi.

March réussit à se dominer.

— Oui, de quoi s'agit-il ?

— Un *fait* particulièrement intéressant, Randal.

— Eh bien ?

Elle émit son toussotement.

— Lors de notre discussion précédente, nous n'avons guère quitté le terrain de la théorie. Quand vous avez suggéré que Robbins avait dissimulé le portefeuille parmi ses papiers personnels, pour rester dans un cadre théorique, j'ai retenu ce fait. Pour ne rien vous cacher, j'avais des doutes sur la manière dont vous l'accepteriez et j'espérais pouvoir l'étayer plus solidement. Maintenant qu'il est arrivé tant de choses, je n'ai plus de raison de ne pas vous informer de ce que je sais.

— J'en suis heureux. Qu'avez-vous à m'apprendre ?

— Que le portefeuille ne se trouvait certainement pas dans la commode ce matin.

Le petit sourire sarcastique de Frank Abbott s'évanouit.

— *Quoi ?* s'exclama le commissaire.

— Il n'y était pas ce matin quand j'ai fouillé la chambre.

— Vous avez fouillé la chambre ce matin ?

— Oui, Randal. J'ai enlevé tous les tiroirs de la

commode et j'ai examiné leur contenu. Le portefeuille n'était nulle part, pas même coincé dans le cadre, là où Frank et l'inspecteur Smith l'ont découvert cet après-midi.

March lui lança un regard sévère.

— Vous n'en aviez pas le droit, vous le savez...

Elle lui répondit par son plus désarmant sourire.

— J'en suis consciente et je m'attendais à votre remarque.

Frank Abbott se couvrit la bouche de la main. Il écouta son explication.

— Bien sûr, c'est pour cela que j'ai préféré ne pas révéler mon information.

March fronça les sourcils.

— Bon, et maintenant que nous l'avons, où est-ce que ça nous mène ? N'est-ce pas la preuve que Robbins a caché le portefeuille quand il a su que la police s'apprêtait à fouiller la maison ?

Miss Silver secoua la tête.

— Non, Randal... il n'en a pas eu l'occasion. Vous avez parlé de cette fouille au capitaine Pilgrim et vous avez envoyé Judy Elliot chercher Frank et l'inspecteur Smith. Robbins était alors au rez-de-chaussée. Son épouse m'a confié qu'il a entendu Judy au moment où elle transmettait votre message. Aussitôt après, la cloche de l'entrée a retenti et il est allé répondre. Dans le hall, il a croisé le capitaine Pilgrim et lui a demandé s'il était vrai qu'on allait fouiller la maison. Il a ouvert à Miss Freyne et s'en est retourné dans la cuisine, où il est resté jusqu'à ce que Miss Columba lui demande de la rejoindre au petit salon. Frank et l'inspecteur Smith étaient dans sa chambre avant qu'il ait eu la moindre occasion de s'y rendre.

Son récit était vivant et bien argumenté, mais March se renfrogna encore plus.

— Eh bien, il l'y aura déposé plus tôt, voilà tout. Il se trouvait très probablement dans sa chambre avant le déjeuner. Il aurait pu cacher le portefeuille au fond de la commode à ce moment-là... ou après le déjeuner. Je ne prétends pas vous dire quand exactement il a agi, mais il a eu largement le temps entre votre fouille et celle de la police.

Elle inclina la tête, comme si elle était d'accord.

— Largement, en effet. Et le mobile ? Je n'en trouve aucun. Alors que Miss Day pourrait en avoir un, très fort. Puisqu'il est certain que le portefeuille a été placé dans la commode peu de temps avant qu'on ne l'y découvre, je crois qu'il faut envisager très sérieusement le mobile. N'oubliez pas non plus de vous demander pourquoi une pièce à conviction aussi importante a été gardée. Pour ma part, je crois que c'est Miss Day qui l'a conservée, avec l'intention de s'en servir pour détourner les soupçons de sa personne. Si Robbins avait été coupable, il s'en serait débarrassé depuis longtemps.

March la laissa terminer, puis il déclara, avec un effort considérable pour se maîtriser :

— Je suis désolé, mais je ne peux pas accepter cela. Vous avez échafaudé une théorie ingénieuse sans disposer du moindre argument. Vous savez que j'ai un grand respect pour votre opinion, mais n'attendez pas de moi que j'en tienne compte si elle va à l'encontre de mes convictions. Je crois, moi, que cette affaire est on ne peut plus claire.

Miss Silver secoua légèrement la tête.

— Merci d'avoir été aussi patient, dit-elle. Je ne voudrais pas vous retarder plus longtemps.

Elle se dirigea vers la porte, sourit à Frank Abbott qui lui avait ouvert et s'en fut.

37

March alla trouver Jerome Pilgrim, seul. Si Miss Silver ne l'avait pas convaincu, elle avait ébranlé ses certitudes. Lui suggérer qu'après trois, voire quatre meurtres, on n'avait pas le moins du monde soupçonné l'identité du véritable assassin, et qu'il était toujours libre de ses mouvements, avait eu pour effet de le piquer au vif et de lui planter une sacrée épine dans le pied. Pour le dire autrement, il était dans l'état d'esprit d'un homme qui ne croit pas aux fantômes mais qui est incapable de se sentir à l'aise dans une maison hantée.

Il s'assit en face de Jerome.

— Je suis désolé de vous déranger, commença-t-il.

— Je vous en prie. J'avais l'intention de vous voir.

— Je crains que cela n'ait été un choc.

— Pour tout le monde. Il semblait impossible de pouvoir accuser Robbins, et pourtant, je suppose que...

— Je ne vois aucune raison d'en douter. Mais je tiens à savoir ce que vous avez entendu.

Jerome leva une main au-dessus du bras de son fauteuil et la laissa retomber.

— Je ne pourrais vous affirmer avoir entendu quelque chose.

March regarda par-dessus son épaule.

— Deux de vos fenêtres donnent sur le jardin.

— Oui.
— Vous aviez allumé la TSF ?
— Miss Day. Je n'écoutais pas.
— Que passait-on... de la musique ?
— De la musique légère. J'ai vérifié, depuis, sinon, je n'aurais su vous répondre.
— Ce qui laisse penser que vous étiez anormalement absorbé, n'est-ce pas ? Lisiez-vous ?
— Non. Je... réfléchissais.

Après une hésitation, il s'expliqua.

— En fait, Miss Freyne et moi venions de nous fiancer... et ce bonheur immense occupait toutes mes pensées. Je crains, sur le coup, d'avoir oublié ce qui se passait autour de moi. Comme le moment n'est pas franchement propice à la divulgation de cette nouvelle, j'aimerais que vous ne l'ébruitiez pas.

— Croyez bien que j'en suis très heureux, répondit March, sincère. Je ne vois aucune raison d'en parler avant que vous ne le souhaitiez.

— Bien, en ce qui me concerne, je ne sais si j'ai oui ou non entendu quelque chose. J'en ai l'impression, de là à le jurer...

— Voudriez-vous me dire exactement ce qui est arrivé dès l'instant où Miss Freyne vous a quitté ?

— Certainement. Je suis remonté ici, Abbott et Smith en avaient terminé et étaient à l'étage au-dessus, et je me suis assis là où vous me voyez quand Miss Day est entrée, l'air plutôt embarrassé... c'est une excellente infirmière mais qui aurait tendance à vous serrer la bride...

March l'interrompit.

— Qu'entendez-vous par « l'air plutôt embarrassé » ?

Jerome se mit à rire.

— Elle estimait que j'en faisais trop, elle me l'a reproché et m'a ordonné de prendre du repos. Elle a allumé la TSF et est allée préparer mon thé.

— Est-elle revenue ?
— Oui. Elle était présente quand Robbins a frappé.
— Êtes-vous sûr qu'il s'agissait de lui ?
— Oui, j'ai entendu sa voix.
— Avez-vous compris ce qu'il disait ?
— Seulement qu'il désirait me parler. Maintenant, je me demande si...

Il fit une pause, les sourcils froncés.

— Vous savez, il était choqué par la fouille. Nous nous étions croisés dans le hall au moment où il allait ouvrir à Miss Freyne et il m'avait questionné à ce propos. J'ai juste pensé qu'il voulait me rappeler ses griefs et je n'étais pas disposé à me quereller, aussi ai-je laissé Lona le renvoyer.

— Vous n'avez pas entendu ce qu'elle lui a dit ?
— Non, rien que leurs voix. Elle était sortie de la chambre et avait fermé la porte.

— Combien de temps ont-ils parlé ? En avez-vous une idée ?

— Pas vraiment... je ne m'en souciais guère. J'ai comme l'impression que Robbins faisait toute une histoire.

— Vous estimez que c'était Robbins qui menait la discussion ?

— C'est le sentiment que j'ai eu. Écoutez, pourquoi ne pas demander à Miss Day ? Elle pourra vous répondre.

March hocha la tête.

— Sûrement. Je désirais auparavant connaître votre version. Que s'est-il passé par la suite ? Miss Day est-elle rentrée dans la chambre ?

— Presque aussitôt.
— Elle est restée ?
— Non... elle s'est contentée de m'apprendre que Robbins voulait me voir et qu'elle lui avait expliqué que c'était impossible. Puis elle est sortie chercher mon thé.

— Combien de temps s'est-elle absentée ?

Jerome eut un sourire désarmant.

— J'ai peur de n'en avoir aucune idée. C'est à peu près à ce moment que je me suis perdu dans mes pensées.

— Quand Miss Day est réapparue, avait-elle son air habituel ?

— Non... elle était bouleversée et essayait de le cacher. J'ai tout de suite compris qu'il était arrivé quelque chose. Elle a déposé mon plateau et je lui ai demandé : « Qu'y a-t-il ? » Elle a éteint la TSF et m'a répondu : « Tant pis... je dois vous le dire. » « Quoi ? » ai-je demandé. Elle m'a alors appris que Robbins s'était suicidé.

— Et elle paraissait bouleversée ?

— Qui ne l'aurait été ? Il venait de lui parler. Son acte, j'imagine, prouve qu'il avait effectivement assassiné Henry, mais je suis incapable de m'en convaincre.

March se pencha en avant.

— Écoutez, Pilgrim, voudriez-vous me répondre en toute franchise ? Clayton, n'est-ce pas, était un don Juan. L'avez-vous jamais soupçonné de s'intéresser à Miss Day ?

— À mon avis, il la connaissait à peine.

— Dans ce type de relations, le temps n'est pas forcément un facteur déterminant. Voyez-vous, on a découvert une lettre... coincée dans le conduit de la cheminée de la chambre que Clayton occupait, celle où dort aujourd'hui Miss Silver. On a essayé de la brûler, mais un courant d'air l'a entraînée vers le haut de la cheminée. Miss Silver laisse entendre qu'elle a été écrite par Miss Day...

— En étudiant son écriture, on pourra certainement...

— Je crains que non. Elle est rédigée au crayon, avec des majuscules maladroites, comme dans un cahier d'écriture... il n'y a ni date, ni adresse, ni signature. Voici ce qui est écrit : « Il faut que je te revoie une toute dernière fois pour te dire adieu. Tu me le dois. Dès que ce sera sans risque. J'attendrai. Il faut que je te revoie une dernière fois. Brûle ce mot. »

Jerome haussa une épaule.

— Ça pourrait avoir été écrit par n'importe qui.

— C'est bien ce que je lui ai rétorqué, dit March d'un ton sec. L'imagination n'est pas sans intérêt, mais les femmes en ont trop... et elles en abusent.

Jerome eut un petit rire.

— Je me demande combien de lettres de ce genre Henry aura reçues de son vivant. Le seul élément qui sort de l'ordinaire est la tentative de déguiser l'écriture. En général, les femmes ne se font pas remarquer par leur discrétion, surtout quand elles se préparent pour la scène de rupture.

— Vous pensez qu'il s'agissait de cela ?

— Ça m'en a tout l'air.

Un court silence s'installa. Puis March reprit :

— Vous n'avez donc remarqué aucun signe d'attirance mutuelle entre Clayton et Miss Day ?

— Cela ne m'est jamais venu à l'esprit. Henry avait le chic pour regarder chaque femme comme s'il en était follement amoureux. Bien sûr, elles n'y étaient pas insensibles.

— Voulez-vous dire que c'est ainsi qu'il a regardé Miss Day et qu'elle n'y a pas été indifférente ?

— Mon cher March, il les regardait toutes ainsi : ma tante Columba, la vieille Mrs. Pell, la mère de Pell, alors qu'elle allait être centenaire, et Mrs. Robbins. Aucune ne résistait. Je ne pense pas que Lona ait réagi différemment, mais de là à envisager quelque chose de plus sérieux... vous l'avez dit, Miss Silver a trop d'imagination.

Pourtant, en sortant de la chambre de Jerome, March s'approcha de Judy Elliot, qui se trouvait au bout du couloir.

— Voudriez-vous me rendre un service, Miss Elliot ?

— Bien sûr.

— Pouvons-nous entrer dans votre chambre deux minutes ?

Ils y pénétrèrent. Il laissa la porte ouverte, restant sur le seuil, de manière à pouvoir observer le couloir et la porte qui donnait sur l'escalier de derrière.

— Je veux simplement savoir combien il faut de temps pour gravir rapidement ces escaliers, fermer à clef la porte des Robbins, passer dans la chambre voisine, avancer jusqu'à la fenêtre et revenir ici. Je vous chronométrerai pendant que vous effectuerez ce parcours.

Judy sembla hésiter.

— Je crois que Mrs. Robbins est chez elle, en train de dormir.

— Eh bien, fermez à clef n'importe quelle autre porte. Mais d'abord, montez à l'étage pour vous repérer. Je veux que vous sachiez exactement ce que vous devez faire, et le plus rapidement possible. Inutile d'entrer dans la première chambre, contentez-vous d'ouvrir la porte de manière à vous emparer de la clef, placez-la à l'extérieur et tournez-la. Allez ensuite dans la mansarde d'où sont tombés le major Pilgrim et Robbins. Approchez-vous de la fenêtre, restez-y pendant dix secondes et revenez me trouver aussi vite que possible. Vous partirez de la porte de la chambre du capitaine Pilgrim et y reviendrez. Abbott dit qu'on peut vous faire confiance. Je dois vérifier quelque chose et il ne faut pas que cela se sache.

Judy acquiesça de la tête.

— Comptez sur moi.

— Très bien. Partez reconnaître l'itinéraire, maintenant !

À son retour, il lui demanda de se placer à l'extrémité du couloir.

— Retournez-vous quand vous y serez et je commencerai à chronométrer.

Un instant après, elle passa devant lui, courant légèrement, et disparut dans l'escalier. De l'endroit où il se trouvait il put l'entendre. Mais, s'il n'avait pas écouté... Il s'interrogea. Et si elle avait ôté ses chaussures, il n'aurait rien remarqué du tout. Dans le temps, on construisait du solide. Pas une seule marche n'avait craqué et les murs étaient épais.

Il continua à regarder sa montre et entendit son pas léger qui revenait. Il lui avait fallu exactement deux minutes et demie pour regagner son point de départ.

38

Comme Frank Abbott traversait le hall, il prit conscience que Miss Silver se tenait à la porte du petit salon. Elle semblait en sortir, mais, dès qu'elle le vit, elle recula d'un pas. Pourtant, elle maintint la porte ouverte et le regarda en souriant. Il supposa donc avec raison qu'elle l'invitait à entrer... ce qu'il fit. Elle referma et s'éloigna de la porte.

— C'est une chance de vous avoir aperçu. Je pensais aller trouver le commissaire March pour savoir s'il avait l'intention de fouiller les autres chambres.

Son ton formel ne laissa pas de l'amuser. *Le commissaire March!* Alors que pendant la demi-heure qu'avait duré leur conciliabule elle n'avait cessé de l'appeler par son prénom! Il se demanda si ce changement de ton était dicté par les convenances ou par la désapprobation.

— Je ne crois pas, dit-il.

Elle pinça les lèvres : il s'agissait donc de désapprobation.

— Frank, il est absolument urgent et nécessaire de fouiller la chambre de Miss Janetta. Le commissaire a vu Miss Day, n'est-ce pas?

— Oui.

— Voudriez-vous me répéter la teneur de leur entretien... que se sont-ils dit?

— C'est que...

— A-t-on parlé du haschisch ? Frank, c'est capital, faites-moi confiance.

— Eh bien...

Elle le coupa.

— Oui ou non ?

— Vous ne me laissez guère le temps... pas vrai ?

— Il est peut-être trop tard, dit-elle d'un ton grave. Le sujet a-t-il été évoqué ?

— Oui.

— Je vous en prie, racontez-moi.

— March l'a questionnée sur Robbins... savait-elle qu'il possédait cette drogue, l'avait-elle jamais vu agir sous son influence ? Il lui a demandé ensuite s'il lui était arrivé de penser que Jerome avait été drogué.

— Qu'a-t-elle répondu ?

— Elle était extrêmement troublée. « Que c'est cruel ! » s'est-elle exclamée.

Il parlait d'un ton très sec.

— Cela aura pu suffire à la mettre en garde, poursuivit Miss Silver. Je suis persuadée qu'elle détient de la drogue. Elle s'en débarrassera à la première occasion. Il se peut qu'il soit déjà trop tard, mais il faut immédiatement fouiller la chambre de Miss Janetta.

— Pourquoi la sienne ?

Il y avait une nuance réprobatrice dans le regard qu'elle lui lança.

— Mon cher Frank, c'est la cachette idéale. Si vous deviez dissimuler une drogue interdite par la loi, envisageriez-vous meilleur endroit que la chambre d'une *malade imaginaire*[1] ? Miss Janetta se complaît dans la maladie et s'entoure d'un tas de médicaments — le nombre de fioles et de flacons qu'on trouve dans sa chambre est proprement ahurissant. Quoi de plus facile si vous désirez cacher une aiguille que de la

---

1. En français dans le texte. *(N.d.T.)*

mettre dans une boîte qui en est remplie ! Pour ma part, dans la situation délicate qui est celle de Miss Day, j'aurais certainement dissimulé mon stock de *Cannabis indica* dans une des boîtes de pilules de Miss Janetta et, au cas où je ne l'aurais pas déjà récupéré pour le détruire, je serais en ce moment même en train de le faire.

Le tableau qu'elle suggérait ne manqua pas d'enchanter Abbott. Maudie, la rectitude en personne, détentrice d'une drogue illicite — Maudie soupçonnée par la police et réduite à détruire sa réserve secrète ! Image délectable ! Il lui adressa un regard admiratif.

— Savez-vous qu'il est vraiment dommage que vous soyez restée dans le droit chemin ? Vous aviez l'étoffe d'une criminelle d'exception.

— Mon *cher* Frank !

Il s'empressa de l'apaiser.

— Attention où vous posez le pied... je suis une plante fragile. Simple réaction de joie à savoir que vous n'êtes pas de l'autre côté de la barrière. Sans vous, l'assassinat ne peut être considéré comme un des beaux-arts[1].

Elle secoua la tête.

— Il n'y a pas une minute à perdre. Voudriez-vous aller parler au commissaire...

— Cela ne servira à rien, sinon à le mettre en colère. L'idée de fouiller cette chambre lui a toujours déplu. C'est le genre de choses qui vaut à la police sa triste réputation... la vieille dame malade, accablée de chagrin, jetée au bas de son lit et qui nous fait une crise de nerfs. Pour commencer, personne d'autre que vous n'aurait pu l'y forcer. Cependant, il faut lui rendre justice : je le crois capable d'affronter toute critique s'il estime qu'il fait son devoir, mais il est abso-

---

1. Allusion au titre de l'ouvrage de Thomas De Quincey, *De l'assassinat considéré comme un des beaux-arts* (1827). *(N.d.T.)*

lument opposé à ce qu'on provoque un remue-ménage si c'est injustifié. Il a accédé à votre demande et a ordonné la fouille parce qu'il respecte votre jugement même quand il n'est pas d'accord avec vous. Mais tout cela, c'était avant que Robbins ne passe par la fenêtre. Pour March, depuis, l'affaire a pris une tout autre tournure et le chapitre est clos. Si, maintenant, vous lui demandez de faire fouiller la chambre de Miss Janetta, il refusera. Il n'aimera pas vous dire non, et il n'aimera pas se trouver obligé de vous dire non. Avec tout le respect que je vous dois, je crois que c'est une mauvaise tactique que de demander quelque chose quand on sait pertinemment qu'on ne peut vous l'accorder. On y perd... de son prestige. Et le prestige est toujours un atout majeur dans une partie de ce genre. Ça ne vaut rien de le gâcher, voyez-vous.

Elle considéra sérieusement ce point de vue. Puis elle reprit :

— Je n'envisageais pas de lui soumettre cette idée moi-même. Il me semble me rappeler que je suggérais que vous vous en chargiez.

Il éclata de rire, pas le moins du monde embarrassé.

— Parfait ! Il va me rembarrer sans ménagements, mais cela ne m'inquiète pas. Il ne faudra pas que j'oublie d'en toucher un mot à mon chef, à mon retour. Il pense que j'ai besoin qu'on me rabatte mon caquet.

Miss Silver le considéra avec indulgence, ignorant sa dernière remarque. Elle fit observer d'un ton vif que le temps pressait et que la fouille devait être entreprise sur-le-champ pour avoir une chance de donner un résultat.

Frank se tourna vers la porte.

— Très bien, je vais lui parler... jouer à l'idiot, le type qui pense qu'il faut poursuivre ce qui a été commencé. Cela dit, March n'est pas né d'hier. Ça ne marchera pas, mais tant pis.

39

Frank avait vu juste : ça ne marcha pas. Sa proposition tout à fait légitime de poursuivre la fouille de la maison, en commençant par exemple par la chambre de Miss Janetta, fut fermement repoussée. Si March ne le dit pas expressément, cela revenait au même : « Pas question. » Il lui raconta ensuite son entretien avec Jerome Pilgrim et lui apprit qu'il avait demandé à Miss Day de descendre le rejoindre au bureau dès qu'elle en aurait le loisir.

— Pour le moment, elle a quelque chose à faire pour Miss Janetta, mais ce ne sera pas très long. Dès qu'elle sera là, je lui montrerai la lettre retrouvée dans la chambre de Clayton pour savoir ce qu'elle lui inspire. Je n'ai pas d'objection à la présence de Miss Silver. Savez-vous où elle se trouve ?

— Oui... je la quitte à l'instant.

March n'essaya pas de dissimuler son sourire.

— Je me disais aussi ! Qu'est-ce qu'elle s'attend à dénicher dans la chambre de Miss Janetta ?

Frank jeta un coup d'œil par-dessus son épaule. Ils se trouvaient dans la chambre de Roger Pilgrim et il n'était pas sûr que la porte soit fermée. Après avoir vérifié que oui, il répondit :

— Du haschisch... du *bhang*... du *Cannabis indica* si vous préférez, que Miss Day y aurait déposé suivant le principe bien établi qui veut qu'on cache un brin d'herbe dans une botte de foin. Il paraît que l'endroit est une vraie pharmacie.

— Il est certain que Miss Silver décrivait l'endroit comme un bazar aux médicaments.

Frank cligna de l'œil.

— Si vous vous permettez de la citer, j'ai des nouvelles toutes fraîches : elle pense qu'à la place de Lona elle y serait, en ce moment même, en train de se débarrasser de sa drogue. Et c'est exactement là qu'elle se trouve. Voulez-vous parier que le feu de cheminée de Miss Netta a actuellement des allures de flambée orientale ? J'ignore comment brûle le haschisch, mais j'imagine assez bien des flammes vertes ou violettes.

March le regarda sans aménité.

— Voulez-vous dire que vous croyez à ce conte ?

Il n'obtint qu'un haussement d'épaules.

— Y croire, ne pas y croire, quelle importance ? Nous n'avons aucune preuve et je ne vois pas comment il pourrait en aller autrement. En outre, nous tenons un bouc émissaire tout à fait convaincant. Personne n'ira chercher plus loin que Robbins pour trouver un meurtrier hautement chimérique qui rôderait à l'arrière-plan. Pourtant, il est assez extraordinaire de se dire qu'après tout il existe peut-être bel et bien.

— Effectivement, répondit March en s'efforçant de parler d'un ton calme.

— Quelqu'un qui a supprimé Henry dans un accès de colère, a provoqué la mort du vieux Pilgrim, poussé Roger par la fenêtre de la mansarde et gardait un coupable idéal en réserve. À ce propos, Robbins est le bouc émissaire parfait — du haschisch dans le tiroir de sa table de toilette, le portefeuille d'Henry dans sa commode et un suicide des plus convaincants pour couronner le tout. C'est ainsi que Maudie voit les choses. Je ne dis pas qu'elle a raison, mais quelque chose de très fort m'empêche de penser qu'elle a tort. Dans ce cas...

Une fois encore il haussa les épaules.

— ... Si elle ne s'est pas trompée... eh bien, nous laissons en liberté une dangereuse criminelle. Premier point. Il y en a un autre : la tigresse qui a goûté au sang et qui s'en est tirée. Charmante perspective, n'est-ce pas ? Et, pour l'instant, nous sommes impuissants, à mon avis, sauf si cette lettre lui fait perdre son aplomb et qu'elle se trahit.

— Cela ne nous mènerait pas loin, dit March. Elle aurait pu l'écrire, cette lettre, et une vingtaine d'autres, sans être responsable de la mort de Clayton.

Brusquement, il changea de ton.

— Tenons-nous-en aux faits. N'importe quel jury se satisfera des accusations portées contre Robbins. Nous n'avons rien contre Lona Day.

40

Lona Day ouvrit la porte du bureau et entra. Le commissaire March était assis. La lumière du plafonnier tombait sur son épaisse chevelure blonde et sur la main bien entretenue qu'il avait posée sur une feuille de papier ministre. L'inspecteur Abbott se trouvait à sa droite, du petit côté du bureau, un crayon à la main, le carnet de notes prêt. Il leva les yeux vers l'infirmière, sans pour autant quitter son siège. Ce fut un regard soutenu, froid. Vers la gauche, seule, à l'écart, l'air très convenable, Miss Silver achevait le troisième rang d'une chaussette grise destinée à l'aîné de sa nièce Ethel. Le pull-over bleu, terminé et soigneusement repassé, se trouvait dans un tiroir qui avait contenu naguère les chemises d'Henry Clayton. En principe, elle l'emballerait et le posterait le lendemain. En dépit des temps que l'on vivait, les délais de livraison demeuraient excellents. Si la poste faisait son travail, Mrs. Burkett recevrait son cadeau par le premier courrier, le matin même de son anniversaire.

Miss Day lança un regard vague vers la pelote de laine grise posée sur le giron de Miss Silver. Puis elle s'avança et s'installa sur la chaise qu'elle avait occupée lors de leur entretien précédent. À ce moment, le téléphone sonna et March décrocha. Les trois autres personnes présentes purent entendre une sorte de grommellement sourd, mais lui seul perçut le sens des mots.

— Qu'est-ce qu'elle veut? demanda-t-il, et le grommellement reprit. Bon, d'accord, je serai ici. À quelle heure avez-vous dit?... Je vois... il ne lui faudra pas beaucoup de temps. Mais, pour l'instant, je n'en ai pas fini.

Il raccrocha et se tourna vers Frank Abbott.

— Quelqu'un qui doit passer me voir. Ils ne savent pas ce qu'elle veut. Bien. Miss Day, je vous ai demandé de descendre parce que j'ai quelque chose à vous montrer. Nous avons pensé que vous seriez peut-être capable de nous aider dans un travail d'identification.

Elle parut un peu surprise.

— Moi? Ma foi, pourquoi pas, si je peux faire quelque chose... mais... franchement, je ne sais pas...

— Merci.

Il souleva la feuille de papier ministre. Posé à plat sur une seconde feuille, le feuillet brûlé apparut. La lumière mit en valeur les caractères maladroitement tracés au crayon. Ils étaient tournés vers elle, de manière qu'elle puisse les lire.

— Croyez-vous pouvoir nous aider, Miss Day? demanda March. Avez-vous déjà vu ceci?

Après voir jeté un coup d'œil à la feuille, elle le regarda, ses yeux gris-vert écarquillés sous l'effet de la surprise. Frank Abbott, qui l'observait avec une attention extrême, n'y distingua pas autre chose.

Les aiguilles de Miss Silver cliquetaient, mais son regard ne quittait pas Lona Day. En pure perte. Si l'infirmière avait ressenti un choc, elle avait fort bien encaissé. Ses mains restèrent immobiles — l'une posée sur le tissu sombre de sa robe, l'autre sur le bord du bureau —, sans trace de tension ni de crispation. Les petits yeux indéfinissables de Miss Silver continuèrent à observer.

— Faut-il que je la lise ? demanda Lona. Qu'est-ce que ça signifie ?

— C'est une lettre, lui répondit March d'un ton grave. Savez-vous où elle a été trouvée ?

— Oh, non. Comment le pourrais-je ?

— Je ne sais pas. Elle était coincée dans la cheminée de la chambre où dormait habituellement Henry Clayton. On a essayé de la brûler, mais un courant d'air l'a fait s'envoler vers le haut du conduit. Voudriez-vous la lire, s'il vous plaît ?

— Je veux bien... mais à quoi rime tout cela ?

— On a déguisé l'écriture. La personne qui l'a rédigée semble fixer un rendez-vous d'adieu. Étant donné qu'on ne précise pas où, je crois que nous pouvons considérer que ce devait être le dernier d'une série.

Elle le considéra avec admiration.

— Que vous êtes perspicace !

Détectait-on une pointe de moquerie derrière le compliment ? Frank aurait été incapable de l'affirmer.

Quant à March, il gardait ses pensées pour lui. Tout cela lui déplaisait souverainement et, alors même qu'il poursuivait l'enquête, il se demandait pourquoi il avait cédé devant des arguments que son bon sens estimait ridicules. Non pas qu'il outrepassât ses droits en montrant cette lettre à une ou plusieurs personnes présentes dans la maison le soir de la mort d'Henry Clayton, lettre qui avait peut-être un rapport, aussi lointain fût-il, avec le meurtre. Mais sa raison lui soufflait avec une certitude éclatante que tout ce qu'il disait et faisait maintenant était inspiré par des hypothèses qu'il refusait absolument de partager. En d'autres termes, Miss Silver se servait de lui et il ne s'y opposait pas. Cette situation l'irritait au plus haut point. Certes, il faisait son travail et il aurait été satisfait si c'était lui qui en avait décidé ainsi, mais ce n'était pas le cas. Or il ne pouvait ni se débarrasser de sa tâche ni l'accomplir comme il l'entendait. Il ne lui restait qu'à continuer dans cette voie, avec une répugnance grandissante. Cela dit, il était absolument décidé à en finir une bonne fois pour toutes sans laisser à quiconque le loisir d'exercer sur lui la moindre pression nouvelle.

Il plongea son regard au fond des beaux yeux de Miss Day et lui demanda :

— Avez-vous écrit cette lettre ?

Un éclair apparut dans les yeux, la main posée sur le bureau se crispa, la voix se remplit de colère.

— Bien sûr que non !

La question était brutale, inutile de le nier, mais sa réaction était celle qu'on aurait attendue de n'importe quelle femme innocente, c'était évident. S'il n'avait vu son regard briller et senti sa colère, il aurait commencé à envisager l'hypothèse à laquelle il se refusait. Car, s'il lui était permis de suggérer qu'elle avait été la maîtresse d'Henry Clayton, et peut-être aussi sa meurtrière, une jeune femme innocente était parfaitement en droit de le prendre mal.

— Je suis obligé de vous poser ces questions, reprit-il. Vous étiez présente dans la maison quand Clayton a été assassiné.

Deux taches rouges apparurent sur ses joues et ses yeux étincelèrent. La colère ne sied pas à tout le monde, mais elle seyait à Miss Lona Day et c'est peu dire qu'elle en éprouvait.

Elle répliqua d'un ton sourd et vibrant.

— Je me trouvais dans cette maison avec un homme dont les histoires de cœur étaient notoires, par conséquent... j'ai eu une aventure avec lui ! Je m'occupais de deux grands malades, mais cela ne m'a nullement empêchée de courir le guilledou ! Je vivais dans cette maison à l'époque où il a été tué, je suppose donc que c'est moi qui l'ai assassiné !

Miss Silver la considéra calmement derrière ses aiguilles qui cliquetaient.

— Oui, lâcha-t-elle.

Miss Day poussa un cri perçant. Elle se mit à sangloter de manière hystérique.

— Oh! Comment osez-vous... comment osez-vous!

Elle tourna ses yeux noyés de larmes vers March.

— Elle n'a aucun droit de dire une chose pareille!

March n'était pas loin de lui donner raison. Il était dans une situation très délicate, qu'il n'avait jamais connue.

Miss Day continua à sangloter douloureusement. Entre deux sanglots, on comprit qu'elle exigeait de savoir pourquoi Miss Silver se trouvait là, et qui était-elle, d'ailleurs... pour se permettre de lancer de telles accusations contre une infirmière qui devait gagner son pain!

Frank Abbott, sardonique, remarqua qu'une bonne couche de vernis social avait été emportée par les larmes. Mais étaient-ce des larmes? Elle se tamponnait ou se pressait les yeux avec un mouchoir, son regard brillait beaucoup, mais avait-elle pleuré? Il demeura sceptique. Pour l'instant, les yeux de l'infirmière étaient posés sur March comme s'il représentait son seul et ultime espoir.

— Monsieur le commissaire... rien ne m'oblige à l'écouter, n'est-ce pas?

Il lui répondit d'un ton grave et contraint :

— Je crois que vous feriez mieux de prêter attention à ce qu'elle a à dire.

Il se tourna vers Miss Silver.

— Il me semble que vous êtes tenue d'expliquer ou de justifier vos propos.

Miss Silver avait continué à tricoter. Il y avait maintenant plusieurs rangs de mailles gris foncé sur ses aiguilles. Elle opposa un regard tranquille à celui, très sévère, qu'il lui avait lancé.

— C'était une opinion personnelle. Miss Day, dans

sa déclaration, s'est voulue ironique. Moi, en disant la même chose, je suis tout à fait sérieuse.

Un silence chargé d'électricité succéda à ces paroles. Puis Miss Silver ajouta, du même ton égal :

— Est-ce que Miss Day voudrait nous faire comprendre qu'elle n'a pas assassiné Henry Clayton ?

Lona bondit sur ses pieds. Elle ne sanglotait plus. Elle ne regardait que March, ne s'adressait qu'à lui.

— Je n'ai jamais été aussi insultée de ma vie ! Je suis entrée dans cette maison il y a plus de trois ans pour prendre soin d'une vieille dame malade et d'un homme sérieusement blessé. J'ai donné le meilleur de moi-même. Je crois pouvoir affirmer que j'ai gagné le respect et l'affection de tous ceux qui vivent sous ce toit. Je connaissais à peine Mr. Henry Clayton. Il est ignoble de suggérer que j'aie quelque chose à voir avec sa mort. Elle n'a pas le droit de m'accuser et de s'en laver les mains. Je pourrais porter plainte contre elle pour calomnie. Il lui faudrait prouver ce qu'elle avance et, si elle en était incapable, me faire des excuses publiques. Ma réputation me permet de trouver du travail et je me dois de la protéger.

March se dit que tout cela allait virer au cauchemar. Miss Day avait raison et Miss Silver avait complètement tort, comme si elle avait été une gamine cancanière au lieu d'une vieille dame raisonnable. Qu'elle n'eût aucun argument pour soutenir son accusation, il ne l'ignorait pas. Mais qu'elle puisse accuser quelqu'un sans avoir les moyens de prouver ses dires le stupéfiait.

Tandis que Frank Abbott se reculait sur son siège et pariait sur Maudie, March reprit :

— Miss Silver...

Elle toussota légèrement.

— Dois-je comprendre que Miss Day se propose de me poursuivre en diffamation ? Cela pourrait s'avérer très intéressant.

March lui lança un regard furieux, mais elle l'ignora. Son attention était dirigée vers Miss Lona Day et, l'espace d'une seconde, elle découvrit ce qu'elle cherchait — non pas de la colère, car l'infirmière en avait déjà considérablement montré, non pas de la peur, car Miss Silver n'en attendait pas, mais quelque chose qu'il était difficile de traduire par des mots. De la haine, c'était le terme qui s'en approchait le plus... et, derrière, la volonté formidable qui était à l'œuvre. Pareille à l'éclat soudain d'une lame tirée d'un fourreau de velours, mais instantanément maîtrisée.

Miss Silver continua à l'observer et ne vit plus que ce que les autres voyaient : une femme pâle, insultée, qui se défendait.

Lona Day s'éloigna du bureau.

— Si elle a quelque chose à dire, pourquoi ne le dit-elle pas ? Dans le cas contraire, j'aimerais retourner dans ma chambre. Et je demanderai au capitaine Pilgrim s'il tolère que l'on m'insulte de cette manière sous son toit.

March s'adressa à Miss Silver.

— Avez-vous une déclaration à faire ?

Derrière le cliquètement de ses aiguilles, elle lui accorda un léger sourire mesuré.

— Non, merci, monsieur le commissaire.

Lona Day se dirigea vers la porte et sortit, non sans dignité.

Miss Silver quitta tranquillement son fauteuil. Elle semblait inconsciente du sentiment de désapprobation qui avait maintenant envahi la pièce comme un brouillard. Elle croisa le regard sombre de son ancien élève sans se décontenancer le moins du monde et lança d'un ton joyeux :

— Croyez-vous qu'elle va me traîner devant les tribunaux, Randal ? Pas moi. Mais cela pourrait ne pas manquer d'intérêt.

Frank Abbott se couvrit la bouche de la main. Il écouta la réponse de March.

— Mais bon sang, qu'est-ce qui vous a pris?

— Le désir de tenter une expérience, mon cher Randal, lui répondit-elle.

— On ne porte pas des accusations de cette gravité quand on n'a pas le commencement d'une preuve!

Miss Silver sourit.

— Elle ignore si oui ou non j'en possède. Plus elle y pensera, moins elle se sentira en sécurité. Il faut avoir la conscience claire pour supporter une accusation de meurtre.

Quand March lui répondit, sa colère n'était pas feinte.

— Vous ne pouvez accuser une femme de meurtre sans preuve alors qu'il en existe d'absolument irréfutables contre une autre personne! Il n'y a qu'un meurtrier dans cette affaire et il s'appelle Alfred Robbins!

Pendant qu'il parlait la porte s'était ouverte sur Judy Elliot. Ses joues étaient vivement colorées. Elle parla d'un ton précipité, la voix tremblante.

— S'il vous plaît, dit-elle, voudriez-vous bien recevoir Miss Mabel Robbins?

41

Le silence succéda à ce coup de tonnerre. Brusquement, les pensées des quatre personnes présentes parurent se confondre et s'entrechoquer. Quand Judy s'écarta, une grande fille brune s'avança. Elle portait un manteau de fourrure et un petit chapeau noir joliment incliné sur la tête. Sa fourrure était de l'écureuil, son chapeau ne manquait pas d'élégance et la jeune fille aurait été très séduisante si elle n'avait été d'une pâleur cadavérique. Elle se dirigea droit sur Frank Abbott, lui tendit ses deux mains et déclara :

— Oh, Mr. Frank... est-ce vrai pour mon père ? Je l'ai appris à Ledlington...

Il prit ses mains et les garda un moment dans les siennes.

— J'en ai peur, finit-il par dire.
— Il est mort ?
— Oui. Nous pensions que vous aussi étiez décédée.

Elle retira ses mains.

— Mon père préférait le faire croire.
— Il savait que vous étiez vivante ?

Ses yeux étaient bleu foncé, encore assombris par de longs cils noirs. Ils se soulevèrent et elle regarda Frank bien en face.

— Oui, il savait, confirma-t-elle.

Elle parlait d'une voix douce et agréable, sans aucune trace d'accent campagnard. Quand elle prononça ces mots, on devina chez elle un sentiment amer.

Elle se tourna vers Randal March.

— Excusez-moi... c'est à vous que j'aurais dû m'adresser en premier. Mais je suis sûre que vous comprendrez. Je connais Mr. Frank depuis toute petite et je viens d'apprendre la mort de mon père. Ça m'a fait du bien de revoir un visage ami. C'est vrai, vous aussi je vous connais... de vue. J'ai travaillé à Ledlington.

Elle était simple et directe. La situation était on ne peut plus embarrassante, mais elle semblait ne pas en avoir conscience. March lui proposa de s'asseoir et elle accepta. Quand il lui expliqua qui était Miss Silver, elle répondit par un léger sourire et inclina la tête avec une grâce naturelle. Il lui demanda alors si elle avait quelque chose à déclarer. Elle leva les yeux vers lui.

— Oui, affirma-t-elle, c'est la raison de ma venue.

Frank Abbott, qui se tenait à sa gauche, s'empara de son crayon. Le regard de Miss Silver brillait, très attentif.

— Bien, Miss Robbins, commença March, qu'avez-vous à nous apprendre ?

Ses grands cils noirs retombèrent.

— Beaucoup de choses, dit-elle. Mais ce n'est pas facile. Peut-être devrais-je d'abord vous préciser que je ne m'appelle plus Miss Robbins. Je suis mariée et... monsieur le commissaire, est-il nécessaire que je mentionne le nom de mon mari ?

— Je ne sais pas. Cela dépendra de vos déclarations.

Elle inspira profondément.

— Cela n'a rien à voir avec lui.

— Sait-il que vous êtes ici ?

Elle leva aussitôt les yeux, surprise.

— Bien sûr... il est au courant de tout. Nous en avons parlé. C'est lui qui m'a recommandé de venir, mais je ne tiens pas à citer son nom, car cela risquerait de lui porter tort dans son métier. Il est médecin.

— Je ne peux rien vous promettre... déclara March. Vous comprenez, n'est-ce pas? Voudriez-vous me dire de quoi votre mari et vous-même pensiez devoir m'informer? Cela concerne la mort d'Henry Clayton, j'imagine.

Une brusque rougeur envahit son visage puis disparut. Un instant, elle apparut dans tout l'éclat de sa beauté, ce genre de beauté dont on a la révélation foudroyante, et aucune des trois autres personnes présentes n'y fut insensible.

— Oui, répondit-elle. J'étais ici cette nuit-là.

Ces quelques mots, prononcés d'une voix tranquille, produisirent une réaction aussi forte que son entrée. Frank la dévisagea. Les aiguilles de Miss Silver cessèrent un moment de cliqueter.

— Vous étiez ici la nuit où Henry Clayton a été assassiné? reprit March.

— Oui.

— Vous en êtes sûre?

Elle eut un très léger sourire.

— Oui, j'en suis sûre.

— Voulez-vous dire que vous avez été témoin... du meurtre?

Elle retint son souffle.

— Oh, non... pas ça!

Elle inspira rapidement.

— Commissaire March, puis-je tout vous raconter depuis le début? Sinon, vous ne comprendrez pas.

— Je vous en prie... faites comme bon vous semble.

Tout ce temps, elle était restée penchée vers lui, au-dessus du bureau. Elle se redressa, ouvrit son manteau et le ramena en arrière sur ses épaules. Elle portait une robe de laine rouge foncé, simple et de bonne qualité. Elle avait ôté ses gants et les avait posés sur le bureau. Ses mains étaient croisées sur son giron, la gauche sur la droite. À l'annulaire, elle avait une alliance en platine et une bague à l'ancienne avec un rubis entouré de diamants. Mabel Robbins baissa les yeux et commença son récit d'une voix grave et posée.

— Vous savez déjà que mon père préférait laisser croire que j'étais morte. C'était un homme très fier et il estimait que je l'avais déshonoré. Henry Clayton m'avait courtisée et j'en étais tombée amoureuse. Je ne cherche pas d'excuses, mais je l'aimais et je ne veux pas le blâmer, car il n'a jamais prétendu vouloir m'épouser.

Elle releva les yeux et, dans son regard, il y avait un accent criant de vérité.

— Il n'est plus là pour se défendre, je tiens donc à ce que les choses soient claires : il ne m'a pas trompée. Il ne m'avait jamais rien promis. Quand j'ai su que j'étais enceinte, il s'est occupé de moi et de l'enfant. J'ai écrit à ma mère pour la prévenir que j'allais bien, qu'on prenait soin de moi, mais elle n'a jamais reçu ma lettre. Mon père l'a brûlée.

— Mon Dieu, s'exclama Miss Silver, quel abus d'autorité !

Mabel l'observa un moment.

— Il était comme ça, dit-elle sobrement.

Elle poursuivit.

— Pour la lettre, je ne l'ai appris qu'ultérieurement. Je comprenais seulement qu'ils ne m'écrivaient pas. Quand mon bébé a eu un an, j'ai envoyé une nouvelle lettre, avec une photo. Elle est très mignonne. Je me disais que s'ils la voyaient... Bref, mon père s'est rendu à Londres pour me parler. Cela a été... épouvantable. La ville subissait un bombardement effroyable. Il refusait de rejoindre un abri ou de nous laisser nous y réfugier. Il est resté là et m'a dit quelle conduite adopter. Il m'a demandé de jurer sur la Bible.

Elle regardait March, maintenant, bien en face, les yeux grands ouverts.

— Cela semble déraisonnable de penser que je lui ai cédé, mais imaginez dans quelle ambiance je me trouvais, avec le bruit de la DCA, le fracas des bombes et mon père qui ressemblait au Jugement dernier. Je devais faire croire que j'étais morte, ainsi que ma fille, afin de ne pas le déshonorer davantage. J'avais interdiction d'écrire, de venir ou de me manifester d'une manière ou d'une autre, afin qu'on ne risque pas de penser que j'étais vivante. Il m'a déclaré qu'il nous maudirait, mon bébé et moi, si je n'obéissais pas. Il affirmait aussi que ma mère serait plus heureuse de me savoir morte, car elle cesserait de se faire du mauvais sang. Alors j'ai promis. Il est rentré et a annoncé à Mr. Roger et à Mr. Pilgrim, ainsi qu'à ma mère, que nous avions été tuées au cours d'un raid aérien... qu'il avait vu nos corps. Mr. Roger l'a répété à Henry et Henry m'a rendu visite et y a trouvé matière à plaisanterie. Nous ne vivions plus ensemble mais il lui arrivait de venir me voir. Il avait commencé à s'intéresser beaucoup à ma fille. Il affirmait qu'elle ressemblait à sa mère et qu'elle serait une beauté.

Elle fit une pause, comme s'il lui était difficile de continuer.

— Ce jour-là, reprit-elle, il est resté plus longtemps qu'à son habitude et nous avons parlé de tout et de rien, mais, à la fin, il est reparti sans me dire ce qu'il avait eu l'intention de m'annoncer. Une fois parti, il me l'a écrit. J'ai reçu la lettre le lendemain. Il allait se marier avec Miss Lesley Freyne, dans un mois. Il n'avait pas l'intention de nous revoir.

Il y eut un silence prolongé. Elle regarda sa bague. L'éclairage électrique faisait ressortir l'éclat des diamants, le rouge profond du rubis — chaleureux, soutenu, étincelant, comme un rappel des lumières d'un foyer. Puis elle reprit à voix basse.

— Je refuse qu'on le condamne. Il était sur le point de se marier et il pensait qu'il aurait été incorrect de continuer à me voir. Sauf que lorsque c'est arrivé, je n'ai pas cru pouvoir le supporter. Tout d'abord, je n'ai rien fait... je m'en sentais incapable. J'ai perdu beaucoup de temps. Puis je lui ai écrit pour qu'il me permette de lui dire adieu et il m'a répondu qu'il valait mieux m'en abstenir, que cela nous ferait du mal et qu'il allait se rendre à Pilgrim's Rest.

Elle porta quelques secondes la main à sa tête et la laissa retomber — une jolie main, très soignée, aux ongles vernis.

— Je crois que j'étais comme folle ou je n'aurais jamais agi comme je l'ai fait. Je ne dormais plus, obsédée que j'étais par l'idée de le revoir, le revoir absolument.

Elle se détourna de March, non pas pour s'adresser à Frank Abbott, qu'elle connaissait depuis si longtemps, mais à Miss Silver, assise à tricoter dans son fauteuil victorien.

— Vous savez comment ça se passe quand vous êtes rongé par une idée fixe... vous ne pensez à rien d'autre... cela vous est impossible... plus rien n'a d'importance que votre obsession. J'avais l'habitude de confier ma petite Marion à ma propriétaire. Elle se montrait très bonne avec elle. Et c'est ainsi que ce jour-là, quand j'ai quitté le bureau, j'ai décidé de venir le voir... à la gare, je suis montée dans le premier train pour Ledlington. Il me semblait que c'était la seule chose à faire. Je n'avais rien prémédité, je suis partie sur un coup de tête. Est-ce que vous me comprenez ?

Miss Silver la regarda avec gentillesse.

— Oui, l'assura-t-elle.

Mabel Robbins se tourna alors vers March.

Il y a eu un raid aérien et le train a pris du

retard. Quand je suis enfin parvenue à Ledlington, il n'y avait plus de bus. J'ai marché. Il était dix heures du soir passées quand je suis arrivée. J'ai entendu l'horloge sonner le quart au moment où j'entrais dans le village et c'est alors seulement que je me suis demandé ce que j'allais faire. Comprenez-moi, j'avais juste envisagé de rencontrer Henry. Je ne m'étais pas inquiétée de savoir comment j'allais m'y prendre.

— Je vois, dit March. Et qu'avez-vous fait ?

— Je me suis cachée sous l'if près du portail de Mrs. Simpson, de l'autre côté de la rue. Il donne beaucoup d'ombre. La lune était pleine et je ne voulais pas qu'on m'aperçoive. J'ai patienté longtemps, sans trouver aucun moyen de parler à Henry. Je n'osais pas entrer dans la maison à cause de mon père. Mon esprit était paralysé. J'ai entendu l'horloge sonner la demie et je n'ai pas bougé. Soudain, la porte du passage vitré s'est ouverte et Henry est sorti. Grâce à la lune on le distinguait très nettement. Il ne portait pas de manteau, pas plus que de chapeau ou d'écharpe. Il souriait. J'ai compris qu'il allait la voir, elle... Miss Freyne. J'avais déjà fait un pas dans sa direction quand je me suis figée sur place. Cela ne servirait à rien, je venais de m'en rendre compte. Je l'ai laissé partir. Et voilà que, tout de suite après, quelqu'un est sorti derrière lui...

— Vous avez vu quelqu'un quitter la maison et suivre Clayton ? Était-ce votre père ?

— Non. Bien sûr, il était inévitable que vous pensiez à lui. Mon mari m'avait prévenue. Mais ce n'était pas mon père. C'était une femme, dans une de ces robes chinoises. La lune était si brillante que j'ai remarqué les broderies dont elle était décorée alors que la femme courait pour rattraper Henry. Elle l'a rejoint juste devant le portail de la cour de l'écurie et ils sont restés un moment à parler. Je ne pouvais pas entendre ce qu'ils se disaient, mais j'ai remarqué son expression quand il s'est retourné. Il paraissait fâché, pourtant, il est rentré avec elle. Dans la maison.

March se pencha en avant.

— Reconnaîtriez-vous cette femme? Avez-vous vu son visage?

— Bien sûr que je la reconnaîtrais.

Sa voix était fatiguée et quelque peu méprisante.

— Je la connaissais déjà. Henry avait beaucoup parlé d'elle quand elle était arrivée à Pilgrim's Rest pour soigner Mr. Jerome. Il prétendait que c'était la femme la plus sympathique qu'il ait jamais rencontrée. Il m'avait montré une photo d'elle en compagnie de ses tantes. Une photo qu'il avait prise lui-même. Par la suite, il ne m'en a plus reparlé et... je me suis posé des questions.

— Vous l'avez donc reconnue d'après la photo?

— Oui. Il s'agissait de Miss Day... Miss Lona Day.

Frank Abbott jeta un coup d'œil à Miss Silver. Il ne distingua aucun changement d'expression sur son visage. Elle avait déjà tricoté trois centimètres de côtes de ce qui deviendrait la prochaine paire de chaussettes grises du petit Roger. Elle tira sur sa pelote de laine, faisant cliqueter ses aiguilles.

— Est-ce tout, Miss Robbins? demanda March.

Elle leva brusquement les yeux, surprise apparemment.

— Oh, non. Est-ce que... est-ce que je peux continuer?

— Je vous en prie.

Elle continua à le regarder.

— Je les ai suivis dans la maison. Voyez-vous, je savais qu'ils n'avaient pas refermé la porte, parce que d'où je me trouvais j'avais une vue imprenable sur l'intérieur du passage, et ils n'avaient pas pris le temps de s'arrêter. Ils étaient entrés directement et je les ai imités.

— Qu'aviez-vous l'intention de faire?

Elle lui répondit très simplement, comme une enfant :

— Je n'en avais aucune idée... je ne pensais à rien de précis... je me suis contentée de les suivre. Quand je suis arrivée dans le hall, la lumière était allumée. J'ai regardé vers la gauche et j'ai remarqué que la porte de la salle à manger venait juste de se refermer. Je me suis approchée et j'ai entendu parler. La porte n'avait pas été complètement tirée. Je l'ai poussée et je suis entrée.

Elle s'interrompit, se pencha au-dessus du bureau et reprit :

— Vous avez vu la salle à manger... je ne crois pas que rien ait changé. Il y a une grande tenture derrière la porte... Miss Netta se plaignait toujours du courant d'air qui venait du hall. Eh bien, je suis restée derrière cette tenture et j'ai assisté à toute la scène.

— Ah oui ?

— Ils se tenaient en face du grand buffet, Henry était le plus près de moi, devant la porte qui ouvre sur le couloir conduisant au monte-charge. Elle était de l'autre côté, plus loin. Il n'y avait qu'une ampoule allumée, au-dessus du buffet. Moi, je pouvais les voir, mais, du moment que je me tenais tranquille, ils n'avaient aucune possibilité de me découvrir. J'ai entendu Henry qui disait : « Ma petite, à quoi rime tout ça ? Tu ferais mieux d'aller te coucher. » Miss Day lui a répondu : « Tu es tellement pressé d'aller la retrouver que tu ne peux même pas m'accorder cinq minutes pour qu'on se dise adieu ? Je n'en exige pas plus. »

Une fois encore, son regard se tourna vers Miss Silver. Elle était d'une pâleur mortelle.

— Quand elle a prononcé ces mots, cela m'a rappelé tout ce que j'avais envisagé de dire à Henry. J'ai commencé à remercier Dieu de ne pas en avoir eu l'occasion. Il n'avait aucune raison, et il n'en aurait jamais aucune, de me regarder de la façon dont il la regardait. Après avoir poussé un cri, elle a brusquement pivoté et a décroché un des poignards qui étaient suspendus au mur... vous savez, il y en a beaucoup, disposés d'une certaine façon... je crois que ça s'appelle un trophée. Elle s'en est emparée et a hurlé : « Très bien, je vais me tuer si c'est ce que tu veux ! » Et Henry, sans esquisser un geste, les mains dans les poches, lui a répondu : « Lona, arrête donc de faire l'idiote ! »

— Vous l'avez entendu prononcer son nom ? intervint aussitôt March.

— Oui.

— Seriez-vous prête à le répéter sous serment ? On vous le demandera, n'est-ce pas.

— Je sais.

— Je vous en prie, poursuivez.

De nouveau, c'est à lui qu'elle s'adressa :

— « Remets donc ce poignard à sa place et viens ici ! a lancé Henry. Si tu veux me dire adieu dans les formes, pas de problème, mais que ça ne prenne pas plus de cinq minutes. Allez, viens, chérie. » Il lui a offert sa main et il souriait, ses yeux du moins. « D'accord, c'est tout ce que je veux », a-t-elle dit, et elle s'est tournée, s'est approchée du mur et a fait mine de remettre l'arme à sa place, dans le trophée. Mais elle ne l'a pas remise à sa place... elle l'a glissée dans la poche de sa robe chinoise.

Miss Silver toussota.

— Ces vêtements ne comportent pas de poches, Miss Robbins.

Miss Robbins lui répondit par un regard qui ne cilla pas.

— Celle-ci en avait une... il ne vous sera pas difficile de le vérifier. Elle a mis le poignard dans sa poche mais Henry n'a pas pu s'en apercevoir à cause de toute cette lourde argenterie qui se trouve sur le buffet. À mon avis, il aura seulement remarqué qu'elle avait tendu la main vers le mur avant de reculer. Mais moi, je l'ai vue le cacher dans sa poche.

— Vous rendez-vous compte de l'importance de ce détail ?

Elle frissonna de la tête aux pieds.

— Oui.

— Poursuivez.

— Elle s'est approchée d'Henry et lui a passé les bras autour du cou. Je n'avais qu'une idée en tête, m'enfuir, mais mon corps ne m'obéissait plus. Alors elle lui a dit : « Tu as reçu mon message. Je t'attendais. Pourquoi n'es-tu pas monté dans ma chambre ? » « Parce qu'il n'y a plus rien entre nous », lui a répondu Henry, avant de lui tapoter l'épaule : « Allez, Lona... montre-toi raisonnable ! Nous en avons bien profité... ne nous disputons pas pour les dernières miettes du gâteau. Nous n'avons jamais fait semblant de croire que notre histoire était très sérieuse, tu en conviendras. Ce n'était pas la première fois que nous jouions à ce petit jeu et, tous les deux, nous savons que c'est fini. » À quoi elle a répondu · « Tu vas la retrouver... Lesley Freyne. » « Bien sûr, a dit Henry. Et je vais l'épouser. J'ajoute, ma chère, que tu ferais mieux de t'en persuader une bonne fois pour toutes... je suis décidé à être le meilleur des maris. Pour moi, elle représente le sel de la terre et je n'ai pas l'intention de la décevoir, pour autant que j'en sois capable. » J'ai alors compris que je devais filer. Tout ce qu'elle disait, tout ce qu'Henry disait m'avait fait comprendre que je n'aurais jamais dû venir. Je sentais que si jamais il m'apercevait je mourrais de honte.

Sa voix n'était plus qu'un murmure. Elle s'interrompit, baissa les yeux sur sa bague et inspira deux ou trois fois, profondément. Personne n'intervint. Au bout d'un moment, elle reprit la parole.

— J'ai reculé vers la porte. Je ne l'ai plus jamais revu et ce sont les derniers mots que je l'ai entendu prononcer.

Elle fit une nouvelle pause et porta la main à sa tête

— exactement comme auparavant. Les deux hommes présents se rendirent compte de l'effort qu'il lui en coûtait de raconter son histoire, chose dont Miss Silver avait pris conscience dès le début.

Elle réussit à reprendre le fil de son récit. Elle parlait d'une voix ferme, sans hausser le ton.

— À peine avais-je décidé de partir que j'ai eu un malaise. Je n'avais pratiquement pas mangé de la journée. Je n'ai pas pour habitude de m'évanouir, mais je craignais que cela ne m'arrive et j'aurais préféré mourir. La porte dans mon dos était entrouverte. Je l'ai tirée et j'ai pénétré dans le hall. Mon père venait de franchir la porte matelassée qui donne sur l'aile où se trouve la cuisine. Il s'est avancé vers moi et je ne sais plus ce qu'il a dit, parce que j'étais si mal que j'ai dû me retenir à lui. Je me souviens qu'il m'a secouée et m'a poussée vers la porte de devant, mais, se rendant compte de mon état de faiblesse, il m'a laissée. Il est revenu avec un verre contenant une bonne dose de whisky. Il me l'a fait boire et ça m'a ranimée. Il m'a conduite dans le passage vitré et m'a demandé pour quelle raison j'étais venue. Est-ce que je voulais qu'il me maudisse, vu que je n'avais pas tenu ma promesse? Non, ai-je répondu. Ensuite, il s'est inquiété de savoir si quelqu'un m'avait vue et je l'ai rassuré. « Tu avais l'intention de parler à Mr. Henry. Est-ce que tu l'as vu? » m'a-t-il demandé. « Oui, ai-je répondu, mais lui ne m'a pas vue. Aucun d'eux ne m'a vue. Je suis restée derrière la tenture de la salle à manger, sans qu'ils soupçonnent ma présence. Ils y sont toujours — Henry et Miss Day. Tout est fini maintenant... inutile de t'inquiéter, je ne reviendrai plus. » « Cela vaudrait mieux », a-t-il dit. Ensuite, il m'a accompagnée dans la rue et a attendu que je m'éloigne. Je ne sais pas comment je suis parvenue à Ledlington. Il n'y avait plus de train. J'ai dû marcher le long de la route de Londres parce qu'un automobiliste s'est arrêté pour me faire monter. Je ne me rappelle rien. Il a dû fouiller dans mon sac pour trouver mon adresse, car il m'a déposée devant chez moi. Je n'ai qu'un seul souvenir : ma propriétaire est sortie et tous deux m'ont aidée à entrer dans la maison. Puis il a dit : « Je suis médecin. Vous feriez mieux de la mettre au lit, que je l'examine. » C'est ainsi que j'ai rencontré mon mari.

March la regarda attentivement.

— Quand vous avez appris que Clayton avait disparu, n'avez-vous pas songé à contacter la police ? Il vous en a fallu du temps, Miss Robbins, pour révéler votre histoire !

Elle semblait éprouver une sorte de soulagement Elle était moins pâle.

— Oui, dit-elle. Mais le fait est que je l'ignorais.

— Vous ignoriez que Clayton avait disparu ?

— Oui. J'étais très malade. Il s'est écoulé deux mois avant que je puisse ouvrir un journal et je ne fréquentais plus personne qui aurait pu me parler des Pilgrim... j'étais totalement coupée de Holt St. Agnes. J'ai su au bout d'un an qu'Henry n'avait pas épousé Miss Freyne.

— Qui vous en a informée ?

— Un de ses amis, un homme que je rencontrais parfois quand nous étions ensemble. La façon dont il me l'a raconté, je n'aurais jamais imaginé...

Elle s'interrompit, puis reprit :

— En vérité, je ne l'ai jamais imaginé, monsieur le commissaire. Il m'a dit : « Ainsi donc, Henry n'a pas pu s'y résoudre, finalement. L'argent n'est pas tout, n'est-ce pas ? Est-ce que vous avez eu de ses nouvelles, depuis ? » Quand je l'ai supplié de m'expliquer ce qu'il voulait dire, il a répondu : « Vous ne savez pas ? Ce pauvre vieux Henry, au dernier moment, il a craqué et il a disparu dans la nature. Plus personne n'en a entendu parler. »

— Je vois.

— Je croyais que les choses en resteraient là. Cela ressemblait bien à Henry. Je me disais que son aventure avec Miss Day n'était pas vraiment finie ou que Miss Freyne en avait eu vent. Jamais, jamais je n'aurais pensé que... comment aurais-je pu deviner... cela ne m'est jamais venu à l'esprit.

— À quel moment l'avez-vous envisagé ? lui demanda March d'une voix grave.

Elle tourna son visage vers lui.

— Il y a un an que je me suis mariée. J'avais tout raconté à mon mari, bien avant. Il a adopté ma petite fille. Vous n'avez pas idée comme il s'est montré bon pour nous. Il a un frère, qui est journaliste... plus jeune que John. Il était dans l'armée, mais il a été blessé. Son journal l'a envoyé ici quand... quand...

Sa voix se brisa.

— Quand on a découvert le corps de Clayton ? dit March.

— Oui.

— À quel moment avez-vous su qu'on avait retrouvé son corps ?

Elle était redevenue toute pâle et, quand elle répondit, il y avait de la surprise dans sa voix.

— Cela ne date que d'hier, n'est-ce pas ? Jim... mon beau-frère... est venu voir mon mari ce matin. Il habite près de chez nous. Hier, il est passé au village pour son enquête. Il devait y retourner. Pour ma part, j'étais partie travailler. Jim a tout raconté à mon mari, parce qu'il savait que j'avais vécu dans la région... il estimait que je devais connaître certaines personnes impliquées dans l'affaire.

Elle reprit brusquement son souffle.

— Il ne savait pas à quel point je pouvais les connaître ! Il ignorait tout de mon histoire, même mon véritable nom. Avant de me marier, je me faisais appeler Robertson et il me croyait veuve.

— Miss Robbins, tous les journaux du matin ont annoncé la découverte du corps de Clayton.

— Je sais bien. Mais je ne les ai pas lus... le matin, je n'en ai jamais le loisir. J'écoute le bulletin d'informations de huit heures en habillant Marion. Puis je prépare le petit déjeuner. Je n'ai jamais l'occasion de lire la presse... tout se fait dans la précipitation. J'ai une amie qui garde Marion chez elle, avec sa propre fille, et il me faut l'y conduire en me rendant à mon travail. Généralement, je ne travaille qu'à mi-temps, mais, en cas de besoin, je reste plus longtemps. En ce moment, nous sommes débordés, et je comptais rester.

— Je pense que votre mari a lu la presse.

— Oui... après mon départ. Il hésitait sur la conduite à tenir... il savait que cela serait un choc terrible pour moi. Et puis Jim est arrivé et lui a fourni tous les détails qui ne se trouvaient pas dans les journaux. Il a affirmé que la culpabilité de mon père ne faisait aucun doute... Bien sûr, il ignorait qu'il s'agissait de mon père. Il lui a dit que tous les journalistes pensaient qu'il avait également assassiné Roger Pilgrim, pour empêcher la vente de la maison, car, si on la vendait, on viderait le sous-sol...

Elle s'agrippa de la main au bord du bureau.

— Il lui a dit : « Robbins sera arrêté aujourd'hui... c'est certain. »

Après une courte pause elle poursuivit.

— Mon mari a téléphoné à mon travail. Il voulait qu'on me permette de rentrer... pour des raisons privées et urgentes. On lui a répondu que c'était impossible pour le moment mais qu'ils essaieraient de me libérer vers quatre heures. Ils ne m'ont pas prévenue de son appel. Quand je suis allée récupérer Marion, mon amie m'a annoncé que John lui avait demandé si elle pouvait la garder pour la nuit. C'est alors que j'ai commencé à penser qu'il était arrivé quelque chose. Je suis rentrée chez moi et John était absent... une urgence. Nous avons une femme de ménage... elle m'en a informée et m'a demandé de l'attendre, car il serait de retour dès que possible. Il n'est pas revenu avant cinq heures et demie. Il m'a appris la nouvelle, pour Henry, ajoutant que Jim estimait que mon père était sur le point d'être arrêté. Il m'a recommandé de dire à la police ce que j'avais vu et entendu. Il était hors de question que je ne témoigne pas.

— En quoi il avait parfaitement raison.

— Oui... je sais. Je lui ai répondu que j'allais me rendre au village. Lui ne pouvait pas m'accompagner à cause du malade dont il venait de s'occuper... il lui fallait y retourner. Mais il m'a assuré que mon beau-frère m'attendrait. J'ignore ce qu'il lui avait confié... assez pour le pousser à rester en contact avec lui toute la journée. Il a téléphoné alors que nous parlions et John l'a prévenu de mon arrivée, lui donnant l'heure de mon train. Je l'ai retrouvé à Ledlington. Il m'a annoncé que mon père s'était suicidé.

Miss Silver toussota. Mabel Robbins se tourna vers elle. Elle croisa un regard très vif, très intelligent, plein de compassion.

— Je crains de devoir vous apprendre une nouvelle qui va vous faire mal, dit Miss Silver. Votre père ne s'est pas suicidé, on l'a assassiné.

Elle ne parut pas choquée, se contentant de pousser un long soupir, avant de déclarer, à voix basse :

— Je me posais des questions... je ne voyais aucune raison à son suicide.

Elle s'adressa à March.

— Ma mère... commissaire March, je vous ai dit tout ce que je sais... puis-je aller retrouver ma mère, maintenant ?

— Je crois qu'il vaudrait mieux que quelqu'un la mette d'abord au courant, intervint Miss Silver. Elle vous croit morte.

March s'y opposa avec autorité.

— J'ai peur que cela ne doive attendre. Miss Robbins, vous êtes consciente de ce qu'impliquent vos déclarations. Elles sont très graves.

Elle lui renvoya un regard plein d'assurance.

— Oui, je sais.

— Votre père étant décédé et ne risquant plus d'être arrêté, ne désirez-vous rien modifier dans votre déposition?

Elle répondit d'une voix lasse et triste, mais aussi ferme que son regard :

— Je vous ai dit la vérité. Je ne peux rien y changer.

Il se tourna vers Frank Abbott.

— Demandez donc à Miss Day de descendre.

42

Judy referma la porte du bureau et se dirigea vers l'escalier. Cette journée semblait ne jamais devoir finir et elle se demandait comment en terminer avec toutes les tâches qui l'attendaient. Cette impression l'avait habitée jusqu'au moment où elle était allée ouvrir la porte et où Mabel Robbins était entrée dans le hall avant de se présenter. Dès lors, tout avait volé en éclats. Ce n'est pas tous les jours que vous accueillez une personne décédée depuis trois ans.

Gravissant l'escalier, elle était toujours sous le choc de cette rencontre et n'arrivait pas encore à ordonner ses pensées. Son esprit était en proie à une confusion extrême. Quelle horreur que de débarquer à l'improviste pour apprendre que son père était mort ! Mais quel bonheur pour Mrs. Robbins de revoir sa fille ! Et où était-elle, pendant tout ce temps ?

Comme elle s'engageait dans le couloir et approchait de la porte de sa chambre, elle tomba sur Lona Day, habillée pour sortir — manteau de fourrure, petit chapeau de couleur sombre, sac à main se balançant à son poignet gauche.

Lona s'avança et demanda :

— Qui est venu, à l'instant ? J'ai entendu qu'on sonnait. Il est hors de question que le capitaine Pilgrim reçoive de la visite... qui que ce soit. Il est malade.

Judy lui répondit, sans aucune arrière-pensée :

— C'était Mabel Robbins. Elle est vivante.

Lona lui prit le bras et l'entraîna vers l'escalier. Ce faisant, elle déclara d'un ton indifférent :

— Je le savais. Pas vous ? Bien sûr qu'elle allait revenir, mais je ne pensais pas que ce serait si tôt. Pressons-nous, Judy ! Le capitaine Pilgrim est au plus mal. Je dois trouver le Dr Daly. Il est chez les Miles, et ils n'ont pas le téléphone. Je vais essayer de prendre le taxi avec lequel est arrivée cette fille.

Judy s'arrêta.

— Trop tard, il est parti.

L'infirmière la tira par le bras.

— Je pourrais emprunter la voiture de la police. C'est une question de vie ou de mort.

Elles atteignirent le bas de l'escalier, traversèrent le hall et se retrouvèrent dans le passage vitré. Au moment où Lona ouvrait la porte donnant sur la rue, Judy s'inquiéta :

— Vous ne restez pas avec lui ?

Un courant d'air froid s'engouffra par la porte ouverte. Vers leur gauche, on voyait la voiture de police, noire et vide.

— Non, non, non ! s'exclama Lona. Je dois aller chercher le Dr Daly ! On ne peut rien faire avant son arrivée. Vous conduirez... je ne suis pas très habile la nuit. Allons... installez-vous, vite !

Elle avait ouvert la portière du véhicule et tenait Judy par le bras.

— Entrez, vous dis-je ! Vous préférez qu'il meure ?

Alors qu'elle avait posé un pied à l'intérieur, Judy se retourna.

— Miss Day, vous ne pouvez pas emprunter une voiture de police ! Il vous faut demander l'autorisation.

Lona lui serrait toujours le bras de la main gauche. Elle leva l'autre, qui tenait quelque chose de noir. Ce ne fut qu'une ombre, cette main serrant un objet — une apparition effrayante dans un cauchemar. L'ombre se rapprocha. Judy sentit un contact froid, comme une petite bouche mortelle qui se pressait sur son cou, juste sous l'oreille.

— Si vous ne mettez pas immédiatement cette voiture en marche, la menaça Lona Day, je tire. Si vous criez, vous serez morte avant même qu'on vous entende. Allez! Faites démarrer cette voiture!

Judy espéra de tout son cœur que la clef ne serait pas sur le tableau de bord, mais, quand elle avança la main, elle put la toucher.

La bouche froide s'était écartée de son cou. Plus tard, elle devait se traiter d'imbécile une bonne dizaine de fois, car elle venait de laisser passer sa chance. Mais tout était arrivé si vite! La portière derrière elle s'ouvrit et se referma et elle sentit le pistolet contre son dos.

— Fermez cette portière! lui ordonna Lona Day. Un seul geste de trop et votre compte est bon!

Judy s'exécuta. Elle aurait dû se baisser brusquement et se glisser dehors, vers la droite, au moment où le pistolet s'était écarté. Elle n'avait pas su saisir l'occasion.

— Démarrez!

— Je ne peux pas faire ça, protesta Judy.

La voix dans son dos devint aussi coupante qu'un rasoir.

— Si vous refusez, je vous abats sur-le-champ. Ensuite, j'irai à St. Agnes' Lodge raconter à Miss Freyne que vous m'avez envoyée chercher Penny. Elle la laissera sortir sans problème... vous le savez. Et vous n'aurez pas à vous inquiéter de ce que je lui ferai, parce que vous ne serez plus là pour le voir.

Judy s'entendit répondre d'une voix lente et tendue :

— Qu'est-ce que... ça vous... rapportera?

Cette fois, la voix derrière elle dans le noir sembla rire.

— N'avez-vous jamais entendu parler du plaisir de la vengeance ? Si vous me faites rater ma chance de filer, j'emmène Penny. Je compte jusqu'à cinq.

La main de Judy se porta vers la clef de contact.

Alors que la voiture descendait la rue et s'éloignait, Lona Day se remit à parler.

— Je vais m'adosser à la banquette, ce qui veut dire que vous ne sentirez plus le pistolet, mais je ne vous oublie pas. Je vous distingue parfaitement à contre-jour et si vous tentez quoi que ce soit, je ne vous raterai pas... et je sais tirer. D'ici cinq cents mètres, vous prendrez à droite.

Elle se tut un moment.

— Si vous suivez exactement mes indications, il ne vous arrivera rien, non plus qu'à Penny. J'ai l'intention de m'en sortir et vous allez m'y aider. Ne faites pas l'erreur de croire qu'on peut me rouler et s'en sortir. D'autres l'ont appris à leurs dépens. Si je vous supprime, qui va s'occuper de Penny ?

Judy s'entendit répondre d'une voix contrainte, étrange, qui ne semblait pas être la sienne :

— Ne... parlez pas... comme ça.

— Je vous préviens, répliqua Lona. Vous ne vous en sortiriez pas... personne n'y est parvenu. Henry Clayton croyait qu'il pourrait me séduire et me laisser tomber, comme il a fait avec la petite Robbins. Je vous en parle pour que vous compreniez qu'on ne joue pas avec moi. Nous approchons du tournant. Il y aura un chemin et un pont étroit juste après. Soyez prudente.

Judy prit le virage. Le chemin s'enfonçait sous une voûte d'arbres aux branches dénudées qui s'élevaient depuis les haies sombres plantées de chaque côté. Le ciel couvert laissait filtrer l'éclat diffus de la lune. Leur véhicule, une voiture de marque Wolseley, disposait des phares les plus puissants autorisés par le black-out. Judy était bonne conductrice. Jusqu'à cet instant, elle avait conduit de manière automatique. Elle commença alors à sentir les réactions de la voiture.

Derrière elle, Lona Day parlait toujours.

— Tenez, je vais vous dire ce qui s'est passé avec Henry. Il voulait épouser Lesley Freyne à cause de son argent. Après m'avoir connue, moi ! Ce n'est certes pas le genre de femme dont on tomberait amoureux... il n'en voulait qu'à sa fortune. Henry et moi nous étions rencontrés à Londres, où je m'occupais d'un malade. Aussi, quand j'ai appris qu'on cherchait une infirmière à Pilgrim's Rest, j'ai posé ma candidature. Avec mes références, ils ont sauté sur l'occasion, vous pensez bien. Vous le croirez ou non, mais Henry était terriblement contrarié. Mais bon, il a fait contre mauvaise fortune bon cœur. À cette époque, ses fiançailles traînaient en longueur et franchement, à choisir entre moi et Lesley Freyne... je vous demande un peu ! Et voilà qu'en janvier il a eu le toupet de m'annoncer que le jour du mariage était fixé... Ici, vous prenez à gauche !

Le chemin se partageait en deux et tournait. Judy obéit. Lona continua à raconter.

— Il est venu pour le mariage. Je lui ai envoyé un mot pour lui demander de me rejoindre dans ma chambre. Il n'en a rien fait, c'est elle qu'il est allé retrouver. Je l'ai entendu prévenir Robbins avant de sortir. Robbins est parti. J'ai couru et j'ai rattrapé Henry près du portail de la cour des écuries. Il était en colère, mais il est rentré avec moi. Nous sommes entrés dans la salle à manger. J'ai décroché un des poignards du trophée qui se trouve près du buffet, le menaçant de me tuer s'il ne me disait pas adieu dans les formes. Il m'a répondu de ne pas faire l'idiote. Je lui ai laissé croire que je le remettais en place, mais je l'ai glissé dans la poche de la robe chinoise que je portais. Il disait toujours qu'elle m'allait à ravir. Ces robes n'ont pas de poche, mais j'en avais fait faire une. Le poignard y tenait parfaitement. Je n'avais pas encore décidé à quel moment je le supprimerais. J'y avais réfléchi, sans parvenir à me décider. S'il s'était montré très gentil avec moi, j'aurais pu lui laisser la vie sauve, mais il m'a raconté que Lesley Freyne était le sel de la terre et qu'il s'efforcerait d'être un bon mari pour elle. Ç'a été la goutte d'eau qui a fait déborder le vase. Je l'ai entraîné dans le couloir derrière la salle à manger et, une fois là, j'ai dit : « Qu'est-ce que c'est ? », comme si j'avais remarqué quelque chose. Il s'est retourné, suivant l'indication de mon doigt, j'ai tiré l'arme de ma poche et je l'ai poignardé dans le dos. Cela s'est fait tout seul... On arrive à un croisement. Continuez tout droit et prenez le chemin de l'autre côté !

Judy se sentait réduite à l'impuissance. Elle parvenait à conduire et à écouter, mais il ne semblait pas qu'elle pût faire autre chose. Son esprit ressemblait à un réveil arrêté... il était là mais ne fonctionnait pas. À croire qu'on venait de l'arracher au monde ordinaire pour la projeter dans un mauvais rêve. Elle n'y avait aucun repère. On n'y connaissait pas de lois, pas de bienveillance, non plus que de pitié, d'humanité ou de sentiment. Un ego monstrueux était le seul maître, un ego fou d'orgueil et fanfaronnant.

Elles franchirent le carrefour et entamèrent l'ascension d'une colline boisée avant de parvenir à une lande déserte sous le ciel nuageux. Lona Day se remit à parler. Judy captait le son de sa voix et, si elle entendait des mots, parfois ils donnaient naissance à une image qui se formait lentement dans son esprit — le couloir étroit derrière la salle à manger, le monte-charge ouvert, Henry Clayton sur le sol, inerte, pesant, terriblement pesant... et Lona qui le tirait...

La voix dans son dos précisa :

— Pour devenir infirmière, il faut apprendre à soulever un corps, sinon j'en aurais été incapable. Bien sûr, le chariot a été très pratique.

Le chariot, qui se trouvait dans le cellier... Judy se sentit mal, comme si le froid de ce sous-sol pouvait l'atteindre. Le cours de ses pensées bifurqua du tout au tout. Le froid... Elle n'avait encore rien ressenti physiquement quand elle prit soudain conscience de son corps, rigide et frissonnant, dans sa robe d'intérieur, tandis qu'elle parcourait des kilomètres et des kilomètres en cette soirée de mars. Elle essaya d'oublier Lona qui se félicitait de la façon dont elle avait dissimulé le corps d'Henry Clayton dans la malle en fer avant de la recouvrir de vieux meubles.

— Et puis j'ai verrouillé la porte donnant sur la rue — bien sûr j'avais auparavant glissé la clef dans sa poche, ainsi personne n'irait imaginer qu'il était retourné dans la maison.

Que les mots lui aient été compréhensibles ou non, l'horrible vision s'insinua dans son esprit.

— ... et personne n'a rien soupçonné. Finalement, il s'est avéré que Robbins avait eu des doutes — même s'il dormait quand j'avais fermé la porte —, à cause de sa fille, celle qu'il prétendait morte, et qui se trouvait là... pour essayer de remettre le grappin sur Henry, l'impudente créature ! Il semblerait qu'elle nous ait surpris dans la salle à manger, mais je ne l'ai appris que cet après-midi. Quoi qu'en ait pensé Robbins, et quoi qu'il ait pu devenir, il détestait Henry et il a tenu sa langue. Tout s'est déroulé pour le mieux jusqu'au jour où Mr. Pilgrim s'est mis en tête de vendre la maison... et, bien sûr, je ne pouvais laisser faire. Avec lui, je me suis montrée très habile. Même si on a retrouvé l'épine sous sa selle, on n'a pas pu remonter jusqu'à moi. J'ai eu de la chance, aussi, puisque sa chute lui a été fatale. Plus tard, Roger est revenu et a été assez stupide pour tout relancer. Les hommes manquent vraiment de cervelle. Lui aussi devait être éliminé, mais je n'ai pas été aussi chanceuse qu'avec le vieux Pilgrim. Il semblait être sous la protection d'un bon génie. Si j'ai échoué à deux reprises, la troisième fut la bonne. Cela a été très facile. J'ai attendu que Miss Freyne redescende de la mansarde et je me suis précipitée là-haut. Il regardait par la fenêtre. Il ne s'est même pas retourné. Il a cru que Miss Freyne était revenue. « Qu'est-ce qu'il y a, Lesley ? », a-t-il demandé d'une voix absente, et il n'a jamais su qui l'avait poussé. Évidemment, quand on a découvert le corps d'Henry, j'ai dû prendre une décision. Robbins était le suspect tout indiqué, et j'en ai profité. J'avais conservé le portefeuille d'Henry, me doutant qu'un jour il me serait utile si les choses tournaient mal. Dès que j'ai su qu'on allait fouiller la maison, j'ai couru le déposer derrière le tiroir du bas de la commode, dans la chambre des Robbins. Mais il est arrivé quelque chose qui aurait pu me prendre au dépourvu. J'avoue que je ne suis pas mécontente de moi. Élaborer un plan est à la portée du premier venu si l'on dispose de temps, mais c'est dans l'urgence que vous montrez ce que vous valez. Quand Robbins a frappé à la porte avec l'intention de parler au capitaine Pilgrim, j'ai tout de suite compris que quelque chose clochait. J'ai quitté la pièce, prenant soin de refermer derrière moi. « Écoutez, m'a-t-il dit, je n'ai pas l'intention de garder le silence plus longtemps. Vous étiez dans la salle à manger avec Mr. Henry, cette nuit-là. Ma fille Mabel vous a vus. » J'ai répondu très simplement : « Votre fille Mabel est morte », rien de plus. À quoi il a rétorqué : « Oh, non. Elle est vivante. C'est ce que j'ai fait croire pour qu'on arrête de jaser. Elle n'est pas morte. Je n'ai qu'un mot à dire et elle ira raconter tout ce qu'elle a vu et entendu. Je n'avais aucune raison d'aimer Mr. Henry, et je me suis tu, mais je n'ai pas l'intention de me balancer au bout d'une corde à cause de lui, un point c'est tout. Je vous accorde jusqu'à l'heure du dîner pour disparaître, si cela peut vous aider. Mais je n'irai pas plus loin, et c'est déjà beaucoup trop au regard de la loi. » Il est parti et a regagné son étage. J'ai attendu deux minutes, j'ai ôté mes chaussures et j'ai emprunté le même chemin. J'entendais les policiers dans sa chambre. J'ai entrouvert la porte pour jeter un coup d'œil. Ils avaient vidé tous les tiroirs et le portefeuille d'Henry était posé sur une pile de vieux journaux. Comme ils me tournaient le dos, j'ai eu la bonne idée de les enfermer. La clef était du côté intérieur, mais j'ai réussi à m'en saisir... ça n'a pas pris deux secondes. Puis je suis passée dans la chambre voisine où j'ai trouvé Robbins, penché à la fenêtre. Bien sûr, c'était facile à comprendre... il essayait d'entendre ce que les inspecteurs disaient dans la pièce voisine.

Dans son dos, Judy entendit un rire grave et modulé, presque agréable.

— Ma foi, lui non plus n'aura pas su qui l'a poussé. Attendez un peu... nous arrivons au bout de ce terrain communal et je dois vérifier où nous nous trouvons et ne pas trop parler. Il y aura une descente plutôt raide, avant un embranchement, où vous prendrez à droite. Très jolie, cette campagne, avec tous ces bois, mais je crois que c'est encore un peu tôt pour les primevères. Après... laissez-moi voir...

Judy entendit un bruit de papier froissé. Lona avait déplié une carte qu'elle avait étalée contre le dossier du siège avant. Un reflet dans le pare-brise indiqua qu'elle utilisait une lampe de poche. Judy sentit naître une infime lueur d'espoir. Si Lona Day devait tenir à la fois une lampe et une carte, pourrait-elle continuer à braquer son pistolet ?... L'espoir s'évanouit quand elle sentit la pression de l'arme contre sa colonne vertébrale. La carte était posée sur le dossier du siège, ce qui lui permettait de garder une main libre.

Elles quittèrent la lande en descendant un petit chemin abrupt qui courait entre deux rangées de haies. N'y avait-il pas un fossé sous les haies ? se demanda soudain Judy. Dans cette éventualité... que se passerait-il si elle y précipitait la voiture ? La réponse était on ne peut plus claire. Lona l'abattrait sur-le-champ. Après tout ce qu'elle lui avait avoué, il était hors de question qu'elle la laisse filer. Mais, à supposer qu'elle puisse y engager le véhicule en marche arrière... elle avait une chance. Si elle parvenait à exécuter cette manœuvre assez vite... si elle trouvait un prétexte pour reculer et foncer vers le fossé, Lona serait peut-être suffisamment secouée pour que Judy ait une occasion de s'enfuir. C'était la seule chance qu'elle s'accordait.

Elle entendit un déclic dans son dos. Lona avait éteint la lampe.

— Oui, dit-elle d'un ton satisfait... ça devrait marcher. J'espère que vous vous rendez compte de la stupidité qu'il y aurait à vouloir me jouer une entourloupette... ne tentez pas le diable. J'ai tout prévu. Cela fait trois ans maintenant que je me suis préparée à partir précipitamment, même si je ne m'attendais pas vraiment à ce que les choses aillent si vite. Je ne prévoyais pas que Mabel Robbins serait si pressée de venir témoigner. Après tout, elle n'a pas de quoi se vanter. J'avais l'intention de filer plus tard au cours de la nuit, mais, comme vous voyez, je sais répondre à l'urgence et, désormais, tout va bien se passer. La police ne me retrouvera jamais, parce que je changerai d'identité. J'ai ma carte d'alimentation et mes papiers... et je me doute que vous aimeriez savoir comment je me les suis procurés, mais je ne vous dirai rien. Bon, je peux toujours vous en donner une idée, parce que vous n'aurez pas l'occasion d'en parler à quelqu'un, pas vrai? Sachez d'abord que Lona Day n'est pas mon nom et que rien ne m'empêchait d'obtenir une carte d'alimentation et des papiers sous mon nom véritable, d'accord? En outre, j'ai déposé à la banque les cinquante livres d'Henry, sous mon vrai nom également, vous comprendrez donc que je n'ai rien négligé... Ah, c'est ici qu'il y a un embranchement.

Judy ralentit un peu, sans quitter des yeux la ligne qui devait marquer la limite du fossé... s'il existait... elle n'en était pas certaine. Soudain, un lapin sortit de l'ombre et détala devant la voiture. L'embranchement était tout proche. Elle se dit que le lapin avait dû bondir hors du fossé sur la droite. Elle ralentit encore et s'engagea vers la gauche.

— Stop! s'écria aussitôt la voix derrière elle. Arrêtez, vous vous êtes trompée! Je vous ai demandé de rester sur la droite.

Elle lui enfonça douloureusement son arme dans le dos.

Judy freina à fond. En dépit de la température, une onde de chaleur la parcourut et ses mains devinrent collantes sous l'effet de la transpiration, car elle s'était demandé si Lona allait lui tirer dessus au moment où elle emprunterait le mauvais tournant. Il fallait prendre le risque, mais elle n'était sûre de rien. Elle pensait que tout dépendrait de l'endroit où elles se trouvaient et du nombre de kilomètres qu'elles devaient encore parcourir.

— Je suis désolée, dit-elle. Je vais faire marche arrière jusqu'à l'embranchement... ce ne sera pas long.

Ces derniers mots semblèrent résonner comme un avertissement. Peut-être qu'elle n'avait plus que quelques secondes... quelques secondes à vivre. Et, quand elle passa en marche arrière et appuya sur l'accélérateur, cette pensée l'obsédait. Elle ne sentait plus le pistolet... Lona avait dû le retirer.

D'abord elle recula lentement. Soudain, elle écrasa l'accélérateur. La fulgurance du démarrage lui procura une sorte d'ivresse, puis les roues arrière basculèrent dans le fossé. Dominant tout, on entendit le hurlement de Lona — un hurlement de rage, non de peur. Juste avant le choc, Judy avait saisi la poignée de la portière. Aussitôt après, elle se laissa glisser par-dessus le marchepied, parvenant à atteindre la route tandis qu'une déflagration assourdissante lui déchirait les tympans et faisait voler une vitre en éclats. Elle crut entendre deux coups, et l'un d'eux l'avait ratée de peu. L'arrière de la voiture était enfoncé dans le fossé.

Elle courut vers le fossé, tel un animal sauvage qui cherche un abri. Il était sans doute plus profond qu'elle ne l'avait cru et il y avait un talus au-delà. Tant bien que mal, elle descendit puis escalada l'autre versant. Une autre balle siffla dans son dos. Ce n'était pas encore pour cette fois-ci, mais la prochaine risquait de lui être fatale.

Au sommet du talus, il y avait une haie. Sans l'énergie du désespoir qui l'habitait, elle n'aurait pu la franchir — c'était un véritable mur d'épines et de feuilles de houx, sans parler de l'odeur nauséabonde qui l'assaillit quand elle dut écarter un obstacle d'un geste brusque. Sa robe était en lambeaux, sa peau lacérée, mais elle avait réussi à passer au moment où un projectile l'effleura — si près qu'elle le sentit frôler sa joue gauche, et la détonation fut suivie du cri le plus inhumain qu'elle eût jamais entendu, quelque chose qui trahissait une violence qui n'était pas de ce monde. Et si des mots avaient été proférés, ils n'avaient aucun sens. Elle comprit alors qu'être atteinte par une balle serait un moindre mal, car, si cette créature démoniaque parvenait à se saisir d'elle, il ne resterait rien de Judy Elliot. Se protégeant le visage des mains, elle se précipita vers le bois.

Les arbres n'étaient pas très hauts, de jeunes noisetiers, des aulnes, avec un tapis de lierre. Elle trébucha dans ses fines chaussures d'intérieur et s'affala, les mains en avant — trouvant sous ses paumes des feuilles mortes, de la mousse humide et une branche tombée. Elle la saisit et se remit debout. Elle était petite mais lourde. Certes, c'était une protection dérisoire contre un pistolet, mais en chacun de nous survit un instinct millénaire qui nous pousse à affronter l'ennemi en tenant quelque chose à la main.

Elle dut s'arrêter un moment pour reprendre son souffle, maîtriser la panique qui risquait de la pousser à fuir inconsidérément... chuter encore peut-être et être rattrapée... condamnée cette fois.

La menace se trouvait du côté de la haie. Son ouïe l'en avertit et tout son corps réagit par des picotements ; chaque bruit était amplifié et elle perçut un halètement qui semblait se mêler au sien. Une fois encore, l'horreur l'envahit. Si ces mains qui se frayaient un passage se posaient sur elle...

Elle serrait la branche qu'elle avait ramassée. Elle la projeta de toutes ses forces à gauche de l'endroit où Lona tentait de franchir la haie. Elle la vit au moment où elle s'en extirpait, ombre parmi les ombres qu'on distinguait seulement parce qu'elle bougeait. À peine la branche heurta-t-elle un buisson ou un arbre qu'une nouvelle détonation retentit. Cela en faisait cinq, mais Judy ne savait combien il restait de balles.

L'ombre avançait maintenant vers l'endroit où elle avait entendu la branche tomber et Judy commença à marcher dans la direction opposée, vers le trou dans la haie. Si elle réussissait à regagner la route alors que Lona pensait qu'elle était encore dans le bois, elle avait une chance réelle. Il est impossible de progresser dans un sous-bois sans se faire remarquer. Elle se déplaçait comme sur des œufs. Un simple craquement aurait suffi à la trahir...

Lona l'appela. Il n'y avait plus rien dans sa voix de la bête enragée.

— Judy, ne soyez pas stupide. Vous auriez pu nous tuer toutes les deux. C'était peut-être un accident, d'accord. Alors, n'en parlons plus. Revenez pour essayer de sortir la voiture du fossé. Vous êtes tellement adroite au volant... moi, je manque de pratique. N'ayez pas peur de mon arme... je n'ai plus de balles. Vous n'êtes pas blessée, n'est-ce pas ? Ce serait franchement incroyable que je vous aie atteinte. Quel coup extraordinaire si je vous avais touchée dans le noir ! J'ai peur d'avoir perdu mon sang-froid, ce qui m'arrive très rarement. On n'y gagne rien, vous savez... on doit toujours se maîtriser. Mais j'ai été projetée contre la vitre arrière et si elle s'était brisée, j'aurais pu être gravement blessée. Bon, Judy, soyez raisonnable maintenant ! Où êtes-vous ?

Judy avait atteint la haie. Elle entreprit de se glisser au travers du passage qu'elle avait dégagé. Elle se demanda alors ce que Lona avait fait de sa lampe de poche, car elle en avait une dans la voiture. Sans doute l'avait-elle laissée tomber, ou perdue... sinon, son rayon aurait été en train de fouiller le bois pour la trouver.

Elle était parvenue de l'autre côté de la haie. Elle se laissa glisser au bas du talus et s'enfonça dans une couche de vase à peine recouverte d'eau, pas assez profonde pour que cela clapote, mais suffisamment pour lui couvrir les chevilles. Elle remonta en chancelant sur la route. Il valait mieux ne pas repartir dans la direction d'où elles étaient venues. Elle n'avait aucun secours à espérer sur ces kilomètres de lande et de chemins de campagne. Inutile de suivre l'itinéraire que Lona avait l'intention d'emprunter, car, évidemment, elle avait choisi une route déserte.

Elle contourna la voiture, pensant toujours à la torche, mais elle n'osa prendre le temps de la chercher. Et voilà qu'elle la toucha du pied, dans l'obscurité, par terre, sur la route. Elle la sentit rouler et comprit de quoi il s'agissait avant même de la ramasser. Bizarrement, pour la première fois, elle eut un espoir réel de s'en sortir. Elle ne savait pas en quoi cette lampe l'aiderait, mais tout au fond d'elle-même, une voix lui soufflait : « Maintenant, tout ira bien. »

Péniblement, dans ses chaussures boueuses, elle s'élança sur la partie gauche de l'embranchement.

43

Frank Abbott quitta la pièce et ferma la porte. Le silence s'installa. Miss Silver avait posé son ouvrage sur un genou. Mabel Robbins, qui s'appelait désormais Mabel Macdonald, s'appuya au dossier peu confortable de sa chaise. Mais elle ne sentit rien, son corps ne répondait plus. Son esprit était vide, délivré. Le temps l'avait soulagée de son fardeau. Elle avait suivi les conseils de John et était en paix avec sa conscience.

March aussi s'était calé sur son fauteuil. Sa main droite se posa sur le bureau et il ferma le poing. Quand il prit conscience de la force avec laquelle il le serrait, il fit un effort délibéré pour se détendre. Par-dessus les papiers disposés devant lui, il considéra le visage franc et pâle de la femme qui venait de lui raconter cette histoire étonnante. Tout cela réduisait à néant le dossier contre Robbins. On pouvait toujours imaginer qu'elle l'avait inventée pour protéger le nom de son père, mais, en fait, si on la soumettait à une bonne dizaine de jurys, il ne se trouverait pas un seul juré pour ne pas la croire. Elle était de ces témoins dont on ne peut mettre en doute la parole. Bien que sa propre théorie fût réduite à néant, il était le premier à la croire.

Ses pensées le portèrent vers Miss Silver. Une fois de plus, elle avait vu juste. « Elle connaît les gens.

Elle commence son enquête là où nous devons l'abandonner. Elle découvre un détail... distingue un mobile, se fait une idée générale et cherche ensuite une preuve. J'imagine que c'est ainsi que ça se passe, mais qu'est-ce que j'en sais ? Elle n'avait aucun élément de plus que moi sur lequel s'appuyer, et pourtant, son hypothèse était la bonne. Enfin, je crois que nous pouvons remercier cette fille d'avoir parlé avant l'enquête du coroner. Nous aurions eu bonne mine si elle s'était présentée plus tard ! »

Il se tourna vers Miss Silver et surprit un sourire amical et chaleureux. Ils étaient toujours silencieux, chacun occupé par ses propres réflexions, quand la porte s'ouvrit un tantinet plus brutalement qu'elle n'avait été refermée. Frank Abbott, blême, s'arrêta sur le seuil.

— Elle n'est nulle part dans la maison, annonça-t-il d'une voix tendue. Et Judy aussi a disparu. Ainsi que la voiture... elles ont pris votre voiture.

March repoussa son siège et se dressa.

— Quelqu'un les a-t-il aperçues ?

Frank fit non de la tête.

— Cela a dû arriver juste après que Mabel est entrée. J'ai entendu une voiture sur la route. Jerome n'est au courant de rien... il n'a pas revu Lona depuis qu'elle est descendue. Nous lui avons flanqué la frousse et elle a pris la poudre d'escampette. Mais Judy... comment a-t-elle pu l'obliger à l'accompagner ?

— Judy est peut-être allée voir Penny, fit calmement remarquer Miss Silver.

Frank lui lança un regard glacial.

— Non. Lesley Freyne est ici, avec Jerome... Elle a téléphoné chez elle. Penny dort. Judy n'est pas passée.

Il s'adressa à March.

— Écoutez, il faut prendre la voiture de Daly... c'est lui qui habite le moins loin. Voulez-vous lui téléphoner ? Dieu seul sait ce qui est en train d'arriver... et comment elle a pu entraîner Judy. Jerome dit qu'elle conduit mal. C'est pourquoi elle l'a emmenée.

Judy avait cessé de courir. Elle ne savait ni où elle se trouvait ni où elle allait. La peur l'avait fait transpirer, mais son corps était sec maintenant, et elle tremblait de froid. Essayant de recouvrer son calme, elle tendit l'oreille et il lui sembla être la seule personne vivante au monde. Elle ne percevait aucun bruit d'origine humaine — pas le moindre bourdonnement d'avion dans le lointain, aucun signe qu'une voiture ou un train passaient quelque part, ni bruit de pas ni voix humaine. Mais ce vide était peuplé par tout ce que l'homme, en maître orgueilleux de la création, refuse d'entendre — une brise légère dans les arbres dépouillés, l'agitation d'un oiseau qui s'éveillait, le hululement d'une chouette, et le grouillement de tant de créatures invisibles qui cherchaient leur pitance.

Elle marchait, se demandant où elle était, et si ce chemin interminable et désert menait quelque part. Dans le ciel, maintenant dégagé, une lune froide brillait. Elle se retrouva en rase campagne, privée de la voûte des arbres au-dessus du chemin. De chaque côté, elle distinguait une haie basse qui semblait ne jamais devoir se terminer, avec, de-ci de-là, un buisson de houx posté en sentinelle. La fatigue, le choc et la lumière de la lune donnaient à ce décor une allure fantasmagorique. La lune aime nous jouer des tours, donnant au paysage le plus banal une aura de mystère — ou une apparence monstrueuse, selon votre inclination du moment. En cet instant, la clarté lunaire jouait avec les nerfs de Judy et la plongeait dans un univers où s'agitaient des ombres maléfiques. Le plus difficile à supporter était son sentiment de solitude totale. Personne à l'horizon, aucun refuge.

Quand elle entendit le ronronnement d'une voiture dans son dos, elle eut l'impression qu'elle sortait brutalement d'un cauchemar. Aussitôt, elle se tint sur le qui-vive, hésitant sur la conduite à suivre. Et si c'était Lona... mais comment serait-ce possible ? La voiture était immobilisée dans le fossé et elle n'aurait jamais pu l'en faire sortir... « seule », le mot la frappa. Lona n'aurait pu la dégager seule. Mais voilà, si quelqu'un était passé et l'avait aidée...

Elle se réfugia sous la haie, se faisant toute petite, et vit deux phares qui remontaient le chemin.

Elle paniqua. Elle pouvait manifester sa présence avec la torche. Sauf que si c'était Lona... mais pouvait-elle laisser filer ce véhicule sous son nez, à supposer que ce ne fût pas elle... Il fallait réagir sans tarder. Se décider... tout de suite...

Son dilemme se résolut sans qu'elle y prît la moindre part. Plus tard, elle fut incapable de savoir si elle avait essayé de bouger la main pour trouver le bouton de la lampe. Elle n'était sûre que d'une chose, elle en avait été incapable. Elle avait senti le métal froid dans la paume de sa main, mais ses doigts étaient paralysés. Elle demeura figée dans l'ombre de la haie et vit la voiture la dépasser.

Elle la reconnut. C'était celle qu'elle avait abandonnée dans le fossé. Lona conduisait, lentement et prudemment. La lueur des phares révéla le regard horrifié de Judy. Il n'y avait pas de feux arrière. Elle attendit que le pinceau des phares eût disparu. Puis elle fit demi-tour et entreprit de faire en sens inverse le chemin qu'elle venait de parcourir.

Frank Abbott, qui était au volant de la voiture du Dr Daly, avait quitté la route de Ledlington à l'endroit où Judy avait tourné.

— Elle ne prendra pas le risque de traverser les villages. Par là, on arrive à St. Agnes' Heath. À sa place, c'est la direction que j'aurais prise et, une fois assez près de Coulton ou de Ledbury, j'aurais planqué la voiture. Elle a quarante minutes d'avance. À mon avis, elle ne table pas sur davantage.

Ils roulaient sur la lande quand ils aperçurent les phares d'un véhicule qui approchait et ils l'arrêtèrent. Il s'agissait de deux Américains sympathiques qui admirent sans peine avoir aidé une dame à sortir sa voiture d'un fossé, à trois kilomètres de là.

— Je peux vous dire qu'elle était ravie de nous voir. Elle aurait pu y passer la nuit. C'est plutôt désert dans le coin... Oui, elle était seule...

Les deux hommes furent plutôt abasourdis par la manière dont les policiers les plantèrent là.

— Vous savez où il se trouve... l'embranchement dont ils ont parlé? dit March.

— Oui. J'aurais cru qu'elle prendrait à droite, mais le type dit qu'elle a pris à gauche...

Il écrasa la pédale du frein.

— Qu'est-ce que c'est que ça?

Judy, debout au milieu du chemin, pointait sa torche vers eux. Le Dr Daly n'aurait guère apprécié la manière dont sa voiture avait freiné.

44

Lona Day roula jusqu'à l'endroit qu'elle cherchait, la bifurcation à droite qui la ramènerait vers la route de Coulton. Elle avait dû y revenir parce qu'elle se rendait à Coulton, mais elle n'avait pas osé prendre le risque d'emprunter l'embranchement à droite sous les yeux des jeunes gens serviables qui avaient tiré la voiture du fossé.

Elle ne doutait plus, maintenant, que Judy l'y avait volontairement précipitée. Chaque fois qu'elle y repensait, elle s'en trouvait aussi surprise que rageuse. Elle avait osé, et elle avait réussi à lui filer entre les doigts ! Elle aurait dû savoir qu'elle n'avait aucune chance. Elle méritait une balle dans la tête. Mais elle était vivante. Et elle avait pas mal de choses à raconter. Peu importait, elle s'en sortirait, malgré Judy, foi de Lona. Elle n'avait pas assassiné quatre hommes pour se faire prendre à cause d'une femme qui allait la dénoncer. Son plan était au point. Nouvelle identité, nouveau point de chute. Tout était prévu. Une fois qu'elle se serait glissée dans son personnage, il ferait beau voir que la police la retrouve ! En un sens, ce n'était pas désagréable de leur avoir montré de quoi elle était capable, et comment elle avait trompé tout son monde pendant trois ans.

Elle continua à rouler lentement et avec prudence

après le tournant, jusqu'à l'étroit chemin sur sa gauche qui, au milieu des champs, conduisait à Ledham. Si elle abandonnait sa voiture un peu après, la police croirait qu'elle avait poursuivi dans cette direction. Elle s'arrêta au bord du chemin et repartit d'un pas vif en sens inverse. Même pas deux kilomètres jusqu'à la route de Coulton, et il lui en resterait moins de cinq à couvrir — cela faisait beaucoup à pied, mais c'était essentiel à sa sécurité. Quand elle apercevrait la route de Coulton, elle prendrait ses dispositions. Vraiment dommage pour son manteau de fourrure, mais c'était la première chose qu'ils signaleraient, inévitablement.

Vingt minutes plus tard, elle l'ôta et l'enfonça du mieux qu'elle put dans un arbre creux. Puis ce fut le tour de son chapeau. C'était une chance que la lune ne soit pas voilée, car il lui aurait été très difficile de retrouver cet arbre dans les ténèbres. Il y avait sept mois — non, huit —, ils étaient venus pique-niquer à cet endroit et avaient enfoui dans cet arbre le papier enveloppant leurs sandwichs. Elle eut froid sans son manteau, bien que le tailleur qu'elle portait fût plutôt épais. Épais et neuf — personne, à Pilgrim's Rest, ne l'avait jamais vu. Sous la clarté lunaire, sa couleur n'était pas mise en valeur, mais, à la lumière du jour, il était d'un beau bleu saphir qui atténuait le vert de ses yeux et leur donnait une nuance bleutée.

Elle prit un peigne dans son sac et commença à arranger ses cheveux, les remontant en arrière, au-dessus du front, de la nuque et des oreilles. Puis elle enfila la perruque noire qui la rendait méconnaissable. Cela lui donnait un air bien sage, avec ces ondulations ramenées en un petit rouleau au-dessus du cou. Certes pas une coiffure aussi seyante que ses boucles châtaines, mais si respectable.

La femme qui quitta le bois et s'avança sur la route de Coulton n'était plus Lona Day. Cinq kilomètres à peine la séparaient de la liberté.

45

Frank Abbott prenait le thé avec Miss Silver devant un bon feu de cheminée. Le crépuscule, déjà avancé, voilait les deux tableaux de l'époque victorienne, *L'Éveil de l'âme* et *Le Souverain du val*. Les rangées de photographies dans leurs cadres d'argent, portraits d'anciens clients et de leurs bébés, reflétaient les flammes de l'âtre.

Miss Silver, impeccable, souriante, servit le thé avec une petite théière victorienne dont le couvercle s'ornait d'une fraise. Le service à thé, qui datait de la même époque, se distinguait par les roses moussues de sa décoration. Comme Emma ne cassait jamais rien, il était dans le même état que lorsqu'elle en avait hérité de sa grand-tante, Louisa Bushell, cette extraordinaire pionnière des droits de la femme à une époque où l'on considérait inutile de leur en accorder aucun puisqu'un gentleman ne manquerait jamais d'offrir son siège à une lady. Sur les douze tasses qu'il comptait à l'origine, une seule avait été cassée — par le pasteur de la paroisse que fréquentait Miss Bushell, le jour où il l'avait violemment reposée dans sa soucoupe, au plus fort d'une discussion au cours de laquelle il affirmait qu'Ève ayant été la première pécheresse, il était normal que ses descendantes en subissent les conséquences et soient soumises à la volonté de l'homme. Cela dit, il était rare que

Miss Silver reçût assez d'invités à l'heure du thé pour avoir l'occasion de se souvenir de cet incident.

Levant les yeux de sa tasse, Frank Abbott lui jeta un regard sombre et déclara :

— Elle nous a joué le même tour que les sorcières dans *Macbeth*... elle s'est volatilisée.

Miss Silver toussota.

— Remarque guère pertinente, à mon avis. Elle a tout simplement changé d'identité. Rappelez-vous que je n'ai cessé de dire que nous avions affaire à une personne d'une grande intelligence, dénuée de scrupules. Je suis convaincue, d'après ce que Miss Day a raconté à Judy, qu'elle avait très soigneusement préparé sa fuite.

Frank continua à la regarder d'un air morose.

— Nous n'avons trouvé nulle trace de son passage, pas plus à Coulton qu'à Ledbury ou à Ledham. Aucune femme correspondant à sa description n'a pris le train dans une de ces trois localités, et, à moins qu'elle n'ait profité de l'obligeance d'un automobiliste, elle n'aurait pu aller très loin. Il était trop tard pour qu'elle emprunte un bus.

— Je ne pense pas que la description qui a été communiquée corresponde à son apparence actuelle. Notre sexe a l'avantage sur le vôtre quand il s'agit de changer de personnalité. Une couleur de cheveux différente, une coiffure nouvelle peuvent transformer radicalement l'aspect d'une femme. À Pilgrim's Rest, Miss Day s'habillait en vert ou en noir, car cela mettait en valeur sa chevelure auburn et la nuance verte de ses yeux. Vous devriez rechercher une femme aux cheveux châtains ou noirs, et il ne m'étonnerait pas qu'elle soit vêtue de bleu. Ses cheveux, bien sûr, pourraient être gris, mais j'imagine que, par vanité, elle s'y sera refusée.

— Je me demande quelle sera sa prochaine victime, dit Frank Abbott.

Miss Silver souleva le couvercle de la théière et ajouta un peu d'eau brûlante avant de répondre.

— De toute façon, elle se montrera très prudente pendant un certain temps. Et comment va Judy ? demanda-t-elle ensuite d'un ton chaleureux. J'espère qu'elle s'est remise de cette très douloureuse expérience.

Frank se pencha pour poser sa tasse sur le plateau.

— Elle a décidé de demeurer à Pilgrim's Rest ! lança-t-il d'une voix quelque peu heurtée. Décision surprenante, mais c'est ainsi.

— Elle a apporté un témoignage fort précis lors de l'enquête. Tout comme cette pauvre Mabel... Mrs. Macdonald. J'ai été soulagée qu'il **ne soit** pas nécessaire qu'elle donne son nom de femme **mariée**. Même si l'on ne saurait approuver sa conduite avec Henry Clayton, on ne doit pas oublier qu'elle est jeune et que cet homme était particulièrement séduisant. Les jeunes filles inexpérimentées sont malheureusement susceptibles de céder à des arguments spécieux quand il s'agit de relations hors mariage ou d'union libre. Elles se rendent compte trop tard que les lois qui régissent le mariage, si elles peuvent parfois s'avérer contraignantes, sont néanmoins destinées à protéger les femmes et la famille.

La morosité de Frank s'atténua. Écouter Maudie discourir sur la morale le comblait d'aise. Il accepta une autre tasse de thé et en revint à Judy.

— Lesley et Jerome ont décidé de convoler d'ici un mois. Judy demeurera auprès d'eux. Il y a eu un tas de palabres pour décider de l'endroit où ils habiteraient et pour savoir ce qu'il adviendrait des tantes. Je crois que Lesley n'était pas très chaude pour s'installer à Pilgrim's Rest, et je ne l'en blâme pas, mais Jerome a tenu bon. Ils vont donc loger six orphelins dans les mansardes, avec la gouvernante de Lesley comme surveillante, ce qui devrait faire fuir les fantômes. Les tantes ne bougeront pas. Lesley et Jerome occuperont l'aile dans laquelle se trouve sa chambre actuelle. Repas en commun mais salons à part. Judy restera avec Penny et gardera sa place. *Idem* pour Gloria. Mrs. Robbins, qui a repris goût à la vie, se propose de faire la cuisine. Elle n'a pas envie d'aller vivre chez sa fille mariée, en quoi elle fait preuve de bon sens. Autant de gagné pour Macdonald qui avait généreusement proposé de l'héberger. Bref, tout est bien qui finit bien.

Il n'avait jamais parlé avec autant de cynisme. Il se perdit dans la contemplation du feu.

— Frank, vous n'auriez pas été heureux ensemble, remarqua Miss Silver d'une voix douce.

— Sans doute pas. Tout, apparemment, semble le confirmer.

— Vous n'êtes pas faits l'un pour l'autre.

Il eut un petit rire sardonique.

— Vous voulez dire que je ne suis pas vraiment son type. Je suis flic, n'est-ce pas... une profession sordide.

— Mon cher Frank!

Il hocha la tête.

— C'est ce qu'elle pense, vous savez... et je ne suis pas loin de lui donner raison.

— Quelle blague!

Frank se remit à rire, d'une manière plus spontanée.

— Je ne vous avais jamais entendue parler ainsi.

— Vous n'aviez jamais proféré de telles inepties.

Il lui rendit son sourire.

— Je souffre, je ne vous le cache pas. Mais je m'en sortirai. Vous avez raison, je l'admets... nous ne sommes pas faits pour vivre ensemble. Nous pensions tous les deux le contraire, mais ce n'est pas le cas, donc tout est bien. En fait,

À l'amoureux éconduit
La vie offrira encore l'occasion d'aimer.

Le visage de Miss Silver s'illumina.

— Je vous le souhaite, conclut-elle.

Cet ouvrage a été réalisé par

FIRMIN DIDOT

GROUPE CPI

Mesnil-sur-l'Estrée

*pour le compte des Éditions 10/18
en mars 2004*

Imprimé en France
Dépôt légal : mars 2003
N° d'édition : 3461 - N° d'impression : 67509
Nouveau tirage : mars 2004